韩屯有座山

杨逸 著

吉林人民出版社

出 品 人：常　宏
选题策划：吴文阁
统　　筹：张文君　王　斌
责任编辑：王　斌

图书在版编目（CIP）数据

韩屯有座山 / 杨逸著 . -- 长春：吉林人民出版社，2023.7
ISBN 978-7-206-19912-7

Ⅰ . ①韩… Ⅱ . ①杨… Ⅲ . ①长篇小说 - 中国 - 当代 Ⅳ . ① I247.5

中国国家版本馆 CIP 数据核字 (2023) 第 188773 号

韩屯有座山

HANTUN YOU ZUO SHAN

著　　者：杨　逸
装帧设计：周　源
出版发行：吉林人民出版社
（长春市人民大街 7548 号　邮政编码：130022）
咨询电话：0431-85378007
印　　刷：吉林省优视印务有限公司
开　　本：787mm × 1092mm　1/16
印　　张：20
字　　数：260 千字
标准书号：ISBN 978-7-206-19912-7
版　　次：2023 年 7 月第 1 版
印　　次：2023 年 7 月第 1 次印刷
定　　价：58.00 元

引　言

从前有座山
山上有座庙
庙里有个老和尚
老和尚给小和尚讲故事
讲的什么呢
从前有座山
山上有座庙……

很多年以前，我还不识字的时候，就会唱这首童谣。不光是我，我们村里随便哪个，不管高矮胖瘦、是男是女、有牙没牙，都会唱它。我曾经以为，只要会唱“从前有座山”的都是韩屯人，我曾经以为，这童谣只属于韩屯，是韩屯人的祖先发明了它。

直到有一天，我不记得具体是哪天，我才知道，在我们东北，随便哪个地方、哪个村子，都有会唱“从前有座山”的人。哪怕最寒酸的汉子，最愁苦的婆娘，只要起了个头，他们就能一句挨一句，一字不差地接下去——

从前有座山
山上有座庙
庙里有个老和尚
老和尚给小和尚讲故事
讲的什么呢
从前有座山
山上有座庙……

他们哼唱着，寒酸和愁苦像秋山雨后的白雾，虽然不会散去，却开始缓缓萦绕，好像只要一直唱下去，寒酸和愁苦就会朝着天上飘走，不再属于他们。

又过了一些年，村子里一些人老了——耳聋眼花了，勾腰驼背了，牙也没、嘴也瘪了，尘归尘土归土了。村子里另一些人降生了——掉肚脐了，长马牙子了，能爬会走了，能说会唱了。山坡上的老杏又披上一身粉白花朵的时候，那童谣会再次响起，会从村头唱到村尾，一遍又一遍，远远近近，不知疲倦。

那时我已经四十多岁了。我的头发已经黑白参半，我的腰身粗壮得像带崽儿的母牛。我的母亲就是在那个春天故去的。我抱着她的骨灰去东山埋葬的时候，东面山坡的老杏开得正艳，西面山坡的山桃花，也在春风里半粉半红。

我为母亲盖上第一抔土，山下村子里正好传来孩子们清脆的童声——从前有座山，山上有座庙……

第一次，这古老的童谣唱出了我的眼泪。它像山下的小石河水，扒开我的眼眶，从我心里，汩汩地流进母亲的坟墓。我对母亲说："妈，你听，孩子们唱得多天真、多好听。妈，我也是才听出，孩子们唱的不是童谣啊！"

蓝喜鹊在树梢冲着我叫。我知道那是母亲在问我，唱的不是童谣，又是啥呢?

唱的是命啊，妈。

蓝喜鹊还在叫。闺女，唱的是谁的命呀?

是韩屯人的命！妈，是一代又一代，反反复复循环的命啊！

蓝喜鹊展了展翅膀，朝着太阳，飞走了。我知道，我的母亲听懂了，她带着对这辈子愁苦释怀的微笑，向着天堂飞去了。

我抹干眼泪，告诉自己，母亲想看到我笑，她总说，活着对她是受苦，死了才是脱离苦海。她托蓝喜鹊告诉我她的喜悦，她希望我用发自心里的笑，为她来人间这趟，画个句号。

“妈——安心走吧！韩屯人的命，从我这辈儿开始改了吧！妈——这是老天爷的意思，今儿个，我忽然听懂了！妈——是你让我听懂的吧！”

我追着蓝喜鹊的影子，为这一生中仅有的母女一场，莞尔出一个含泪的笑容。母亲活着时跟我说过数不清的话，送别她的最后一刻，我才终于明白她最想听的向来只有一句——

“妈，我一定能过上好日子，我答应你，一定能！”

之所以这么说，是因为母亲前天咽气时，还死死抠住我的手，圆睁着死神附体的眼睛，用尽毕生力气，喘息着对我乞求——江月，让我死！让我死吧！

这个要求我的母亲已经向我提出过很多次，每次只有我滂沱的泪水，能暂时湮灭母亲的决心。她六十多岁，她的先天哮喘跟她一个岁数。她的心肺功能几十年里经常被折磨得说罢工就罢工。最近五年，她死了差不多十回，有一回坐在便盆上小解，解着解着人就过去了。好在我的眼泪和死死按在她人中的手指，又让她起死回生了。可是这回，我知道我的眼睛发再大的洪水也没用了。当我丈夫给了我那重重一巴掌——当着又一次垂死的母亲——我就知道，母亲没救了。

“江月，妈有罪，有罪呀……我咋就生了你……你咋就这个命啊……”

这是母亲咕哝的最后一句话。她咽气的时候，灰黄的手指甲抠进了我的手心。她就是这个姿势，实现了死的心愿。我丈夫使了好大的劲儿，才算把母亲的指甲从我的皮肉里拔了出去。

趴在窗户外面的邻居忽然大声说："哎！快看哪！江月妈手指甲里，全是她闺女的血啊！"

另一个同样大的声音说："唉！江月妈这是有多放不下江月、多舍不得走哇……"

目　录

第一章　命为何物

我要讲的，是关于命运的故事。虽然我不知道命运从什么地方开始。如果它从出生开始，我的父亲母亲、爷爷奶奶、我爷爷的爷爷、奶奶的奶奶，依照出生年月、子丑寅卯，应该有各自不同的开始。可我觉得不对。他们命运的开始，都是四个字：贫穷的家。我也不知道命运在哪里结束。如果死亡是结束，贫穷的命运却在死去的人死后，像永生不死的巨蟒，继续缠在活人身上。

我出生在韩屯，我的两个妹妹，也生在这儿，长在这儿。我父亲名叫韩兴旺，母亲名叫孙尽美，都是土生土长的韩屯人。我父亲是爷爷的大儿子，爷爷也是穷怕了，希望从大儿子开始，家业兴旺，门庭富贵，就给我父亲起了这么个吉祥的名字。我母亲是姥爷的大闺女，姥爷也希望从她开始，老孙家人人腾达，尽善尽美。没想到，爷爷和姥爷的愿望都落了空。他们心里没准儿还琢磨过，早知儿女的命都跟名字反着来，不如叫韩家贫、孙命苦啦。

到了我这辈，名字和命运，又轮回了一遍“反着来”。我大妹妹名叫韩金珠，起名时指望她能给家里也给她自己，带财带富。我小妹妹叫韩带娣，是我父母指望她带来个弟弟。可是，金珠没带来一文银两，带娣之后，母亲就再也没怀上过。

我的名字说来也是——父亲一直想走出韩屯，住到松花江边去，却一直走不出韩屯。

我父亲原先是个挺俊的后生，浓眉大眼高鼻梁。可是俊这东西搁在韩屯，从来就不是个多值钱的物。我奶奶是外乡人，她老家水里缺硒，人人都有大骨节病。她也有，手脚都长得支棱八翘。可我奶奶脑子好，早早就想到了嫁到外地，改良后代。有人把她介绍到韩屯，嫁给了又穷又不会过日子的我爷爷。

一心想改良后代的我奶奶，第一胎就是个大儿子。她抹了把额头淌下的汗，歪头一看，心想，老天爷真是开眼，这孩子可真俊，真周正。我奶奶的心第一次撑满了幸福，她咧开嘴，哇哇哭着，又像哗哗笑着。

可她大儿子的手脚却越长越丑，像是生怕村里人不知道他是大骨节女人所生。我奶奶傻了眼，嘴里不停念叨，怕啥来啥，怕啥来啥。

我父亲小时候跟别的男孩儿一样，有颗时刻想飞跑的心。可越长大，他的腿脚却越不争气，经常是心跑到人前了，人却摔在土沟里，啃了一嘴泥。等长到半大小子的时候，他也被我爷爷赶去种地。锄杠握在他手里，像握住了过油的铁球，怎么也使不上劲。每到这个时候，我爷爷就会踹上一脚，照着大儿子结实的屁股。嘴里再咒骂两声："妈的废物，吃啥啥不剩，干啥啥不行！"

我爷爷的脾气都给了我父亲，对我奶奶，他可从不说难听的话。他对乡亲说，我婆娘背井离乡跟我过，左生一个右生一个，不容易。爷爷这截然不同的态度，让我父亲心中发生了无声的扭曲。他不明白，长成这样明明是奶奶给的，为什么挨打挨骂的却是自己。

这样的父亲完整继承了爷爷奶奶的命运——找不到好样儿的对象。这就是我那会儿说的，俊这东西搁在韩屯，简直一分钱都不值。父亲转眼三十岁了，好歹让媒婆撮合了二十来遍，娶了本村有名的病秧子，我的母亲，孙尽美。

韩屯有句老话，啥爹揍出啥儿子。我父亲对我母亲，跟我爷爷对我奶奶，简直一模一样。哪怕正跟全村人吹胡子瞪眼，扭头看到自己病歪歪的女人，马上就像洋蜡被剪了芯，动静都没了。

小时候，我从没觉得母亲是别人嘴里的病秧子，她只不过弱了些，不能干重活儿。后来我想，我大概是把手巧和闲不住误会成健康了。

我母亲手里总是捏着针线，总有缝不完的东西。已经洗涤了的破布条，她也能仔细绗上，给我们做棉袄、棉裤里子。我家炕上，总是铺着盖帘，晾着茄子、豆角、辣椒。那时一碗小米，恨不得能有三分之一沙子粒儿。母亲就趴在炕上,一粒一粒地挑。我确认她是个病人是小学三年级的事。那天我和妹妹去挖山菜，回村路上，迎面飞来一匹惊马。没想到，这匹惊马跟我这一生，竟有千丝万缕的缘分。后面我再细说它吧，眼下只说那天母亲得知惊马的事，一口气没喘上来，昏死在炕上。她彻底静止的样子和那张土灰色的脸，让我意识到，我的母亲一直挣扎在生死线上啊。

我们家的日子，不用我说，也就知道有多难了。

我没见过奶奶，听说她就是瘫在炕上很多年，最后在炕上长眠的。五年前，我父亲也彻底瘫在了炕上。他的双腿成了凑数的器官，只为了让他打眼看上去，还是个囫囵个儿的全乎人。

我爷爷在我还不记事时就过世了。他在我心中的形象，是在他死后建立起来的。韩屯人说起他，总是那两件事，一是怕老婆，二是斗地主、分浮财时舍我其谁的表现。我爷爷那时是有名的鸡血人，每次都冲在第一号。他分得的浮财据说是最多的，有桌椅板凳、锅碗瓢盆，最值钱的是一个炕柜，黄花梨木的，漆着深红色的漆，上面画着三绿牡丹、红梅花、紫葡萄和蓝喜鹊。这个柜子后来一直在我们家。是我父亲成家时，从我爷爷屋里搬来的。

我还不知道自己喜欢谁的时候，就知道了我不喜欢谁。我不喜欢我的爷爷，虽然我为他的不劳而获找了很多借口，可我还是顽固地不喜欢他。

我也不喜欢那个柜子。那是我们家唯一值钱的东西，可我觉得它跟我们家格格不入，它不属于这个家。小学时我因为说了这样的话，挨了父亲一巴掌。

“你错没错？”父亲的脸上全是怒火。

“我没错。”

说完，我又挨了一巴掌。

“到底错没错？”

我不出声了。走路已经有些吃力的父亲，脸上有点得意了。我感到眼前这个贫病交加的男人，其实很可怜。

“我不该犟嘴，我错了。”我主动对父亲低下头，我不忍心再看一个穷困男人好不容易露出的一次得意。

“呵！”父亲冷笑了一声，“别以为能瞒过我，你是口服心不服。”

我什么也没再说，去厨房生火、烧饭。那是一个初冬，母亲坐在冰凉的炕头，嘴里直冒白气。家里穷的连个热水袋都没有，我担心母亲冻坏了。

“生在这么个穷家，别他娘的酸溜溜——跟老子讲什么志气。”

“她爸，你少说两句吧。”

我父亲嗓门很大，什么话从他嗓子里出来，不带脏字也像骂人话。

那天我做的是土豆炖白菜，里面几乎看不到油星。铁锅边儿上烀的苞米面锅贴，这两样配一块儿，不知怎么，越吃越饿。挨到半夜，我小妹说要小解，悄悄打开门，搬了个木头墩子，想够房梁上晾的地瓜干。结果手一出溜，碰了挂在房梁上那个铃铛。

父亲醒了。他骂带娣得了馋痨，是饿死鬼托生的。带娣哭了，说自己真饿，不是馋。父亲给了她一嘴巴，说闺女家家的，嘴馋指定学坏。带娣后来哭没劲儿了才睡着的。

后半夜，我听母亲小声说：“连我这肚子都饿得直叫，你还打带娣。”

黑暗里，我感觉父亲咬了咬牙，脖子上的喉结来回骨碌了几回，才使劲压着嗓子说：“这穷日子，再饿，也得让她学会忍着。”

母亲不再说话了。她把带娣搂了过去。没一会儿，我听到母亲轻轻往回抽鼻子的声音。

第二天一大早，我生火时，感觉一只凉凉的小手伸进了我的后脖颈。我听见带娣委屈地问我：“姐，都怪铃铛，挂它干啥呀？”

第二章　铃儿响叮当

房梁上那个铃铛是纯铜的，只要把上面的灰擦掉，它就油光锃亮，金光闪闪。那是生产队解散时父亲抢来的另一件东西，也是爷爷当年分浮财分到的最不值钱的一个物件。

和柜子一样，这串铜铃铛原来也姓范，是韩屯最有钱，也是整个兴盛乡最有钱的范大地主家的。在兴盛乡——也包括全县，地势最高的就是韩屯。韩屯最高那座山名叫东山。东山看起来肩宽背阔，高大巍峨，占了几十里的地面。山上草木浓密，鸟雀丰满。黄榆、白杨、花楸、水曲柳，还有椴树、枫树、核桃树，高低错落却都旺盛地生长着。黄鹂、寿带、大山雀、百灵、红点颏、蓝点颏、铜嘴……是树木们没法摆脱的访客。它们有时会密密匝匝地待在挂着枯叶的树枝上，有时又毫无征兆地扑簌簌飞向空中。猫头鹰和老鹞鹰不会这么干，体型越大的鸟越不会拉帮结伙、成群结队，它们像一个个孤独的苦行者，像天空中的喇嘛，一举一动充满沉着和庄严。每年清明后，山菜一点点拱出小头，一场雨喝进去，全都像醉汉一样抖擞着自以为肥硕的茎叶。它们中有味道微苦的婆婆丁、细高的山芹菜、长大后叶背会变成灰白色的柳蒿芽，还有小叶芹、大叶芹、刺五加、刺老芽、山蕨菜……入夏前它们如果没躲过人们的眼睛，就经常会进了人们的嘴。上山的人们下山时，总会顺手采上几把，直接蹲在小河边上，清洗干净后拿回家。那条永不干涸的小河就是小石河，泥土会让河水浑浊那么一小会儿，不过很快，河底的石头和小鱼，又被清澈的河水端了出来。

韩屯就窝在东山坳里，三面环山让村子像个漏斗型的风口。每到冬天，西北风就像肌肉发达的手臂，打着旋儿摇晃百十家房盖，发出的声音像几十只野狼在合唱。苍白的雪片从山尖儿一路飞舞，在村子上空接受大风的抽打。多年前，这一大片山都姓范，山上每棵树、每块石头也跟着姓范。冬天是老范家发财的好时候。树被伐下，绑在爬犁上，顺着雪道拉到松花江边，开春时候再编成木排顺流而下，到了东大滩上岸拆排，一番交易，就变成了银票。剩下的枝枝杈杈绑成捆，摞在船上，一路划到临江门，卸下来再装上马车，到了柴草市，一卖一买，又是一笔钞票。山货（野鸡、狍子、木耳、核桃、蘑菇等），也都如法炮制，运出去，卖掉。老范家的钱就这样，越挣越多。后来他家去镇上开杂货店，卖针头线脑，也卖花圈和棺材料。再后来城里也有了他家的买卖。

新中国成立后，山林悉数收归国有，伐木卖石都属违法，韩屯靠着山也不能吃山了。由于地势高，无霜期短，加之三面环山，耕地几乎都在半山坡，这就让韩屯的贫穷像娘胎带的一样紧紧缠在身上。唯独从东山沟里流下来的小石河，似乎不知贫穷为何物，不紧不慢地围韩屯转了大半圈儿，才唱着小曲儿流进松花江。

韩屯东头有口老井，石头垒的，上面有粗粝起毛的井绳，木头摇把，和一个没事就躺在井里望天的老木桶。最早那个木桶烂掉了，现在挂在里面的，是铁匠爷爷四十年前重新箍的。木桶离开水，就会开裂漏水；总泡在水里，又会长毛，滑手。有时我路过那儿，会把它捞出来，刷一刷、蹭一蹭，看到它就像看着当年的铁匠爷爷。它是我的念想，我比谁都怕它坏掉。

这口老井边上有几棵老榆树，头很大，发量很浓密。每到夏天，老榆树顶着满头墨绿，给身旁生产队大院撑出块儿荫盖。荫盖下边是牲口棚，长长的一趟，里边一排木槽，槽头上拴着二三十头牛马。生产队的牲口都住集体宿舍，吃大锅饭。就外边有个单间小灶，招风惹眼，也不怕遭妒忌。

单间住的非牛非马，是头灰毛长耳驴。这驴骟过，未婚未育。别的牲口日出而作、日落而息，它不光上白班，还常上夜班；别的牲口都有外号，它只有大号；别的牲口每天一进一出，这驴几进几出。

关于这头驴，跟我们家还真有点渊源。容我后面慢慢讲。

再说回那个铜铃铛吧。

范大地主是不把这串铜铃铛挂门上的，而是挂在马脖子上。那时候范大地主家有一挂一架三套的胶皮轱辘大马车。三匹拉套的马脖子下挂的是铁铃铛，这副铜铃铛挂在驾辕的青骡脖子下。四个头的大马车只要跑起来，铜铃铛、铁铃铛叮叮咚咚响，很是威风。土改的时候，那匹青骡分给了我爷爷，这副铜铃铛也就归了我爷爷。

我爷爷不光懒惰，还是个贪心的人。他分得了那么多东西，可都变不成粮食，也变不成家用。韩屯的地本来就歉收，我爷爷又不爱种地。那些东西在范大地主家时，他怎么看都觉得闪着金光，怎么看都觉得是富贵。可是到了他的破屋子里，怎么看都觉得是废物。

我爷爷最后也是死在贪心上了。

我老姑出嫁前，老姑父家送来一袋地瓜。我不知道这算什么，是订婚礼还是什么礼，反正我爷爷特别高兴。他一辈子最爱吃地瓜，可韩屯种不出黄瓤的甜地瓜。那天他一个接一个吃地瓜，连口咸菜都不就。眼瞅着瘪瘪的肚子越撑越圆，好像不放放气儿，就要爆了。可他却放不出来气儿，他的肠子不会动了。就这样，当天夜里，我爷爷被老姑父送来的黄瓤地瓜，活活憋死了。村里人都觉得是奇事，说从没听说地瓜能撑死人，还说能被地瓜撑死的，得是贪吃成啥样的人哪。

我爷爷入土那天，虚岁才过六十。他死得很不光彩，韩屯人现在教育孩子别贪吃，还会偷着拿我爷爷说事。

“还吃？还吃？也学那老韩头，活活把自个儿撑死？”

村里人说这话，其实没啥恶意。事实就是这么回事。可听在我爷爷后人耳朵里，这话可真有滋味啊，连苦带辣，都有了。

村里人都担心我老姑的婚礼就这么泡汤了。姑爷撑死了老丈人，红事肯定变白事了。可仅仅过了三七,我老姑就过门儿了。再不过不行了，我老姑的肚子说啥也盖不住了。里面的娃再有俩月，就要钻出来了。

我老姑结婚那天，老姑父租了生产队那头驴去接的亲。

那是一头骟过的驴，性格挺孤僻。别人都说这头驴仗着工种好，干的都是轻活儿，心里总觉得自己跟别的牲口不一样。它还住单间，吃小灶，惯得更不合群了。大伙儿这么说，听着也不是没道理。这头驴确实不干农活，干的都是帮女人拉磨、偶尔接个亲、送个丧之类的杂活儿。

说起来，这驴是韩屯最能串门的家伙啦。它吃过百家饭，谁家牵去干活儿，都会喂些上好的草料。它也挨过百家揍。最窝囊的童养媳踢过它，最老的小脚老太太捶过它，连刚会走路的淘气娃娃也在它蹄子上撒过尿。早先这驴每天都要患得患失几回，一会儿觉得自己重要，一会儿又感觉卑贱。它的毛病在生产队来了另一头骟驴那天，忽然就好了。它去拉碾子，不再懒洋洋。路过村里的小破庙，不再东张西望。牵它去办红事，不再斜着眼偷看新郎的大红花。去办白事，驴脸也能挂出一脸悲伤。谁喂它吃草，它就用柔软的鼻子去蹭人家的手。没多长时间，后来那只骟驴又被带走了。

就这样，生产队的拉磨驴一直都是它。驴的木槽子上刻着几个歪扭的字：为全体社员服务。

韩屯人都知道，这头驴有个癖好。它干活儿时不叫，走路时不叫，专门在傍晚收工回来,老半天不迈单间的门,可地打滚,嘴里“咴儿咴儿”地一个劲儿叫。就为这，到它老死，留在韩屯的大号没变过——叫驴。

我老姑父牵着叫驴去迎娶我老姑那天，它可闯了个大祸。我老姑身上其实还有孝，就没戴红花。因为是结婚，也不可能戴白花。老姑父让老姑坐在驴背上，说了句，接媳妇喽！叫驴熟悉这话，听完就开始扭着脖子四下撒目。它肯定是在找大红花。找了半天没找到，叫驴觉得自个儿接错人了，就原地扭腰撅腚，撂了个大蹶子。我老姑砸在了地上，砸出一片灰尘，还把肚里的娃给砸了出来。

老姑父吓麻爪了，可脚还好使，他把叫驴踢得“咴儿咴儿”叫。好在七活八不活，老姑肚里的娃后来活了下来，小名就叫驴蛋。从那以后，叫驴更孤僻了。

叫驴走后第二年，生产队解散了。韩屯家家又有了地，队里的牲口也被分了个七零八散，有三家分到一头牛的，也有四家分到一匹马的。地是农民的命根子，种地又离不开牲口，牛套包、马鞭子自然都成了稀罕物。张三家捞着了，李四家没捞着，火药味儿就往外冒。分到最后争抢起来的正是叫驴脖子上那个铃铛。许是起初觉得小，不起眼，许是大伙儿都盯着大物件抢，总之最后没啥可分了，才想起还有个铃铛。就为这副驴铃铛，一帮人从生产队屋里吵吵到院里。

一个脑瓜尖尖的瘦高个子说：“那驴，一直我喂，对我多有感情就不用说了吧？单说这铃铛，要不是我护着，那年不就扔炉里炼钢炼铁啦！”这人叫何宝廷，原先是生产队饲养员。屯里人说到他，不管说的是啥，临了总会带上一句“那姓何的可是牛角上抹油——又尖（奸）又滑呀！”

何宝廷话音刚落，另一个说道：“要这么说，这铃铛最早可是我入社时带进来的，你知啥是物归原主？”说话的是副洪亮的大嗓门儿，人称“韩屯第一穷”。他就是我父亲，韩兴旺。我父亲这话不无道理。入社时，是他牵来一头青骡子，这铃铛就在那头青骡脖子上。

何宝廷一听就不服了：“韩兴旺，少耍埋汰——你说的那是哪年月的事？”

我父亲更不服：“耍埋汰谁能耍过你？你咋当的饲养员，谁还不知道？”谁都知道饲养员是队里挣工分最多的，但棒劳力（优质劳动力）都当不上，何宝廷当年从山坡上滚下来，一瘸一拐了半年多，就当上了。

一提这话茬，何宝廷鼻子沟都泛白，眼看着汗就要冒出来。我父亲身边站着老铁匠，这时赶紧拍了拍我父亲的肩膀，说道:“兴旺呀，说铃铛，你不是想要铃铛？”我父亲从不跟老铁匠斗嘴,又说回了铃铛:“我不要，谁也不要。我一要，全都想要。都他妈的——眼皮子浅、腚沟子深！”

院里又是一片七吵八嚷。

一个鼓眼珠子的老头，嘴巴松开烟袋锅，像是鼻子里哼了一声，对老铁匠低声说道：“他们几个，争啥争呢？要那么论，这铃铛最早是人老范家的。”这老头姓房，脖子上有个瘿袋。

“老房头，你个老粗脖儿，”我父亲不光嗓门儿大，耳朵也机敏，冲着老房头嚷，“分老范家浮财那前儿你多大？三四十有吧？我才十了岁，咋还没我有记性？那头青骡子不是分给我家了？”

老房头被损得灰头土脸，焖着烟袋锅，不敢吭气儿了。这人平时话挺少，老两口拉扯个外孙子，名叫房宝海，日子紧巴巴。倒是何宝廷，心也不服、嘴也不服，又呛呛道：“韩兴旺，你嗓门儿大，你倒是问问铃铛那物件儿，它想跟谁？”

院里舞马乱营，正在难解难分，村小学邹校长走了过来。迈着四方步，不紧不慢。

邹校长细眉细眼，鼻梁上架副眼镜。走路挺胸抬头，颇有几分文气。怪就怪在常年只戴一只套袖，有时藏蓝，有时墨绿。那天他左胳膊一半浅灰（衬衫是灰的）一半藏蓝，抬起来扶了扶眼镜，站住了。

“乡里乡亲的，大家不要吵嘛！”

“邹校长，来得正好，您给评评理儿，韩兴旺是不要埋汰？”

邹校长温和地笑了笑：“多大个事，说来听听。”

“嘻，屁大个事。”何宝廷儿子叫何壮，正在村小念书，数他最知道见啥人说啥话。

“你个孬种！邹校长，斗大个事。”我父亲性子直，他总说自己下辈子再起名，干脆就叫韩正义。

“说说看，江月她爸。”那时我也正在村小念书。我父亲跟谁都敢耍驴，就跟两个人不耍：一个邹校长，一个老铁匠。要不是邹校长，我怕是连学都没得上。每学年那五块钱学费，在我们家是天大的数。眼瞅着别人都上学了，我跪在地上，央求父亲让我也去上学。我父亲差点把牙咬碎，骂了半晌，出门去找了邹校长。见了面儿先骂自己混蛋，明明养不起，还一个接一个，连生了三个。生完又塞不回去，连五保户都没资格申请。两口子像俩废人，一丁点儿来钱道儿也没有，每天太阳一出来就愁，月亮挂头顶时继续愁。邹校长知道我家啥样，二话没说就去大队开证明，又是申请又是上报，我的学费才一分也不用交了。我父亲一琢磨，老二老三离上学也不远了，就把我两个妹妹减免学费的事，提前对邹校长千恩万谢了一番。邹校长最怕村里哪个娃没学上，我父亲等于用自己的娃戳了邹校长的软肋。校长答应了——万一申请不下来，那俩娃的学费，他从工资里掏。

我父亲围邹校长转了五六圈，抢铃铛的事才算说清楚。正要接着转，有人受不了了。

“韩兴旺，你让叫驴附体啦？那是邹校长，你当磨盘啦？”

有人哄笑，有人加纲，说叫驴回来了，给自己转迷糊了。我父亲借着这话表现出一副勃然大怒的样儿，抓起拴着铃铛的绳套，二话不说，自脑瓜顶一套，叮叮当当，把自个儿拴住了。

“江月她爸，你这气性，还真是挺大。”邹校长到底有文化，憋住了，仅带着一丝微笑。别人没这功夫，一时间，老榆树的荫盖里没了好动静。大笑声连成片，听着像野鹅狂叫。我父亲丢了面子，却捞到了实惠，象征性地又喊了两嗓子，两条腿一高一低，把自己拐回家去了。

就这样，我爷爷当年分得的驴铃铛，贡献给生产队数年后，又被我父亲抢回了家。

那天我父亲进了屋，喜滋滋地吩咐我：“江月，去，打二两酒回来。”

我静静地站着，等着父亲给我打酒钱。父亲又说了一遍：“去，给爸打二两酒去。”

我很久没见父亲这么高兴了，就没敢提酒钱的事，继续静静地站着。

母亲在炕上拆棉裤，我们姐仨的。拆完把棉花敲打一遍，再晒喧腾了，重新缝上。我的给老二，老二的给老三，我捡母亲的棉裤穿。

父亲也不知是对母亲还是对我，要么就是对棉裤，兴奋地说着刚才的丰功伟绩。

“些个不要脸的，就不能惯着，这铃铛，它就是咱家贡献给生产队的。”

“不当吃不当喝的，抢它有什么用。”母亲头也没抬一下。

“用处可大了去了！”父亲一屁股坐在炕上，嗓门儿把棚顶灯泡撞得扇乎了几下。

“这是范大地主的铃铛，这是带财的好物。瞧着吧，这回咱家可快好啦，铃铛一挂，横财就到，你就等着吧！”

我的母亲把眼睛垂得更低了，眼看就要掉进棉花里了。

“你不信？我知道你不信，最起码——”我父亲卷起衣角，老兵擦枪一样，仔细擦着铜铃铛，“最起码，它能镇宅辟邪、驱魔降妖。再不济，它还能保佑咱这仨丫头，以后都找着金龟婿。江月，杵那干啥？还不去？”

我扛不过去了，只能实话实说了。

“爸，我拿啥打酒……”

“酒瓶子啊，你说拿啥？”

“孩子是说，酒钱在哪儿？”这是我母亲说的。

“呃，那个……先赊二两。”

我父亲最会给人出难题。村供销社卖油盐酱醋也卖酒的，不是别人，是邹校长的妻子，我冯姨。

“你冯姨卖酒你还怵啥？你冯姨最稀罕你，快去。”

我父亲根本不知道，越是喜欢我的人，我越没法张口。

进了供销社，冯姨的脸果然笑得像年画一样，眉毛缝里都流动着喜气。我一下子明白了一个道理，喜气这东西不是一个富贵的铃铛能带来的，它像花一样，根在人的心里，开在人的脸上。

我知道冯姨稀罕我，她逢人就说："江月咋不是我闺女哟？"冯姨喜欢女孩，可她生的是男孩。她生的男孩名叫邹天明，是我同班同学，他们家就住我家对面那个院子，是全村唯一的大瓦房。那房子原来是范大地主家的老宅子。宅子这东西也分人住。老范家住时，院门连同门窗总是张灯结彩，雕花的木头配上屋顶的青瓦，离老远就闻到一股富贵味儿。分浮财那会儿，几户人家为争这宅子打圈架，都怕自己抢不到便宜了别人，没少干"毁"宅子的事。后来还传了一阵儿这宅子闹鬼，白天没事，晚上谁住谁见鬼。不知是真是假，反正最后哪家也没捞着，做了村部。村部搬走卖给邹校长的时候，除了门窗还算完整，屋顶的瓦残的残、破的破，只好全部换了一遍。旧时的青瓦不见了踪影，大片大片崭新的石棉瓦一罩，范家老宅顷刻间朴素了许多。对于邹校长入住这宅子，村里非但没人反对，反而变得众口一词了：这宅院，就得邹校长那样有德行的，才镇得住。

冯姨说："瞧瞧谁来啦？咱乡最俊的小丫头来啦！"

另一个卖日杂百货的我张姨，也笑着说："别说咱乡啊，我看，咱全县也找不出比江月还俊的丫头！"

她们的话，给我擦了红脸蛋儿。赊酒的事，就更说不出口啦。

"冯姨、张姨，我帮你们干点儿活儿吧！"

"江月，你爸妈上辈子是做了多少好事积了多少德呀，生了你这么又俊又懂事的闺女。"

"江月呀，家里又缺啥啦？"

我简直要哭啦！我感到心口那个地方有什么东西快要给揉碎了，她们如果不这样说，我父亲要喝的酒，看来是打不回去了。

我抬起头，从兜里掏出两个鸡蛋，冲着二位阿姨，感激地笑了。村里都说我有两个漂亮的小酒窝，我想它们应该绽放给对我有恩的人。

自打用鸡蛋换酒那回开始，每次我心里涌上眼泪，我就努力用笑把它们压回去。除了笑，我也没有对付它们的武器啦。

第三章　手　足

带娣听我说那个铜铃铛是能给家里带来好运的东西，就不再跟铜铃铛较劲了。她只是满屋打转，像没长眼睛的苍蝇，嘴里嘟嘟着:“饿呀，要饿死啦。”

“怎么别人都不饿，就你饿？”母亲问带娣。

“别人偷着吃肉了，我吃不着。”

“胡说八道。”

一旁的金珠说：“妈，别说我小妹了，她是直肠驴，拉得快，饿得就快呗。”

带娣确实总爱上茅房，饭碗才一撂下，一双小腿就往屋后茅房跑。多数时候她都来不及揣手纸，我家北窗很快就会飘进她稚嫩的声音：“姐，我要擦屁股！”金珠嫌臭，直接把鼻子和嘴一块儿塞进饭碗，像猪拱槽子那样拱碗里的饭。我担心父亲一来气，又要命令带娣可着那臭地方待着，就赶紧往外跑。

“姐，你是我亲姐，我二姐不是我亲姐。”

“别贫啦。”

“姐，以后我长大了，有什么好东西都给你，我有什么好吃的，都给你。”

带娣的小嘴能把死人哄活了。

刚过一天，二十四小时还没到，带娣真的有好吃的了。是一条“牛舌头”，白色的，沾满了白糖粒。不是真的牛舌头，是种糕点。

金珠问她，哪儿来的呀？带娣眼皮都不抬一下。到了我跟前，一连叫了五声姐。我心里一激动，嘴里忙不迭地说："姐不要，姐不要，带娣吃了吧。"

带娣卡巴着眼睛："不行。"

这下我更激动了："姐真不要。"

带娣扯过我的手，从"牛舌头"上抠下一个白糖粒，放到我手心里，郑重地说："姐，你一定要吃。"

正是最激动人心的时刻，父亲一拐一拐地回来了。他问带娣："拿的什么？哪儿来的？"带娣吓坏了，不知道该把牛舌头吞进肚子里安全，还是交出去安全，就往身后藏。这个动作让父亲彻底恼了。

"给我。"

带娣还是使劲往身后藏。

"聋啦？馋逼帮子，哪个龟儿子拉拢你的？"父亲的巴掌扬在了半道。

"何、何大爷——"

"何宝廷啊？"

何宝廷是我同班同学何壮的父亲，我们村里，没有一个不在背后说何宝廷不着调的。这个人有副闲不住的腿脚，除了种地，天底下好像没有他不爱干的事。原先，他最爱给黄皮子、野兔子下套，一张皮剥下来，连着那生灵的小头颅，能卖好几块钱。生产队解散后他就挨家挨户收细参、穿龙骨这类药材，也收松子、榛子、核桃这些山里的坚果，再拿去城里卖掉。说他没钱，村里数他穿得人模狗样。说他有钱，何壮那几块钱学费他都掏不出来。后来知道他每次进城为啥一待就是好几天了，是认识了一个收山货的女人，在那熙熙攘攘、光天化日的地方，两人就好上了。城里离韩屯上百里，口风原本传不过来。可何宝廷日有所思夜有所梦，经常半夜紧闭双眼，像当年高呼口号一样高喊那女人的小名——凤儿，小凤儿。何婶跟婆娘们学了，都说她男人身子肯定是丢了。何婶信了，又不愿信，眼神变得直直的。她男人嫌弃她五大三粗，尤其厌烦她那双四十码大脚。她就家里外面地说，她男人得了神经病。我们村有个不成文的认知：神经病干啥都不是故意的，只要得了神经病，干啥都不犯法。何婶说她男人神经病，是寄希望于她男人不是故意失身的吧。

我父亲的巴掌从半道落了下来，落在带娣的脸上。第一下，带娣哇一声哭了。

“还有脸哭？”父亲说完，又打了第二下。金珠扑了上去。

“爸，别打了，我小妹太小了，不懂事。”

“让她馋！奸懒馋滑，最后指定就是偷，偷吃偷喝，再偷汉。”说着，父亲又打了第三下。带娣的脸胀起来了。

“你打死我吧！”没想到，六岁的带娣把脸一扬，瞪着通红的眼睛向我们的父亲宣战了。

“反了，反了！这个家没有好啦！兔崽子，我成全你！”

一时间，家里人仰马翻、鬼哭狼嚎，彻底乱了套。直到母亲喊了声：“韩兴旺，你连我也打死算啦！”我父亲和我们姐仨，才松开了抓住彼此的手——父亲抓着带娣，我和金珠抓着父亲。我们的八只脚下，是踩得稀碎的那条“牛舌头”。只有带娣放到我手心里那个白糖粒还在——以融化的方式，表达着带娣的诚心诚意。

“家门不幸啊！祖坟冒黑烟啊！”

我父亲的声音里全是悲伤。我想劝他，爸你想严重了，带娣不过是个六岁小孩儿，她连我都影响不了，哪能把祖坟点冒烟了。可我父亲接下去自言自语的话，却让我无言以对了。

“爹呀，你说你咋死不是死，咋偏偏馋死啦？你都死了，咋还把馋痨传给带娣啦？”

父亲这样哀恸的时候，看上去老了十岁。我想起村里人拿我爷爷教育孩子的话，心里也布满了愁云。带娣却还是一脸不服气，咬着嘴，漆黑的眼珠死死剜在“牛舌头”的碎末上。

"带娣，姐带你去山上采果子吧。"

我知道这是带娣最盼望的事，平时她央求我，我总也没空带她去。现在她挨完打，我也能带她去了。一想到这，我主动蹲下，对带娣说："来，姐给你当马。"

带娣到底是个孩子，一听这话，一下蹿了上来。

我背着带娣，从我们父亲的身边走了出去。我担心他再给带娣来上一脚，就用手死死捂住带娣的屁股。可我身后，只传来父亲沉重的叹息。我才反应过来，父亲的腿，几乎抬不起来啦。

东山上只有还没开败的桃花和杏花，一个果子都没有呢。松塔只剩下空壳，被人们遗漏的松子都被松鼠吃干净了。糖李子树上能找到几粒去年秋天残留的小果，皱皱巴巴挂满了泥。我揪下一个，使劲擦了擦，给了带娣。

"吃吧。"

带娣咬了一口，说："太酸啦！"

我想不出话安慰她。

"姐，我为啥不是邹校长和冯姨生的呀？"

"别瞎说话，带娣。"金珠不让带娣这么说。

"天明哥啥都有，有糖块儿、麦精汽水，还有吃不完的字母饼干。"

我想告诉带娣，你天明哥没有伴儿，家里就他一个，孤零零的，多可怜啊。可我又觉得带娣听不懂，只好改口了。

"那些是能用钱买的，钱是咱们长大了，努力奋斗，就能挣来的。"

"真的吗，姐？"金珠认真地看着我。

"真的。只有爸和妈，是多少钱也买不来的。"

"姐，我光想买咱妈，我不买咱爸——不对，是你爸。"带娣也说着她的真心话。

"带娣，姐问你，这会儿山上如果有狼冲进咱家，你说，爸会不会救咱们？"

“会呀……”金珠惆怅地说。她一定想起她两岁那年,家里烟囱堵了，满屋子浓烟。是我们的父亲冲进屋子，把呼呼大睡的她救了出去。

带娣也把头低下了。去年她跟着淘小子去小石河摸泥鳅，差点被水冲走，是我们的父亲连滚带爬，把她捞上岸的。

“带娣，你不要记仇啊，爸妈都是为咱们好。”

带娣又不说话了。

“咱们的爷爷……是那么个死法，馋……是咱爸最记恨的。”

“我没馋，我饿。”

“以后饿了告诉姐，姐给你煮鸡蛋。”

第四章　狭路相逢

西边天空像架柴烧了，全是通红的火烧云。挖了一篮子鸡吃的苣荬菜，我背着带娣，领着金珠，往山下走。

带娣一直在我背上，两只脚蹬着我的大腿，拿我当驴骑。我说，当马不行吗，为什么非得骑驴。带娣说，驴比马听使唤。她的歪理一套一套的，村里人管她叫小妖精。我倒不在乎给她当驴还是当马，只要她高兴。我发现高兴是件很奇怪的事。拿我来说，我的高兴都是家里人给的，他们高兴了我就高兴，他们有一个不高兴，我就高兴不起来。

“姐，你笑啥？”金珠拎着篮子，困惑地问我。

“带娣高兴了。”

金珠懵懵懂懂，她搞不清我为什么笑。如果我告诉她，我发现我的“高兴”其实不归我管，接下去半年，她会一直这副懵懂的表情看着我。我决定不告诉她了。

“金珠，今下晚，姐教你做铅笔帽。”金珠缠着我教她，也有个把月了。她手笨，记性也不好，教完睡一宿觉，就像没学过一样。

“真的呀？姐，我太高兴了！”金珠不知道，她这个样子，我心里的高兴都要开锅了。

路过村东头，远远看见老榆树下面坐了些人。不用走过去我也知道，那些人围的一定是铁匠爷爷。只是不知道铁匠爷爷今天讲的哪出，是封神演义还是杨家将。铁匠爷爷的嘴，好像生来就是为了添油加醋、煽风点火的。我说的是在故事里，只要离开故事，铁匠爷爷要么焖烟袋锅，要么打铁，听他一声咳嗽都难。

“江月呀，带娣都多大啦，咋还背着？”

“带娣呀，净欺负你大姐啦！”

“赶明儿，江月长大了，说给谁家当媳妇——”

“那得是积了多少辈儿阴德、阳德的人家呀！”

正是生火做饭的钟点，村里人都往家走。我背着带娣，领着金珠，穿过人们的话语纷纷，也穿过满村夕照，往家里走着。我眼前是母亲手扒窗户，对着院门望眼欲穿的样子，母亲身后是脖子伸得老长的父亲，目光越过母亲花白的后脑勺，也往院门张望着。那个小院，那间破土屋，有了他俩期盼的眼神，就成了我和金珠、带娣今生今世的家。

我把自己想得心头一热。有爸有妈的地方就是我的家。我的心头更热了。我家那摇摇欲坠的破院门已经钻进了我的眼睛，再有几百米，就到家啦。

“妈呀！大青这是咋了呀？”

喊声突然响起来，还没反应过来怎么回事，我的对面冲过来一团狂怒的龙卷风。风是青灰色的，裹着一圈黄土色的边儿。它像是黑白无常变的，从火红的夕阳里一脚踏出，带着腾腾杀气冲将过来。

“是大青？大青是不疯啦？”

大青是韩屯最英俊的马，是同村丁大爷的心头肉。怎么能是大青呢？这时辰，它从来都是回到丁大爷院子里，卸下马鞍，清理马鬃和马毛啊。

“天哪！大青变畜生啦！江月，可怜的江月呀！”

韩屯人从没像那一刻那样咒骂一匹灰白色的成年大马。他们几乎不管牛马骡子叫牲口，张口闭口要么“那伙计”，要么直呼外号。可那天大青马与我们仨狭路相逢、我们仨无处躲闪那一刻，人们都在挣命地狂喊：“畜生！你这该死的畜生啊！”好像他们都知道自己不是惊马的对手，便想用声嘶力竭的叫骂，救下三条小命。可大青马像是鬼迷了心窍，只管高抬马蹄，眼珠通红，发出魔鬼附体般的嘶鸣。伴着这嘶鸣，一些人不敢再看，倒吸着凉气死死闭上了眼睛。另一些吓得圆睁双目，浑身僵硬，好像命运逼迫他们眼睁睁看着三个女孩就要葬身在疯马蹄下。

我没有选择。我是最大的一个，我的两个妹妹还小，她们必须活着。要是有来世，我只会更疼她们、更爱她们。只是苦了我的父母啦，他们的身体是这辈子最大的苦水，每过一天，都会更苦一分。他们以后每天，要挣扎着下地做饭、生火，用盆接着屋顶漏进的雨水，一大早蹒跚着去茅房倒尿桶。他们饿了怎么办？万一摔了怎么办？家里的氨茶碱和去痛片没了怎么办？这些后事我都来不及交代，“扑通”一声，两个妹妹已经被我扑在了身下。

“老天爷呀！要了命啦！”有人为我哭喊上了，他们觉得我必死无疑。喊声回荡在韩屯，像呼哨那样尖厉。

能飞的都扑棱棱往天空飞去，这会儿才知道韩屯藏着这么多麻雀、红点颏、蓝点颏、铜嘴、花树子。鸟儿们一起振翅的声音犹如骤烈的暴风雨即将来临，山桃花慌张地从枝头跌落——就在这惊心动魄的一刻，连鸟雀都以为一起悲剧即将发生的一刻，那匹狰狞的大青马却像被施了咒语，又好似马背上有个从天而降的神汉死死勒住了缰绳——它的后腿笔直，两条前腿在半空弯曲，伴着大口大口的粗气，弯曲的前腿缓缓垂落，一如那时刻它裆间软弱无力的生殖器。大青马停了下来。没踏上铁蹄，没再疯跑，却是迟疑着撂下了钉着马蹄铁的蹄子，擦着我的身边吁吁喘着粗气，站住了！

第五章　大青马

那天确实有人死了，死在马蹄下。那天死去的人不是我，是我丁大爷。

丁大爷全名叫丁全盛，当时五十来岁，是韩屯数一数二的精壮汉子。当年生产队解散时，丁大爷和另外两家分得一匹灰白色的大青马，外号叫大青。大青头顶黑褐色的马鬃，英武魁硕，个头比别的马高出一块儿。分马时队长开玩笑说，都按大小个站个队，哪几家个子高，大青就跟哪几家。丁大爷个头矮小，可体格健壮，是典型的“车轴子汉”。队长那话就是句玩笑，真分起牲口谁都盯着高大壮。幸亏有抓阄这招儿，应了“人算不如天算”这老话。抓完阄，只见丁大爷欢喜地跺了几下脚，走到大青跟前，用恨不得笑出声的眼睛前前后后摩挲着大青。他也不知该谢自己这双手还是啥，只感觉冥冥中跟大青缘根深种。

丁大爷稀罕大青，很快就到了无人不知的地步。大青归他养，另两家负责草料，按说他只拥有大青三分之一所有权，可在他心里，大青简直就是他第四个儿子——他已经有三个儿子了，丁大民、丁二民、丁三民。仨儿子长得三副样子，可身板却全都跟他一个样儿，都是标准的车轴子汉。冷不丁有了高大的大青，那是抬一下马蹄、仰一下马头都能被丁大爷看出一股器宇轩昂的劲儿。他和大青的第一站不是他家那几亩地，是铁匠铺。铁匠爷爷叮叮当当给大青上马掌，丁大爷就搂着大青的脖子，用下巴上的胡茬顺着蹭完再戗着蹭。铁匠爷爷赞叹道，马看四蹄人看四相，这可真是咱村最好的马！说完又给丁大爷提着醒，上了马掌可就成了四只铁蹄，可让你那仨小子离远点！丁大爷笑着应道，大青通人语，没事。

都知道牛好喂马难养，可大青自打跟了丁大爷，不但越发健壮，那头黑褐色的马鬃还齐整得像女人的秀发，油亮亮闪着缎面儿般的光泽。丁大爷从不给自己梳头，却弄了把大牛角梳子，专门梳理大青的鬃毛和马尾。一回大青给另一家干活儿，那家恨活儿，一个劲儿抽鞭子。大青满身大汗，马鬃全都汗漉漉地黏在背上，那家人却不满意，嘴里吆喝着又扬起鞭子照大青后背就是狠狠一鞭。恰好丁大爷路过，那清脆的一响抽得他肝肠寸断，一场抢鞭子的仗说干就干起来了。这场仗下来，大青还叫大青，丁大爷多了个外号，马疯子。

出事那个春天的傍晚，粉白的山桃花从山脚开到了半山坡。那天大青干完活儿，丁大爷在院子里卸马鞍。马鞭子在房檐下挂着，上次他给夺过来就再没打算还回去。那马鞭子又长又粗，杆是用三根细竹条拧成麻花劲后箍在一根曲柳杆上，鞭绳是油透了的牛皮条编成的蒜瓣辫儿，挥动起来虎虎生风，传说车老板子拿着它，遇到几只狼都没事。丁大爷思忖着，只要没了这鞭子，那两家休想再抽打大青一下。他跟往次一样轻手轻脚，用一双糙手揉着大青后背的绳子印。大青也格外听他摆弄，眼皮温顺地垂着，间或微微抖动一下柔韧的马尾。西边天空麇集着几块洁白的云朵，一路往东铺成菲薄的云片，抬眼望去，像一大片祥云笼罩在东山坳上空。

“啪！”一声炸裂般的脆响。云彩登时震散了，眨眼只剩头顶那片天无穷无尽又深不可测地蓝着。丁大爷的大儿子丁大民站在当院儿，手握马鞭，神色带几分窃喜和得意。还没等丁大爷抢下马鞭，“啪”又是清脆的一声，锋利的鞭梢恰巧抽在了大青耳朵上。挨了鞭抽的大青甩飞马鬃，嘴里发出不成调的嘶鸣，睁着满是惊悚的马眼高高抬起前腿，把身子拉成了大张的巨弓。

“兔崽子！马毛啦！”丁大爷刚骂了一声，大青已“咴儿”地狂叫着冲向院外。

"大青！"丁大爷知道门口村路上这时辰人正多，大青这个疯样踩上哪个都像踩了片树叶。他拼死命拽住马笼头，可受惊的大青一拧脖子就把他提了起来，一对前蹄紧跟着爆发出铁锤般的蛮力。"大青——"丁大爷嘴里还在喊着，胸前发出咚的一声。只见那矮壮的身子一仄，像挨了镰刀的苞米秆，扑通一声，仰面倒在了地上。

带马掌的铁蹄踏过丁大爷健壮的身子，腾——腾——腾，随着马掌叩击地面发出那铿锵有力的撞击声，惊马不知所措地在屯子里狂奔。那是它跑得最危险却也偏偏是最恣肆的一次，像暴风也像闪电。只见那黑褐色的马鬃狂浪地飞舞，肌肉在油亮的皮下紧绷出目空一切的桀骜。炸裂的马鞭声把它推进了巨大的恐惧，又在骤然而至的恐惧中，跑向了无法卜知的命运。院子里的丁大民已经把魂吓飞了，他目瞪口呆，哪承想无意中听到老铁匠的半个故事，抽冷子甩下马鞭竟甩出这样一场横祸。

就在半个时辰前，老铁匠在村口给一帮半大孩子讲流传到民间的皇宫旧皇历，讲的是在太和殿门口甩鞭子的事。丁大民从地里回来，路过村口老榆树只听了一句，一双脚就像被钉了铁钉，动弹不了了。老铁匠嘬着烟袋不慌不忙地说："听好喽！这个叫'鸣鞭'，也叫'响净鞭'，是古代宫廷'朝会'要紧的一环，早在康熙爷之前万历帝那个时候，就有啦！"半大孩子自然要刨根问底，老铁匠卖了会儿关子，还是竹筒倒豆一样讲了出来——"净鞭"也叫"静鞭"，甩的是用黄丝编织成的鞭子，鞭梢涂蜡，打在地上啪啪作响，目的是警告臣下：皇上即将驾到，上朝参拜就要开始，大家要马上肃静。甩"静鞭"的太监那得挑选，要挑有手劲的，鞭子要甩得响、甩得脆，甩不好可是要挨板子打屁股的！丁大民听到这儿，神思早就飞到了家里那根马鞭身上了。心里琢磨着：拿马鞭当"静鞭"甩甩，看看会啥样？反正只要不抽大青，老爹又能说出啥不是来？偏没想到，甩鞭子果真是门功夫，那"啪"的一响是听到了，鞭梢却不偏不倚，甩在大青马最敏感的耳朵上！

躺在地上的丁大爷一定很害怕，他越来越微弱的呻吟声充满了对生命尽头的恐惧。这场景是我童年的噩梦,也是全韩屯孩子童年的噩梦。永远睡去的丁大爷很快就被抬进了屋子。刚刚目睹过生命消逝的东山，一如史前那般平静。云彩又悠荡回来了，染着薄暮的红晕张望着心有余悸的东山坳。人们纷纷念叨，都觉得太不可思议——马疯子丁全盛这辈子能抓阄抓到大青是他最自豪的事，可丧命在最疼爱的大青铁蹄下，那岂不是比吃饭噎死还不可想象。偏偏就成真了，大青真把最疼它的马疯子丁全盛踢死了！在那个遥远的场景里，前一刻是死亡的惨烈，后一刻是每张脸上的悲戚，人们对待别人的不幸全是不胜唏嘘的表情。这表情刻在我记忆里，永远忘不掉。

原本是件想想就后怕的事，却越传越玄乎了。起初人们说，大青马那会儿魔障了，眼睛里根本看不出啥是啥。后来就变成了是我勇斗大青马，简直是新一代草原英雄小姐妹。再后来又变成大青马被我镇住了，镇住大青马的不是别的，是韩江月那张漂亮的小脸蛋儿。人们说得有鼻子有眼。

人们还说，大青马站住后，村里人像水波一样围了一圈又一圈。丁大民拎着鞭子，眼珠血一样红，扯着喉咙嗷嗷叫骂着："畜生！我抽死你！"他手里的鞭子却怎么都没法再甩起。他被人们箍住了。人们开始数落大青马，说它丧了良心，活活把拿它当眼珠子的丁全盛踢死了，数落它差点没踩了全屯最好看的韩江月。数落声像河水决堤，漫过东山坳，淹没了大青马。它怵怵地站着，灰白的身子不住地颤抖，突突地打着哆嗦。

我改变不了人们的说法，那个时候我已经知道，我能改变的，其实只有我自己。天归天改，地归地改，人们嘴里的话，连天和地都改不了。

不管人们怎么说我的脸蛋儿，我都不信它有那么大威力。可我跟人们这样说，他们就像听不懂，他们就是不信。我只能跟金珠和带娣说了。

“救下咱仨的，你们知道是谁？”

“是你的脸蛋儿。”

“脸蛋儿什么也救不了。”

“那是谁？”

“丁大爷。”

“丁大爷？大青已经把他踢死啦。”

“他还没走远，他飞起来，落在马背上。”

“啊？”

“两条腿夹住马肚子，两只手死死勒住马缰绳，硬是把大青制服啦！”

“你咋知道的？姐，你学老铁匠，编瞎话呢！”

“我一扭头，正好看见的。不过——”

“咋了？”

“你俩不要告诉别人，别人是不会信的。”

金珠和带娣一脸迷糊，点头答应了。

“丁大爷是咱们的救命恩人，这个到死也别忘。”

金珠和带娣开始轮班问我，我们是哪来的，死后能到哪去？活着时认识的人，死了还认不认识？丁大爷和我们的爷爷奶奶，是不是现在还在一个叫韩屯的村子里？那个韩屯是不是我们住的这个韩屯？那个韩屯的人如果再死了，还能去哪儿？

“姐，咱妈半夜给咱们叫魂了，你说，大青用不用叫魂呢？”

金珠这话彻底把我问住了。大青现在是韩屯的“罪人”，谁会去管“罪人”的魂在哪儿呢？

第六章　棉花糖

秋后，种在屋后菜园的大萝卜都拔了出来，我在前院挖了个坑，把萝卜埋了进去。老人说萝卜润肺，我每年都种上两垄，冬天切成薄片，上锅蒸熟了，让母亲吃。两垄大白菜，一共收了三百斤。晒了几天，放到缸里腌了一半，另一半母亲让我背到集上卖掉。一起卖掉的还有一些下酱剩下的黄豆、母亲手缝的鞋垫，这些东西能给我们家换回来一些钱。

集在乡里，一大早，我领着金珠和带娣，搭乘乡亲的牛车出了韩屯。带娣头一回坐这么长时间牛车，才走一半，她就吐了。

“姐，我要死啦。”

“别瞎说，呸呸呸。”金珠吐着唾沫，村里人都是这样吐走晦气的。

“我没瞎说，我害口啦。”

赶牛车的老马家我大叔，笑得呛了唾沫。

“这个带娣，这个虎妞，你知啥是害口？”

“老娘们把吃的东西吐了，就说自己害口啦。”

“哈哈哈——”

“以后快别这么说啦，怀上娃娃的老娘们吐了，才叫害口。”

车上还有几个乡亲，都笑得直捂肚子，好像他们都是怀着娃娃的孕妇。带娣只管蔫儿着，索性趴在金珠腿上了。

集上卖啥的都有。除了秋菜、干菜、木耳、蘑菇、松子、榛子，还有用麻绳绑在一块儿的山鸡。都是死的，可是卖鸡的会吆喝说：“嘎嘎新鲜的野山鸡哟！”我在野山鸡跟前停了会儿，夏天时我见过公山鸡找对象。它学名叫红腹角雉，满身红色带白斑点的羽毛，像故意织成的一样。它的脸是蓝色的，为了找对象，它能把蓝色的脸变长，一直垂到肚子。它那副卖弄美貌的样子有点滑稽，好像它已经凭着美貌把整个林子征服了。

征服整个林子的美貌外加它的配偶，被同一根麻绳捆着，上面挂了个牌儿，写着十五一对。十五除以二，那副美貌值七块五。

“白菜咋卖？”有人问我。

“一毛五一颗。”

“咋这贵？”

“姨，没有帮子的，差不多都是菜心。”

穿大格子外套的女人挑白菜的空当，金珠跑过来，恨不得揪掉自己脑袋的样子，“姐！带娣没了！”

“啊？在哪儿没的？”

我站起来，踮起脚抬眼望，四面都是人，除了人就是人能吃的东西，它们互相拥堵，都把对方堵得寸步难行。哪有带娣的影子啊？

我给了金珠一巴掌，打在她肩膀上。我第一次打人，打的是我大妹妹。

“不是让你看好她吗？”

“我——”金珠一着急就说不出话，只会哭。

“快去找！”我什么也顾不上了，大格子外套在埋怨我，她刚费劲巴拉地把钱数好，等着交给我呢。我真的顾不上了。

“金珠，你跟紧我！”金珠也是我妹妹啊，她也不能丢。别的——大白菜、黄豆、鞋垫，我母亲快累瞎的眼睛和一天天的心血啊——唉！我来不及对它们摆摆手。

“带娣！带娣！”

集上密密麻麻的人群，眨眼就把我和金珠的喊声淹没了。金珠的脸憋红了，红到发紫的时候，痛苦从她嘴里喷出来，她大哭起来。

“小妹，你在哪儿呀？小妹，我替你丢哇！”

我像是听不到了。世界上哪来的这么多人，他们像骨头和肉堆成的海，把我小妹吞掉了。

我扯着金珠，一直找到集外面，又从集外面找回集里面。这样来来回回不知多少趟，太阳就要西沉了。

马大叔的松子也没卖成，一直跟着找。集散的时候，当间的位置还剩了一堆儿，有几棵白菜、一袋黄豆、十副鞋垫。不知道谁给归拢一块儿还给看着的，一样也没少，就是变不成钱交给母亲了。

马大叔说：“江月、金珠，咱去派出所报个案，这样找不是办法。”

派出所警察说，他们肯定给找，能不能找到谁也不敢保证。从派出所出来，我看到身边的金珠，才大半天的工夫，她的脸看上去又黑又瘦，像三天没吃饭、没睡觉了。

“拿我去换吧，叔。”金珠跟警察商量。

“跟谁换啊？傻孩子，先回家吧。”

我一直没说话。我舍不得金珠，也忍不住在心里怪金珠。

回到韩屯天早都黑了。金珠站在院门口,不敢进去。我不是不敢进，也不怕挨父亲的打骂。要是打骂能把带娣换回来，我情愿被打死。可我的腿，也成了僵木头，怎么也迈不进院门。

“姐！姐！我姐回来啦！”

带娣的声音从窗户飞出来,像梦一样敲打我的脑袋。我不敢喘气了，怕把这个梦吵醒。

“江月、金珠，带娣在屋呢！”马大叔松开牛套头，蹦到地上。

“带娣——”金珠叫了一声，扭过身子背对着带娣，抽噎起来。

“小妹，你跑哪儿去啦？”这是我问的。

“有个卖棉花糖的，带娣跟在他后面，不知不觉就溜达出集了。”说话的是二民哥，是我丁大爷的二儿子。他今天也去出集了，正是他恰好看到带娣，又把带娣带回韩屯的。

等到外人都走了，父亲对带娣说：“你趴那。”

带娣说：“趴那干啥？”

“非得让你长记性不可。”

“我不趴。”

父亲一巴掌呼在带娣稚嫩的小脸上。

“你为啥这么馋，你咋就这么馋啊！”父亲几乎捶胸顿足了。金珠扑通一声趴在了炕上。

“爸，你打我吧，你拿我出出气吧！”

我的眼泪刷一下跑了满脸。一天了，最急的时候我也没哭，我想，哭有啥用呢，有哭的工夫去找人啊。这会儿我再也忍不住了。金珠白天已经挨了我一巴掌，我不能让她再挨打了。

“爸，今天都赖我，我是大姐，你打我吧。”

母亲呼呼喘着，说了声：“你敢动江月一下，我死给你看。”

父亲的手就那样扬着，像被黯淡的灯光固定在半空了。扬了好半天，屋子里回响起啪的一声。紧接着，又是一声。

“我早该死呀，我咋不死呀，我这个废物。”

父亲打的是他自己的脸。打完左脸又打右脸。

我们三个冲过黯淡的灯光，一起扑了上去。

第七章　马奶奶

第二年秋天，一个傍晚，乡亲们都往村口马奶奶家跑。大家边跑边喊："快呀！腿脚好的，快点啊！"

我放学路过村口，想着马奶奶家怎么了，也跟着跑了过去。院子进不去，人们都在门口叠罗汉。不知从哪儿弄来的一副简易担架，用两根圆木棍子和粗麻绳扎的，上面躺着个男人。我听见马奶奶扯住男人的手哭喊："老大呀，你可挺住啊！"

我明白了，担架上是我马大叔。抬担架的有马二叔、马三叔，老丁家的二民哥、三民哥，马奶奶家后院的彭有志。

"抬到公路，再拦辆车，没别的招儿。"

"赶紧吧！"

"我先来，不行你再换手。"彭有志对三民哥说。

人一躺在担架上，要比平时沉一倍，乡亲们都这么说。马大叔足有一米七五，担架两头抬着，中间还有几双手托着。

"马大叔咋啦？"我同学何壮问乡亲。

"脚，踩空啦。"

"踩哪儿呀？"

"踩松树枝，二十多米，连根绳子也没绑。"

马大叔擦着我的衣角抬出了他家院子，我看到他嘴角都是血，干了一层，上面还有一层新鲜的。

"大叔啊。"我没忍住，唤了一声。马大叔眼睛闭得死死的，头随着担架的颠簸一晃一晃的。

“大叔啊。”我心里又唤了一声。他去年秋天赶着牛车出韩屯的样子，就在我眼前来回晃。那天他穿着马奶奶给缝的黑棉袄，腰间扎了根麻绳，早上脖领子灌风，他不时缩起脖子，拍牛背的时候再把脖子支起来。那天他还领着我和金珠四处找带娣，又从棉袄里面摸出两个烀熟的地瓜，给了我和金珠。

担架上躺着的，和给我地瓜的，不是一个人该多好啊！

“大叔，你可一定回来呀。”

担架在二里地外的公路边等了二十来分钟，有辆大卡车停下了。乡亲们拽住马奶奶不让她上车，马奶奶一下子浑身是劲，像股狂风，谁也拽不住了。

马大叔再回来的时候，就是一罐灰了。马奶奶一块儿回来的，才隔了两天，她变成另一个人了，像是有人拿着巨大的针管抽遍了她的全身，皮都皱了，打满了褶子。她只比我父亲大几岁，看上去，真成了我父亲的娘亲辈了。

乡亲们说：“节哀吧，人死不能复生。”

还说：“你这么多儿子，还有老二、老三呢。”

他们扭过头小声说：“白发人送黑发人，活要命啊。”

马奶奶好像聋了，不掉眼泪，也不说话。就是抱着个大肚罐，贴胸口紧紧抱着，一分钟也不撒手。马奶奶家开了个小卖铺，开了三年了，那种大肚罐她家还有好几个，里面装的都是酒。唯独她抱的这个，里面是马大叔。

马二叔说：“妈，坑都挖好了，你以前不是常说，入土为安。”

马三叔也说：“就在我爸跟前儿。我爸都等好几天了。”

来帮忙的乡亲们说：“老二、老三，我们劝着，你俩去给你爸烧点纸，让他再等等吧。”

这样又过了三四天，该烧头七了，马大叔还在马奶奶怀里。马奶奶更瘦了，头发一天白一层，乱糟糟披散着，像土豆发霉长的毛。

我回家告诉了父母，父亲头几天只是叹气，说老马家就马老大最能干、最老实，还说好人不长命啊。到了头七那天，他听说还没下葬，就拖着两条僵腿，去了老马家。门关上，也不知道他跟马奶奶说了啥，只听见马奶奶像最老的鹰一样，发出古怪瘆人的哭声。

当天夜里，马大叔的骨灰罐子就不见了。有人说马奶奶给埋到别处去了，也有人说马奶奶是给水葬到松花江去了。第二天一大早，天还没亮透，老马家就打起来了。

“我爸旁边那坑咋办？你想留给谁？”

“你安的什么心哪？”

“你是咒老三还是咒我？你个老巫婆！”

整个韩屯都在说老马家的事，连我父母，白天说的一个样儿，半夜说的又是另一样儿。

父亲的嗓门怎么使劲压着，还是比别人大。金珠和带娣睡得香甜，只有我醒着。马奶奶的秘密，就顺着父亲压低的嗓门，不小心溜进了我心里。秘密不像一块儿泥巴，哪怕落在脸上也能抠掉。秘密钻进人心里，用刀子也剜不出去。

再看到马奶奶，我也不知道自己是什么样儿一种感情。原先我觉得她跟别的乡亲没什么二样，现在觉得她浑身上下都跟别人不一样。

才入冬，土还没冻硬，人们又跑向了老马家。

这回院子里没有简易担架，只有一个躺在地上的瘦小的身体。上身穿着黑棉袄，那种立领和竖绗的明线，跟马奶奶给马大叔做的棉袄一样。脚上是一双翻毛鞋，有点烂底，被水泡成了老棕色。

马大婶摸着棉袄袖子下面通红的小手，眼泪没来得及掉下，就昏死过去了。

老马家又打的人仰马翻。

“你连你孙子都给方死了！你咋不死啊？”

马二叔和马三叔都在咒骂他们的母亲。马大叔的儿子偷着去松花江找他爸爸，松花江不上冻，索性就让他和他爸爸永远在一起了。

东山的后山，上次给马大叔挖的坑里，到底填上了老马家的后人。他叫铁柱，是马大叔唯一的儿子。人们都说，眼瞅着，最后一锹土培上，马老二和马老三，大大松了口气。

埋了铁柱，马奶奶就魔障了。

“大儿呀，你是不是我大儿呀？”

“铁柱，好大孙儿，去摸你妈咂儿，别摸奶奶啦。”

她总是来来回回在东山坳游荡，嘴里念叨这样的话，直勾勾地把人抓住。人们只好躲着她。

马奶奶抓住我的时候，我没躲，也没扯掉她的手。我伸出手背，擦掉了她厚厚的眼屎。她抱住我，我也没推开。我想，到我老了，身上大概也是这股味儿。我不嫌弃她。

“大儿呀，今年咱不去打松子，日子紧巴就紧巴，咱不去呀。”

我点了点头。

“大儿呀，这棉袄领子还是矮呀，雪粒子都灌进来啦。妈再给你缝件高领子的吧？”

我又点了点头。马奶奶嘴唇颤抖着，用粗黑的手指，擦掉了我的眼泪。

金珠问我：“姐，你为啥不怕马奶奶，她是老魔障啊。”

我不能告诉金珠，魔障在魔障以前，都是有话没人说的人。我也不能告诉她，马奶奶心里苦着哪。她年轻时恋着的后生，就是采山货时摔死的。她带着遗腹子嫁到韩屯，嫁给比她大二十岁的老光棍儿。又给他生了两个儿子，老光棍儿就没了。这么多年，仨儿子都是马奶奶一个人拉扯，日子都是她顶着。男孩能吃，马奶奶经常是只吃个碗底，还说自己胀肚。只有马大叔心细，把碗里的饭拨给马奶奶。

可是马大叔跟他亲爸一样，也从树上掉下来，摔死了。

他儿子铁柱，嗓子多清脆呀！唱“从前有座山”唱得多亮堂啊！如今他躺在后山的冻土里，再也唱不出啦。

马大叔是马奶奶带来的遗腹子，这个秘密只有四个人知道，马奶奶、我父亲，加上母亲和我。我父亲能知道，是因为老马头下葬那天，他对马奶奶说了句话。

“马婶子，人都说你隔路，依我看，你倒是个好人。”

韩屯人都知道，我父亲韩兴旺是个嘴巴不饶人的人，眼睛里不揉沙子，嘴巴里也长着刀子。我父亲只说过两个人是好人，邹校长是一个，马奶奶是一个。

就这一句话，马奶奶在韩屯谁也不信，就信韩兴旺。马奶奶谁的劝也不听，就听韩兴旺的劝。

第八章　多福的崽儿

冬天又来到东山坳的时候，村主任家的老母猪下崽儿了。村主任姓苟，没当村主任前，人们管他叫老苟，当了村主任管他叫苟主任。其实他有名字，他叫苟名扬。

苟主任既不喜欢自己的名字,也不喜欢被叫老苟。他觉得相比之下，苟主任比别的叫法好听，就一心一意想尽办法，当上了村主任。

苟主任家开了间豆腐坊，村里人去他家买卤水豆腐、小豆腐和干豆腐，碰了面会像特务对暗号一样互相招呼——“名扬豆腐美名扬”。调皮男孩会跟着重复——“名扬豆腐狗名扬”。

带娣有时也跟着这么说，管她也不听。她现在已经开始尝试自己解决馋的问题了。预防脊髓灰质炎疫苗，她在村里打了一针，在学校里打了一针，又跑到邻村各打一针。每打一针会发一粒糖豆，就这样，她一共吃了四颗糖豆。不知道为什么她并没有中毒，只是脑门和鼻孔里鼓出几个大包，看上去有点像牛魔王的女儿。后来她又如法炮制，得到了将近三十颗宝塔糖（打虫子药）。正在她想继续做下去的时候，她的名字通过乡卫生院通报给各村卫生所，她也“美名远扬”了。

苟主任对别人什么样我不太知道，对我倒是蛮好。我的学费全免，就是邹校长通过他，让乡里批复的。带娣说，她最不喜欢苟主任用四周一圈儿加长的头发盖住光秃秃的头顶，我批评她不要总盯住那一点，要想着苟主任对我们的帮助。带娣不以为然，她说:“为什么要装瞎啊？为什么要不说实话啊？”

“伤人的实话，说它干什么呢？”

“不说多憋得慌啊。我就要说！”

“带娣，你那不就成了揭人短了，多不好。”金珠也跟我一起说带娣。

“不用你管，你长了张猪嘴！”金珠嘴唇厚，像我老姑。带娣说猪嘴才那样，人嘴都像她一样，又小又薄。

金珠就哭了。她一哭，带娣下次还用这话刺激她，她就再哭一遍。

带娣去买豆腐的时候，把我说的话告诉了苟主任。

“苟大爷，我姐说，你对俺仨有恩。”

“你哪个姐呀？”

“韩江月，我大姐。”

“呵呵，你大姐可是十里八村公认的好孩子。”

“我也是！”

“带娣，你让你大姐来一趟，我找她有点事。”

带娣回来见到我，说得血糊连天的。

“快去吧！苟主任头上的毛都竖起来啦，他说你被十里八村给通报批评啦！”

我心里咯噔一下，想着这下遭了，带娣又闯啥祸了？不会把人家豆腐给吃了吧？我轻轻捂住她的嘴，怕父亲听到会不问青红皂白暴跳如雷，当晚的饭就没法吃了。

到了苟主任家，他在豆腐坊里背着手，欲言又止的样子。

“来啦，江月。”

我不知怎么回答，又觉得不能不回答。

“苟大爷，找我有事？”

“对，有点事。”

“哦。”

“你猜我找你能是什么事？”

我的腿已经在发抖了。我知道是带娣惹祸了，那也要承担啊！

“苟大爷，我猜不着，但是不管带娣惹了什么事，我都不会抵赖。您——您告诉我吧。”

苟主任像是亲自验证了牛顿定理，两只手在背后激动地抓在一起，在豆腐坊来来回回走起了直线。

“我就说江月像样，我就说江月万里挑一，我就说江月——我说江月，你那个爹咋能教育出你这么好的丫头？”

“您别激动，苟大爷。”我的脸烧得通红。他确实太激动了。

“江月，苟大爷让你来，是有个东西想送给你。”

一听这话，我反倒一点儿也不紧张不激动了。别的我不会，说不要，我会。

“不不不，谢谢苟大爷，我不能要。”

“你知道是啥呀你就不要，来，这边来。”

他家的猪圈好宽敞，垫着干草和旧毡毯。里面常年只住一头老母猪，苟主任给它起了名字，叫多福。多福一年生产两次，在这个属于人的世界上留下了许许多多猪的后代。只是它的后代遍布四方，它的圈里永远只有它自己。

此刻多福身边趴着十二头小猪，都叼着它的奶头。

“江月，挑一只最欢脱的，多福这回下的崽儿，苟大爷可着你先挑。”

以往多福下的崽儿，都是卖掉的，而且都卖到韩屯以外。苟主任每次都让外乡的公猪跟多福配崽儿，下的崽儿再卖到外乡，越远越好。在这个过程中他寻求的是什么，享受的又是什么，韩屯没人明白。

“人活一世，草木一秋，猪也一样。江月，你是不是也觉得苟大爷怪？嘻嘻，说怪也不怪，说不怪呀，也确实怪。听大爷话，挑一只，牲口懂人语，论重感情啊，比人强！快，挑一只。”

那个不字，此时此刻，含在我嘴里，说出来，越来越难啦。

“江月，多福的崽儿跟了你，那是那猪崽子前辈修来的福分。你私下去喂踢死老丁头的大青马，别人不知道，你苟大爷可知道。唉！当畜生，也难啊！六道轮回，谁能保证自己死后就能再托生人？谁能保证自己不当畜生？大爷准没看错，江月，抱一只吧！”

就这样，我抱了只小猪回了家。我抱的是多福最羸弱的一只崽儿，比没毛的耗子大不了多少。我之所以抱起它，是我实在不好意思要苟大爷的东西，也因为它主动栽歪在我手里。我想好好养它，我觉得自己受了苟大爷的托付，我觉得苟大爷拿我当成了他的朋友。

带娣再说苟主任难听话的时候，我愤怒地制止了她。带娣有点害怕了，可是嘴里还像我们的父亲一样下着刀子：“你被一只要死的猪崽子，拉拢腐蚀啦！”

“反正你记住，不要再说苟主任坏话。”

“韩江月，你不是我姐啦！”

“你再说，就是丧良心，就是恩将仇报。”

那些男孩子也不敢当着我的面说“名扬豆腐狗名扬”了。没用我发火，他们自己就不敢说了。只有我知道，他们再说，让我听到，我一定会呵斥他们的。没准儿还会为了苟主任，跟他们打一仗。

我就是能做到。

第九章　铁　骑

苟大爷说起大青马，一下子说到了我心坎上。

如果罪孽有等级，大青马的罪孽在老丁家人眼里，就是罪不可恕。在韩屯其他人眼里，它也代表着不祥。

大青还叫大青，可它再不是从前的大青了。它的肌肉松垮了，慢慢地从皮毛下消失了。原来闪亮的皮毛暗哑了，陈旧得像借了一身死马的皮披在身上。皮与肌肉是这样一种密切的关系，大青用它的改变，教了我这个道理。

它还归那三家，可它的日子只剩下没完没了的劳作。它被疼爱过，被当成心头肉一样跟一个叫丁全盛的人依偎过。可是一切都随着不可饶恕的一次失蹄，消失在韩屯。

偶尔我会遇上大青。我会看到马鞭尽情抽打它的背，它一声不吭。它头上的天那么蓝，马鞭抽打它的声音漫天奔跑。

大青认得我，我能感觉到。赶上没人，我把兜里的苞米粒喂到它嘴里的时候，它会很慢很慢地嚼，它的眼睛水汪汪的，像有悔恨的眼泪随时等着落下。可我马上就得走了，我不想让别人看到我在喂大青。

同一片蓝天下，我和大青只能各活各的。我父亲警告过我，大青是别人家的牲口，指着它种地干活儿呢，万一你给喂死了，咱们这穷家，倾家荡产也赔不起。

父亲的话很不好听，父亲的话却是实话。

韩屯只有一家不用种地，既不用人种地，也不用牲口种地。他们家人口最少，三口人里面有两口，每个月到点就开支——就是邹校长家。

带娣很小的时候曾经问我："我为啥不是邹校长和冯姨生的呀？"她问的这句话，几乎是韩屯除了邹天明以外，所有孩子的心里话。这么一看，带娣的心直口快，也算得上孩子里的头一号了。

别人心里这么想，嘴上也不这么说。

何壮会说："我王姨好，我妈更好。"

隔壁老赵家的丫蛋儿会说："还是我爸最好，我爸会做木匠活呢！"骄傲得像秋天的蝲蝲蛄，好像全世界只有她爸会做木匠活。

邹天明自己，会晃着头眯起眼，笑得像弥勒佛，拽拽衬衫摆摆手说："都挺好啊。"

只有房宝海，我不晓得他会怎么说。他没有父母，很少说话。班里有人说，他父母都是哑巴，哑巴遗传，他也差点是个哑巴。

我也问过自己，如果邹校长真是我爸，会什么样儿。我自然会住进韩屯最好的房子，不用为学费犯愁，不用起大早生火烧饭，不用一放学就使劲干活儿。可我做不到对眼下的生活袖手旁观，想起父母没有了我，会绝望地挣扎在我们家破旧的屋檐下，我就在心里断然拒绝了成为邹校长的孩子。我热爱邹校长，但是没到爱父母的程度。

邹校长对我，却比对亲生儿子好。我能第一批入队，能当学习委员，都是因为他。他还把他家的书拿给我看。在八十年代的韩屯，读小学的我，能读到《简·爱》《钢铁是怎样炼成的》《家春秋》这样的书，全因为韩屯有个邹校长。我没去过他家，虽然相隔不到二十米。在我心里，邹校长从不是我家邻居，他是我最尊敬的校长。

一九八五年夏天，韩屯出现了一台崭新的大永久。

大永久是骑着冯姨纤瘦的肩膀抵达邹校长家的。它很是器宇轩昂，能有这样隆重的待遇。冯姨身高顶多一米六，体重超不过九十斤，平时也见不到她在田间地头劳动。可她那天竟然看起来毫不费力，一口气就把大永久从供销社扛到了家里。那是纵贯韩屯的一条泥土路，弯曲狭长，没有三里地也有二里半。冯姨时而左手叉腰，时而两只手一块儿上，一路小碎步就到了家。

邹天明整天蹲在院门口，据说他有恋土癖（那时没人这么说，人们背后说他五行缺土），不抠院门口的土就浑身难受。这让我觉得独生子邹天明真是可怜，那么大的院子没个伴儿，还要趁父母看不见时吃上一口土。这让我养成了从不往他家方向看的习惯，我担心他正在吃土撞上我的眼神，那就太难堪啦。

那天，邹天明为母亲和大永久闪开了整个院门，又像大永久跟他没关系一样重新蹲下了。他在我眼里总是这样，好像是韩屯的一员，又像来自外面世界的一个旁观者。他不淘气，不骂脏话，从不脏兮兮。再热的天都穿着背心，从不光膀子。韩屯的男孩子都像从脚下的泥土里长出来的，只有邹天明，像是从天上嫁接过来的。

后来听说，大永久在邹校长家的第一宿，是在炕上度过的。冯姨像搂着成真的梦想一样搂了大永久一宿。也不知是真是假，韩屯人有时候词不达意，有时候又很夸张。

第二天是星期天，我去给鸡采菜回来，正好看到路过我家门口的大永久。那是我第一次看到邹校长不戴套袖，只别了党徽，第一次看到冯姨冯秀丽脖子上扎了条红纱巾，也是第一次看到邹天明同学在星期天还规规矩矩地扎着红领巾。

我有些不知所措，站在原地傻笑。

邹天明没看我，冯姨理了理红纱巾，龇牙笑着。我看到她的嘴今天特别红，牙齿上也沾了红色。邹校长双手扶着车把，对我点了点头。他们很快就消失在村路上。在消失之前，一传十十传百，村里人都跑出来看大永久。我记忆中于是就留下了一幅夹道欢送大永久的感人画面。

最眼馋的要数彭有志。他当时二十多岁，论辈分，我管他叫叔。有志叔给我的印象是不服，他谁都不服。村里有会唱两嗓子的，虽然五音不全，可是也能把词唱全了。

“苏三离了洪洞县，将身来到大街前，未曾开口我心好惨，过往的君子听我言。”

听的人都拍巴掌，为自己连调都唱不出拍着巴掌。赶上有志叔在，他先是抱膀听着，听完抽冷子吊上几声别的。

“提篮小卖拾煤渣，

担水劈柴也靠她。

里里外外一把手，

穷人的孩子早当家。

栽什么树苗结什么果，

撒什么种子开什么花。”

有志叔唱的是县里小剧团下乡来演过的，调子不但不跑，还像嘴上安了喇叭一样嘹亮。乡亲们的掌声自然都归了他。不过再怎么求他也不唱了，他要的就是把先前那人比下去，多一嗓子他都不唱。

那天所有欢送大永久的眼睛里，都流淌着无穷无尽的艳羡和垂涎，只有彭有志，眼睛里又伸出一副不服的钩子。我不知道还有什么车比大永久更好，但我知道，那比大永久更好的车，就是下次韩屯人夹道欢迎或者列队欢送的对象。到时候，一定不是那辆车骑着彭有志，一定是彭有志驾着那辆车。

就像过去丁大爷驾驭大青一样，意气风发，英姿飒爽。

说不清为什么，我只是有这种强烈的预感。

傍晚大永久回来时，韩屯人又列队欢迎了一次。可是仅仅一天的工夫，仅仅数个小时，大永久和它的主人就变了样子。冯姨嘴上的红色没了，脖子上的纱巾也没了。邹天明的红领巾，从脖子上转移到左腿膝盖，结结实实地绑在那里。邹校长的眼镜片像沾了厚厚的白雾，定睛看，是镜片碎了起的雾。大永久的车链盒像被什么东西给踹了，一块一块瘪着。只有毛线钩的车座套没什么变化，喜气洋洋的红着。

看得出，大永久和主人们共同经历了一些劫难。具体怎么回事，只能根据冯姨和乡亲们的有一搭没一搭，勾勒出个一二。

“秀丽呀，串门去啦？”

“回娘家啦。”冯姨的娘家在柳屯，离韩屯大约三十里地。她在韩屯的人缘一向数一数二。冯姨是村供销社卖货的，主要负责入口的东西，酱油醋、青方红方，尤其是来自海边的一种小咸鱼，最紧俏。那年头，为了买红方时能多得几滴汤汁，冯姨就被拥戴为全韩屯最受欢迎的人。不管春夏秋冬、阴晴雨雪，谁见到她都一扫脸上的阴霾和惆怅、劳累和疲惫，大老远就欢声笑语、不是亲人胜似亲人地招呼：“秀丽！小冯！冯秀丽！”冯姨也从不让对方的热情落空，龇出一口白牙回报大伙儿。我还知道冯姨向来有个理论，只要挣工资、“吃卡片儿”的，几乎都是知识分子。她一直拿这个理论教育邹天明。

“夫妻双双把家还呀！你爸妈乐坏了吧？”

“路太不好啦，车子没个骑呀。”

“天明那是咋啦？”

“掉沟里，摔冒油啦。”

这时，我听见何壮的父亲何宝廷对他说：“我就跟你说这是扯洋蛋嘛，那是城里的玩意儿，搁咱这儿，就是糟践东西。”

何壮微微噘着嘴，敢怒不敢言又特别想言，慢吞吞地说：“才不是呢，多好啊！”

“什么他妈多好啊，这烂道就是贱，就得牛蹚、马踩、毛驴子踹。”

“天明他家，多好啊！”何壮还是自顾自嘟哝着。他父亲听不懂，耸了他一下，往家走了。

隔着好几个人，我却听懂了何壮的话。那天整个韩屯的人都在羡慕大永久，只有何壮，孤独又黯然地羡慕着邹天明温馨幸福的三口之家。

第十章　无　援

回首往昔的时候我发现，时间并不是一开始就会飞跑的，它也曾脚步蹒跚磨磨蹭蹭，越小的时候越是这样。它学会快走是我初中以后的事，学会奔跑，则是在我成年以后。

整个小学，时间都在磨洋工。我每天有大量的事可做，换句话说，少了那时候的任何一件事，那一天就拒绝结束。我每天四点起床，冬天要烧炕、扫雪，别的季节要出去采野菜，回来剁碎了掺上一点儿苞米面，倒在鸡槽子里。接下来我要做全家的饭，我们姐仨带饭盒，还要留出父母的午饭。放学路上我要想着晚饭做什么，饭后烧水给母亲擦身子，给父亲按腿。他们躺下了，我开始写作业。

母亲睡前要吃氨茶碱，父亲要吃去痛片。每个夜晚他们都要在沉睡前说上一句，眼睛一睁一闭，又是一天啊。

有时候会再加上一句，一睁一闭，一闭一睁，阳间就这么回事啊。

我听习惯了，感觉这话就像喊更人的锣声，在屋子里一悠荡，夜就踏实了。

那个时候时常觉得，冬天来了就不走，夏天走了就不回来。我喜欢夏天，青菜就在屋后等着投入我们家的锅碗瓢盆，那美滋滋期待的神情，特别天真无邪。

那时候还有种奇怪的心理，每当遇到突发事件，就会格外盼着这一天快点过去，最好快成一道闪电。

第一次期盼一天结束，是在小学四年级。那天语文课，老师教我们写作文、写人物。我就作为被写的人物，被老师叫到了黑板前面。

“都看到了吧，韩江月同学的典型特征。”老师指着我的脸说。

“大眼睛，双眼皮，高鼻梁，这样写，毛病是？对，索然无味！”

老师很激情地一转身，抄起粉笔，在黑板上奋笔疾书。四个字，索然无味。写完她又激情地在四个字下面画了两道线，使劲戳下两个顿号。粉笔顷刻间折成三瓣。她指了指第一排一个男生，意思是让他把粉笔瓣捡起来。

“索然无味还写啥呀？要写就写出味儿！你们听听要是老师写，老师会咋写。”

老师兴奋地瞪了瞪眼睛，咧了咧嘴巴，一手托住我的下巴，说道：“美丽的韩江月同学长了一双铜铃般的大眼睛，一对活灵活现的小酒窝，还有一张粉扑扑的小脸蛋儿。怎么样？一下子就不一样了吧？”

同学们都诚恳地点着头。

“写吧，每人三到五百字，下课前必须交上来，一个也不能少。”

那堂课，我想变成粉笔，也想变成黑板，那是一堂漫长的语文课。

那堂课除了我，一共交上三十篇作文。与那堂课仅仅相隔了一个晚上，第二天的第一节课，老师（我不叫她语文老师，是因为数学、美术、音乐课，都是她教的。她是乡里来的，跟我们本村的人都不一样）手里掐着一沓作文，面色凝重地走进我们班那寒酸简陋的教室。这间矮趴趴的平房里最奢侈的东西，是位于教室中部的火炉子。此刻它由于春天到来，被撤掉了上面的两个铁圈，袒露着已经变成黑色的黄泥内里。那两个铁圈是铁匠爷爷给的，万一被偷走了卖铁，冬天我们就只能烤明火了。

老师手拿三十余篇《韩江月》，面色既高兴又凝重，对全班说：“我敢保证，这是咱班真实水平，谁也没抄谁的。”我相信听到这里，连倒数第一都会感受到学习生涯的第一次鼓舞。老师又继续说道：“谁也没抄谁的，还能写得一模一样，你们老师我，感到挺惭愧。”

当年的这个奇迹是这样两行字：韩江月有双铜铃般的大眼睛，一对活灵活现的小酒窝，还有一张粉扑扑的小脸蛋儿。这句话被三十份作文写了三十次。它的出处正是老师的嘴。老师昨天教我们怎样抓住人物特点，指着我的脸这样描述了一番。

那堂语文课后，我在学校里的很多事，都发生了变化。在男生中我平白无故就有了威信，在女生中平白无故就有了敌人。

男生会离得老远就把充满敬意的目光送给我，好像我是他们共同的姐姐。这种人为的血脉关系让他们主动给我让路，帮我提水，又进一步发展到去我家那儿亩已经租出去的地里拔野草、施人工肥料（人和牲畜的大小便）。还有几个为了表明听我的话，首先采取了既不听父母的话，也不听老师的话。等我把话说出来了，他们会用行动表示自己坚决服从。

这些都是表现得很明显、很简单易懂的，有三个男生表现得很含糊，他们是邹天明、何壮、房宝海。

关于邹天明整天蹲在自家院门口吃土的传闻，同学们问我，我说："没有的事，我没看见。"邹天明在同学嘴里就不再吃土了。其实邹天明的一举一动很像他父亲，谁也没法想象邹校长会骂脏话，会光膀子可哪儿走。何壮也跟邹天明一样，不光膀子不骂脏话，就给人主动向邹天明靠拢的感觉了。

何壮长了个四四方方的脑袋，因小时候睡小米枕头，后脑勺一点儿弧度也没剩下。他有个不着家的父亲，还有个从不离开家的母亲，他夹在中间没法选，成了个对母亲不离不弃的跟腚虫。

邹天明和何壮好得很。不光上学、放学在一起，连写作业都在一块儿。他俩还有个共同之处，那就是从不跟我说话。不是因为讨厌不说话，也不是因为害怕，只是不说话。

六年级以前房宝海也不跟我说话。他跟谁都不说话。人在什么时候都不说话，这并不好。班里谁的东西不见了，说话的都会表示一句，不是我拿的。显而易见，那就只能是不说话那个拿的了。一开始只是损损他，骂骂他，后来有人上手打他、上脚踢他。一直打骂到六年级，突然有一天，他不但说话了，还是一声怒吼，滚你妈的！不但怒吼了，还直接抄起一个板凳，不分脸和屁股，直接砸了过去。

邹校长亲自出面，死死抱住，才把暴怒的“哑巴”房宝海给拦住了。

“再说我偷，我宰了你！”

说完就跑了。邹校长满脑门汗，冲着班里说：“快去劝劝。”

谁也不动地方。我看了眼邹校长，冲了出去。

我的腿差点没跑断，在东山一块大锈石旁边，才把他追上。他脸冲着石头，恨天恨地的样子，眼里却流淌着一个孤儿无助的泪水。我什么话也说不出啦。

抽噎了半天，房宝海含混不清地咕哝：“妈你回来看看我，妈你回来管管我。”

我的眼泪也止不住掉下来。

“宝海，你得让你爸妈放心啊。”

“我想有妈，我想有爸。”他哭得像小孩子一样委屈。

“你有妈，也有爸，他们在天上看着你呢。”

听了我的话，房宝海转过头来看着我。他的脸上满是眼泪和鼻涕，那双黑黑的眼睛闪着渴望的光亮，它们想听到他爸妈能看到他的话。

“你好好的，他们就高兴。你难受，他们得多揪心。”

房宝海像看亲人一样看着我，眼泪又淌了两串，慢慢转过身，往山下走了。东山的树那么高，那么密，他瘦削的背影很快消失在林子里。想想他一直这样，不声不响、一步一步蹒跚在人世上，我的眼泪又要流出来了。

那天起，在我心里，房宝海成了我的朋友。我家很穷，可我父母双全。我的父母孱弱，没有能力给我们更好的生活，可我和妹妹能有个完整的家，就是天大的幸运。作为比房宝海幸运太多的人，我决心尽可能地帮助他。

班里的女生，有几个家境比我稍微好一点儿，指的是她们家里有劳力，能种地，有收成；能割草修缮房子，屋顶不漏雨；每年能穿上一件新衣服，有时头发上还能有个鲜艳的头花。

我并不羡慕这些。可是女生们说，韩江月家最穷，她买不起头花和新衣服，她嫉妒咱们。

我明明连感觉都没有，却成了嫉妒她们的人。我没法解释，我觉得浑身是嘴也没法解释。小学四年级那堂语文课后，我学会了在女生面前，把嘴轻轻地合在一起，把脸挂上微笑。

这样一来，我内心深处，更理解了房宝海被诬陷偷东西是种多么孤独无奈的感觉。

第十一章　小猪“短腿”

多福的崽儿又去了天南海北，只剩下我身边的“短腿”。短腿是金珠给起的名字，我一掂量，比带娣起的“大屁股”好听，就叫了短腿。

短腿刚来时，我父亲很生气，他说人都吃不饱，你让猪去喝西北风吧！他还说，你不把它扔了，我就踢死它。我父亲就是痛快痛快嘴，他能把小猪掐死、闷死、饿死，唯独没法踢死。他那两条瘦长腿已经抬不起来了。

短腿刚来那阵子，我瘦出了尖下颌。短腿只能喝米汤，米汤不能太稀。我就上顿熬粥，下顿还熬粥，再做点儿馒头或苞米面锅贴。即便这样，我心里还是内疚。家里的米是有数的，为了让有数的米不赤字、不透支，我就不喝粥，省下自己那碗给短腿。

短腿开始连米汤都不会喝，它在娘胎里受排挤，哪哪都没怎么发育好，连小拱嘴儿都是歪的。金珠想了个办法，夜里用红领巾绑住短腿的拱嘴，给它矫正过来。金珠为此奉献了她的红领巾，晚上绑完拱嘴的红领巾，第二天继续绑她的脖子。

绑拱嘴的日子里，短腿学会了打呼噜。呼噜有一次把它憋住了，我父亲烦躁地翻了个身，说：“你们这他妈的哪是养猪，你们这他妈的是造害猪。”

金珠吓得哆嗦乱颤，央求我：“姐，别绑了吧。”

短腿会打呼噜后，就会吃东西了。我负责给它割猪草，金珠去村里划拉剩饭剩菜，带娣抱着它洗澡。我们的破院子、破房子，尤其是我们姐三个，因为短腿，感觉像有一道不落的阳光，照得四处发亮。

短腿四个月时，苟主任媳妇来我家了。那是她第一次登门，她是来要短腿的。

“多福死啦，”苟大娘的语气，就像说自己娘过世了那样悲伤，“你苟大爷受不了，实在接受不了。”

我一听她这样说，马上答应把短腿送回去。金珠和带娣都哭了。

“短腿，你别把我忘了。”金珠话少、嘴笨，这一句话说了五六遍。

“短腿，我对你这么好，你可别有奶就是娘，你要是忘了带娣，就叫丧良心，就不得好死，你懂不懂？”带娣哭着，嘴里还不忘下刀子。

我知道苟大爷对多福感情有多深，再舍不得短腿，我也要送回去，这是苟大爷唯一能看到多福的血脉了。可是苟大爷连短腿的面都不见。

“抱回去吧，江月，见了更想它妈，更难受。”苟大爷在屋子里，我在屋门外。屋子里的声音一下子老了二十岁，好像连活着的希望都没了。我想不通为什么会这样，呆呆地站了好半天，只能抱着短腿回来。

金珠和带娣又哭了一遍，这回是高兴哭的。我们三个这么一哭，我们的母亲也跟着哭了。

“该是你们的，就是你们的，不该你们的，哭也留不住啊。”母亲说的有些悲凉。果然，第二天，苟大娘又来了。这次她是替她自己来要短腿的。

“我家猪圈不能老空着，那地方算卦的卜过，是我家的财位。”

别说我，连伶牙俐齿的带娣都不知道说啥了。

“去年旱成那个样，家家户户的收成恨不得按粒数，来买豆腐的——你们想想，能剩下几个？多福一走，眼看着败落得不像样了。”

“我就跟苟名扬说过八百遍了，财不能撒出去，不能给同村的，这不，整整被你们家给破财了。”

她越说越激动，越激动说的就越多。只见一张嘴不停地叭叭叭，我脑袋里一个开关突然给叭叭开了。我好像知道苟大爷为什么那么依恋多福了。

她的嘴还把我父亲给叭叭恼了。

“你见过拉出的粑粑有坐回去的吗？要是没见过，你就赶紧哪来回哪去。”

我父亲大嗓门，这一嗓子就把苟大娘给喊冒汗了。

“韩兴旺，你跟谁说话呢！”

“就跟你！苟名扬的婆娘。你要是自己有名有姓，也可以报上来。”

“你休想跟我耍埋汰，拿不是当理说。”苟大娘有点儿气哆嗦了。

“你要是不怕砢碜，咱就去乡里、去县里、去省城，好好说道说道，看看哪根拉不出粑粑的弯弯肠子拿不是当理说。”

“韩兴旺——”

“在！老子在，这是老子家。”

我父亲耍起无赖可真丢人啊！可是我父亲只要一耍无赖，挑起事端的人就不嚣张了、不无赖了。我为目睹了无赖之间的对决，感到无比迷茫。

对决的结果让我越发迷茫：更无赖一筹的我父亲赢了。苟大娘留下几个气出的饱嗝，狠狠摔了一下我家的破院门，讪讪离去了。

“恶人就得恶人磨，他娘的跟我来这套，回炉再造一遍吧。”我父亲卷了根旱烟，用自己的方式庆祝了一下当日的胜利。

“爸，你可真横，真邪乎。”带娣乐颠颠地表示了对父亲的崇拜。

“江月，这都赖你，要她家那猪干啥？”父亲开始训我了。

“话又说回来，这猪养到现在，跟她家一毛钱关系都没了。你给我记住，她这么个要法，坚决不给。”

“为啥呢？爸。”带娣问道。

“她这叫骑人脖颈儿拉屎，叫拿人不识数，妈的给老子滚远点儿。”

“对，给老子滚远点儿。”带娣摇头晃脑地学着舌。

母亲趴我耳朵边说：“别听你爸那套，再给苟主任送一趟试试，别得罪了村主任。”

我答应了母亲。可苟主任还是不见我，不见短腿。

大约过了半个月，刚入夏的韩屯飘起了白茫茫的灵幡。许多人排成队，身穿黑衣腰缠白布，伴着唢呐声往东山蜿蜒上去。

“爷爷，是谁过世啦？”我问铁匠爷爷。

“这样的排场，还能是谁呀。”铁匠爷爷叹了口气，表情难过得很。

“苟大爷？”

“唉，虚岁才六十四。”

“爷爷——”我一下子哽住了。苟大爷前几天不是还好好的吗？我还想着，等我把短腿养得像多福那么富态，再给苟大爷送回去。又能有多福的陪伴，苟大爷就能乐呵起来了。

“人要是自己不想活啊，谁想让他活都是白扯。”

“自己？不想活？”

“一根麻绳系了个套，”铁匠爷爷在脖子比画了一下，“就没啦。”

我的眼泪怎么忍也忍不住了。

“早前苟主任他爷爷当过兵，自己人打自己人那时候，他爷爷咋想也想不明白，枪里还有一颗子弹，他留给自己脑袋啦。”

“唉，结果到了孙子辈，苟名扬又挑了这么个死法。”

我恍恍惚惚听着，不自觉又想起了马大叔死那天，我心里又幻想着时间能倒流，我的耳边一遍遍回响着苟大爷对我说：“人活一世，草木一秋啊。”草木还有再绿的时候，苟大爷却再也不能召唤我一声江月了。我不声不响地哭了一整夜。

苟大爷留在这世上的念想便只有短腿了。我更要好好对短腿，这样想的时候，我感觉苟大爷看着多福的眼神，正附体在我的眼睛里。

第十二章　所去何方

村主任的人没了，村主任的位子却不能空着。村主任的位子只有一个，盯住村主任位子的，却有好多个。

丁大民想当，穿了身干净衣服去了乡里。丁大民以为，这事也遵从个先来后到，谁先去谁就能先当上。他确实是最先去的，结果是，他成了最先被打发回来的。

乡里说，他资历为零，成绩无从谈起，这个想法很荒唐。

丁大民觉得很窝心，又觉得乡里说的句句在理。他就窝着心，蔫头耷脑地回来了。

丁大民回来后，想当村主任的人一下子就踊跃了。大伙儿说，连大民那样的都能试试，我差啥呀？还说，一个甩鞭子甩死自己老子的二货都能照量，我不比他强百套。

在争当村主任这件事上，丁大民给韩屯带了个很不好的头。

我听说乡里那段时间净忙着接待韩屯人了，男女都有，想当村主任的理由也是五花八门。有一个是想趁活着当上村主任，给自己在东山后面划个上佳的位置，死了睡进去。

“毕竟，那可是千年万年的觉，在这边当不上村主任，到了那边，就轮不到好地方睡觉。”

还有一个跟邻院闹矛盾，起初是一根黄瓜顺着它自己的藤爬到了邻院，邻院觉得送上门的不吃白不吃，于是就给吃了。黄瓜仗一干就是好几年，总想打明白，总也打不明白。

“这口恶气，不当上村主任，这辈子都出不去。”

这种思想境界的，不用寻思，统统都给打发回来了。

另有一个，当时五十多岁了，一向很老实。可是村主任的空位子却一下子让他有了理想和抱负。他连续递交了五份抄写工整的入党申请书，对于识字不足三百的半文盲，他的做法很让乡领导欣慰。

“村民们如果都有你这思想觉悟，咱们乡的思想文明建设、包括五讲四美三热爱，可就要拔头筹喽！”

得知申请入党是为了胜任村主任，乡领导又锁住了眉头。

“这个嘛——村主任最好是党员，党员却不都是村主任，我这么说，你能听明白不？”

还有一个势在必得的小伙子，也奔着村主任位子跑到乡里去了。这小伙子就是彭有志。

“年轻人，有抱负是好事，说说看，你有什么想法，什么举措，想通过什么方式带领全村致富。”

“叔——您这岁数，肯定是我叔吧？”

“呵——”像抹了蜜一样的嘴一开一闭，自己就成了来人的叔了。乡领导尴尬了。

“叔，我们屯想靠种地致富，那绝对是白扯。不搞多种经营，瞧着吧，全乡都富了，韩屯也富不了。”

“怎么个搞法？地是庄稼人的根，要打地的主意——不能脚不沾地呀！”

“搞法可就多了，最近连城里都在养康贝尔鸭，韩屯人太守旧，怎么宣传好养好卖，就是没人信。”

“你多大？”

“二十二。”

“啥学历？”

“初中。”

“这样吧，小伙子，你先拿自己试验试验，看看能不能养成，能不能挣到钱，你先把自己致富了，以后再换村主任，备不住能轮到你。”

彭有志不甘心，但也想抓住一个隐约而遥远、实现概率很渺茫的承诺。“一言为定呗？叔。”

就这样，最后当了韩屯新任村主任的，是一次也没去乡里找领导的冯占鳌。村里有了个新说法：冯主任名字起得好哇，独占鳌头。

冯占鳌能当上村主任，跟他表现好有关。他早就入党了，党龄快二十年了。一向村里只要有什么大事小情，他都冲在前面。远的不说，就在前年夏天，连续多日大雨滂沱，平日里啥脾气都没有的小石河也疯狂起来，汹涌的河水眼瞅着就要冒漾。韩屯在大山沟子里，也就是河边那三十多亩地是大平地，分地的时候，家家都不松口，因为地少人多，每家也就分到了三垄两垄。这要是给淹了，受损失的可是全韩屯啊。村主任敲锣，招呼大家去修河堤坝，冯占鳌第一个冲到了河边。

冯主任上任后，先是挨家挨户走，询问困难。我们家的困难太顽固，新村主任也给不出新办法，倒是对我建议道：“江月呀，你这头猪也不小了，总搁外屋地（厨房）养着耽误长，也不是那么回事。这样吧，冯大爷家还有几根不成才的木头，给你拿来，圈个猪圈吧。”

上午说的话，下午冯主任就来了。加上帮忙的彭有志和冯主任的三儿子冯三岗，用铁丝和木棍绑起来的猪圈，一个时辰就出现在我家院子里。

“冯大爷，让您费心了。”我父亲这几个月的心病，就是怎么把短腿弄出屋子，这下他如愿了。

“不算啥。江月呀，以后有啥体力活儿，过去喊你三岗哥一声，他别的不行，力气有的是。”

没等我说话，我父亲赶紧应承：“那敢情！江月，谢谢你三岗哥。”

冯三岗有张特别爱红的大方脸，岁数跟彭有志差不多。这会儿，他的脸连同整个脑袋，都红灿灿的了。

那天起,短腿有了自己的窝。不知道是不是这个原因让它胃口大开,连最酸的山梨、海棠、李子,它也吃得津津有味。猪圈和我家院门紧挨着,猪圈最粗那根木棍上,不久出现了一个旧旧的柳条篮子。篮子里总有送给短腿的果子,偶尔也有土豆和地瓜。带娣特别爱吃地瓜,随了我爷爷。送给短腿的地瓜,全都进了带娣的肚子。

这个柳条编的篮子,惹来许多风言风语。

我爷爷的死又被翻出来说事了。人们认为篮子是我们家人有意挂在那里的。

“能是韩兴旺?再不就是那个韩带娣。”

“真随根儿呀。”

“韩兴旺、孙尽美,这两口子,还不如直接开个价,把姑娘卖了。”

“老韩头在地底下可高兴啦,他可是后继有人啦。”

这样的议论没两天就传到了我的耳朵里。

我原先以为,父亲只是脾气不好,骨子里还是耿直、正直的,就在听到这个议论后,只要发现篮子,我就立马给摘下去。接下来出现的情形却成了一场捉迷藏——早上被我摘下的篮子,我放学时又挂了回去。晚上被我摘下的篮子,第二天一大早,又老老实实挂在那。我知道篮子没长腿,我气得要拿它烧火。

“你敢!”父亲瞪着我。

“丢死人啦。”

“你要么把猪卖了,要么把篮子烧了,选一样。”

“爸!”

“人家给猪喂的食,又不是给你。”

“都一样,丢的都是咱家的脸。”

“脸在自个儿脖子上,往哪儿丢?丢哪儿了?”

我真是气着了,一个字都说不出。眼前这人真是生了我的人吗?疾病让他的腿越来越不听使唤,疾病还能让一个父亲连脸都不要啦?

我一口气跑到东山上，傍晚只是擦着东山的林子一闪而过，山上很快就黑天了。金珠的声音一点点爬上来，那么实心实意。

“姐！姐！你在哪儿呀？”

“姐！咱妈要急死啦！”

我尽量若无其事地走下来，尽量平静地说：“在这儿呢，金珠。”

“姐，咱妈被我搀到河边，她实在走不动了。她说，找不着你，她就不活了。”

“不用找我也能回去。”我说的是真话。

我以为母亲坐在河对岸，可她却爬到了小木桥的中间。在家里的炕上，还没觉得她那么瘦小，月色下，趴在小桥上的母亲，像小石河的一小块儿石头。

“妈。”我跑过去抱起她，我抱起的又不像石头了，像一团轻飘飘的棉花。

“别怪你爸。”母亲只是重复着这一句。我背起了她。

“嗯。”

“那些东西，你爸估摸着，是三岗送过来的。”

“我去还给三岗哥。”

“三岗——喜欢你。”

“我才多大呀？”

“不在你多大，人喜欢人，不讲道理。”

“嗯。”

“你爸喜欢三岗。”

我本想再说什么，母亲的胸腔拉起了风匣，那呼呼的风声又一次堵住了我的嘴。

“妈，以后千万别这样了，这得缓多少日子啊。”

“你再甩手跑出来，妈还这样，爬也要找到你。”

我知道我再也不能跑出家门了，我在要母亲的命啊。

一天又一天，又到了冬天。雪还没下来，后院菜地里的枯枝，每天都挂着满身白霜。短腿快一岁了，它又矮又圆，一百斤挡不住了。它不光长肉，还长了本事。我每天放学一进院门，它就用两只前蹄攀住猪圈围栏，两条后腿立得直直的，像攒了一天喜事一样，对着我嬉皮笑脸。

“短腿，乐一个。”

短腿乐起来又傻又丑又开心，好像它从生下来就父母双全，家境富有，健康美貌。那会儿，有短腿的院子看上去是快乐的，这个快乐的院子里，住着我们一家五口。

立冬那天，放学时离得老远，看见母亲站在院门口。她的棉袄是绿底儿的，上面有梅花和喜鹊。虽然很旧了，那图案却永远都是喜上眉梢的意思。

“妈，多冷啊，怎么出来啦？”

母亲挤了半天，没挤出一丝笑，眼泪却掉下了。

“江月呀，妈有罪，妈对不住你。”

母亲软弱的样子让我预感到，一定有个巨大的悲伤在等我。我想自己安排这个悲伤，于是忙不迭地说：“米没了？豆油瓶子打碎了？是不是棚顶又让耗子嗑漏啦？”

母亲打起了哆嗦。我意识到这些安排都是错误的。其实我从一开始就知道这些都是错误的，母亲的样子就是答案。

“短腿——”

“妈！”

“你爸给卖了。”

“卖了？卖哪儿去啦？”

我冲进了院子。短腿的傻笑还在，它的小窝还在，短腿不在了。我脑子嗡嗡响，心被菜刀剁成了八瓣。我又冲进了屋子。

“为啥呀？短腿招你、惹你啦？”我连爸都叫不出口了，我浑身剧烈哆嗦，上下牙拼命打架。我以为父亲会对我破口大骂，可他蔫蔫地躺在炕上，一声也不吭。

眼泪暴躁地奔涌出我的眼眶。好一会儿，父亲声音嘶哑地开口了：“一分钱难倒英雄汉哪。谁让你没那个命，摊上这么个废物爹。”

“短腿卖了一百块。”

“给你妈在卫生所开了一个礼拜的针，买了一个月的药。”

“剩下的，阳历年，你们姐仨，一人买双鞋。”

“唉，金珠和带娣的棉鞋，今年都没法穿啦。”

“要是还能剩下一点儿，给你妈买瓶雪花膏。到底也托生女人一回。”

他断断续续地说着，我越来越无力地哭着。

我知道我和短腿的缘分，只能就这样生生给掰断了。我想恨，却不知该恨谁。短腿变成的一百块钱，规规矩矩地平躺在父亲身边。那是我有生以来，我们家最大的一笔财富。这笔财富却没给这个家带来快乐，每个人都看着它，默默地流着眼泪。

其中包括，卖掉短腿的我父亲。

第十三章　懵　懂

多福留在韩屯唯一的血脉，也在韩屯永远消失了。我从没想过辜负荀大爷，却狠狠辜负了他。一夜之间，我明白了痛苦与苦恼的不同。生活的艰辛充其量只能让我苦恼，可是违背了承诺、割舍了纯真无邪的信赖（短腿对我的信赖，是那么纯真无邪），却让我体验到无法言说的痛苦。

伴着这份痛苦，我升入了兴盛乡中学。升学过程中的艰难，又让我领悟到，一个人内心的痛苦，只有另一份痛苦才能把它压制下去。

兴盛乡中学离韩屯十几里地，这还是翻过一道大岗，抄近道走。因为父母的身体，我不能住校，只能走读。摆在我眼前的只有两条路：要么不念，要么就要每天起早贪黑赶路。

父亲说："听句劝，趁早别念了，白遭罪。"

我摇了摇头。

"念完这三年，你还指望能继续念高中？那就得去县里，这个家，难不成你撇给金珠、带娣？"

我被问住了，无言以对。我从没想过把这个沉重的家撇给两个妹妹。她们在我眼里，还是孩子啊。

母亲流泪的时候越来越多了。除了流泪，她又能说什么，又能做什么呢。就在这时候，邹校长来了。他眼镜片上的圈圈，离近看才发现，比我上小学那年，又厚了许多。

"兴旺呀，我来是告诉你个喜事。江月这孩子真是块学习的好料啊，升学考试，全乡她考了第一名。”

“那还不多亏了你？你这辈子，净积德啦！”父亲冲着邹校长竖起了大拇指。

“我要是真有德，就该把江月带出息喽，这孩子可真是个学习的好苗子啊！”

“她呀，托生前她也没张开眼睛看看，就隔着一条老土路，托生到你那院儿，跟托生到我这院儿，能一样吗？唉！”

“兴旺呀，你要是也觉得拖累了江月，就听我的，让这孩子继续念。”

“拿啥念哪？念完又能咋地呀？”

“车到山前必有路，听我的，必须念。至于拿啥念，不用你操心。”

“你供她？不行不行，我韩兴旺这辈子，已经欠了你太多啦。”

“她自己能供自己。”

“咋说？”

“正好，乡里刚通知我，调我去兴盛乡中学，继续当校长。学费我能帮她申请全免，以她的成绩，还能申请到助学款。到了高中，助学款的数额就更多了，反正只要往前走，路肯定是越走越宽。”

本以为父亲被说服了，没想到，又重重地唉了一声。

“尽美呀，要不，咱俩喝点儿敌敌畏，死了得了！”

说完，把碗里的凉水，一口倒进了肚子。

“只要俺俩这两个拖油瓶活着，你记着，江月就没好。唉！她好好一个孩子，样样都好，没有一样不好——她咋就这个命啊！”

我父亲变形的手指使劲捂住自己的鼻子、眼睛，亮开嗓门号哭起来。

邹校长嘴里说着：“别难受，兴旺你别难受。”眼睛里也哗哗流着泪。

院门就在这个时候被推开了。进来一个身穿黑衣、头发花白、浑身上下脏兮兮的老太太。

“兴旺呀——”

老太太没进屋，贴在我家窗户上，用手挡住光。

“兴旺呀——”

我父亲几乎是手脚并用爬到了窗户那里，打开了窗子。来的是马奶奶。她手伸进衣襟里摸了半天，摸出个紫红色的手绢包，鼓鼓的，塞进我父亲手里。

“兴旺呀，我听老铁匠说，咱屯别的娃都要上初中了，就咱江月，你不让她上。我寻思着，你是手里太紧啦！这几个钱儿，是我这些年攒的，我那两个孽障不知道，你拿去，给江月上学用。”

我父亲使劲推搡着，说啥也不要。

“兴旺呀，我知道太少，啥也解决不了，我不是给你的，我是给我孙女江月的。”

我父亲攥住马奶奶的手，嘴和变形的手一起哆嗦着。

“不要，马婶子——”

“我魔障了，这钱没魔障，婶子求求你，可不能让江月没书念哪！”

就这样，在那个苦涩的初秋，带着对未来的不敢张望和不敢设想，我向未来走去。又一次，我和邹天明、何壮、房宝海成了同学。

中学不像小学，同学都是本村和邻村的，中学同学来自整个兴盛乡，兴盛乡下面一共三十来个村子，这届新生分三个班，能和本村要好的分在一个班，简直有点儿“老乡见老乡，两眼泪汪汪”的感觉了。

我恰好和邹天明、何壮、房宝海，又分到了一个班。他们未必能想到，可我知道，这一定是邹校长的良苦用心。他实在不希望我们四个中的任何一个掉队。我们四个，表面看上去，倒是没有那么亲热。

邹天明和何壮，一个文明，一个懦弱，这是大伙儿公认的。他俩小学时就不跟我说话，只用行动向我表示：他们很服从我。房宝海很听我的话，尽管我们之间也很少说话。但是只要我说，宝海，作业得按时交啊。他就再也没缺过作业。

可是，文明和懦弱，有一天放学后，却因为一个不该因为的人和一件不该因为的事，不约而同地变成了野蛮人。时隔很久，我才知道了事情的原委——

原来是邹天明用他父亲的稿纸写了封信。这封信写的时候是有收信人的，写完却不敢给了。他摩挲来摩挲去，最后决定夹到课本里等时机。

何壮没写信，可是一块儿写作业时不承想看到了这封信。信里边的话让他大喜过望，觉得自己心里想的，邹天明都替他写在格子上了。看看信的下面没有落款，于是，他工工整整地写上了自己的名字，何壮。

接下去，这封信到了我手里。

那是我人生中第二个期盼某一天早点结束的日子。收到男生的信，脸可真烫、心可真跳呀！我藏着掖着，只盼着半夜跑到小石河边，撕碎了让水冲走。这信万一让父亲看见，不光我们家屋顶要掀盖儿，何壮家也肯定是一个命运。我父亲最看不上的男人，就是何壮的父亲何宝廷。

又惊又怕，我给何壮回了信。

给我的信上大致说：江月你这么好，样样好，你一定要好好学，连咱班刘天鹰那样的女生都立志考上大学，远走高飞，你也一定能。

我写的信的大意是：谢谢你的鼓励，我们一起努力吧。还有，刘天鹰也是咱们的好同学，也值得过上她梦想的好日子。信以“何壮同学你好”开头，以“韩江月”落款结尾。

这发生在我们初一那年。那一年除了房宝海长我们一岁，我和邹天明、何壮，都是十三岁。两个十三岁的男孩为了一个十三岁的女孩，以炕当战场，以拳头当武器，打了他们人生中的第一仗。

我因为很长时间都蒙在鼓里，所以见了他们该什么样，还是什么样。他们在我眼里，却突然古怪了。

邹天明见到我就脸红，他白净的脸完全藏不住颜色的变化。何壮见到我就侧着脑袋低下头，总像头一天晚上睡落枕了。他俩互相看见倒还是原来那样，拍一下，怼一下，早上一块儿上学，傍晚一块儿回家。

要不是班里那个叫刘天鹰的女生，情况还会这样继续下去。

有一天刘天鹰叫住我，第一句话是："韩江月同学，我作为团支书，想和你谈一谈。"

我的第一反应是紧张，由衷地紧张。班主任让我第一批入团了，一共五个团员，刘天鹰是团支书，领导四名团员。我点了点头，代表我接受谈话。

"韩江月同学，你不要觉得你是学习委员，被团支书谈话就委屈。班里只有两个行政职务，班长、团支书。学习委员不是什么行政职务。"

她说到这里，我反而不紧张了。我不怕行政职务。

"天鹰，找我有事？"

"还是正式一点儿比较好，叫我刘天鹰或团支书吧。"

我没说话。我不习惯叫行政职务。

"韩江月同学，作为团员，你觉得让两个男生为你打仗，很光荣吗？"

这话让我彻底糊涂了："你说什么呀？"

"邹天明和何壮，那么好的朋友，为了你，都挂了彩，你不觉得自己为共青团抹黑吗？"

我惊讶地看着眼前的刘天鹰。她的表情隆重而严肃，好像就等着奏响国歌了。

我想说，天明和何壮，是真的吗？你们俩怎么干出这样的傻事啊？可我没说出口，面对着铁青脸的团支书，我不想提起他们俩的名字。对我来说，他俩是我最亲的同乡。

"你要反思，要检讨自己的言行。我以团组织的名义，责令你二十四小时内，必须上交一份思想汇报。"

这是我和刘天鹰第一次交集，也是我第一次被同龄人训得灰头土脸。大概正因如此，她对我自尊的冒犯，让我迟疑着拒绝了她。

"我……不会写思想汇报，我也不想写。"

说完我发现，比我忐忑的，竟然是她。

“不写也行……再有下一次……学校会让你退出共青团。”

我和刘天鹰的第一次交集，就这样不欢而散。

放学时，走在漫长的回韩屯的路上，我心里一阵阵涌起内疚。不是对团支书，不是对共青团，而是喝着一条小河水长大的邹天明和何壮。他们是自家独苗，是没有血缘的兄弟，他们能打仗，已经让我无比悲伤。他们打仗居然是因为我，我想起母亲最常说的那个词：罪孽。

我想跟小石河说一说心里的难受，劈头盖脸的夜色却在催促我——父母都饿着肚子呢，金珠和带娣也饿着呢，做完饭就要八点了，快回吧，抢一分钟是一分钟呵。

边做着饭，我心里还在想，其实所有人当中，变化最大的是房宝海。小学那一仗，让他从外貌到性格，都脱胎换骨了。紧接着又想，天明和何壮这一仗，也会让他们脱胎换骨吗？

第十四章　鱼　塘

房宝海其实是半个韩屯人。他妈是韩屯的，他爸不是。他爸家离韩屯三十多里，那地方叫北岚村。

人说没娘的孩子像根草，房宝海就是被扔在韩屯的一根草。

房宝海他妈是老房头的大闺女，下生时头顶一圈儿“白帽儿”。其实是女人怀孕时寒大，一层白膜。这说法太科学了，那时候没人这么说。那时候人们说的是，这样的娃方人克人，命比石头硬。

这女娃长大后在韩屯找不到婆家，房宝海他姥给媒婆送了捆上好的黄烟叶，媒婆才应承下来。十里八村跑个遍，好歹撮合了北岚村的一个后生。没承想，成亲才一年，后生就让江水冲走了。说起来，江水年年收人，以往收的都是些水里翻跟斗的淘小子。那事一出，北岚无人不说，宝海他妈这命，真比石头都硬啊。

男人没了，房宝海他妈就更苦了。起早贪黑地在地里干活儿，冬天也不能闲，跟男劳力一样上山采石头。房宝海都不记得他妈长啥样，就知道还没满周岁，他妈就被石头砸死了。本来，房宝海是长孙，按理说爷爷家应该留他，可他奶奶就是不肯，就说他妈石头那么硬的命都给克没了，何况他们土埋脖颈的人哪。

那年房宝海的两个姨还没出嫁，一家四口住着矮趴趴的小土房。房盖儿上直掉土坷垃，像是来场冰雹就能给砸土里的样儿。家里净愁事，一年到头寻不到一点儿乐子，老房头天天锁着眉头。

房宝海来韩屯那天包着小棉被，一个健壮的老太太把他放在老房头家门口，临别看了他一眼，之后就脚底板抹了油似的，顺着来路走了。那个老太太是房宝海他奶奶。那会儿是冬天，韩屯下着雪。雪花一片片落在房宝海脸上，又化成冰凉的水，流进小嘴里。房宝海吧嗒着没滋没味儿的雪水大哭大叫，他老姨耳朵尖，推门跑了出来。他老姨叫房春玲，当时十八，会绣鸳鸯，会织毛衣，还爱养鸡鸭鹅狗。春玲老姨看到他，就像看到摇尾乞怜的小狗，心软得拿不成个儿了。她把房宝海塞在胸前，泪珠比黄豆粒还大。房宝海他姥看着他姥爷，姥爷盯着春玲老姨怀里的他。谁也不说话，最后姥爷摇了摇头。

姥姥要把他送回奶奶家，春玲老姨不给。老姨抽抽搭搭地说，送回去，就得扔山上喂狼了。姥姥也哭，边哭边说，这孩子命更硬，一下生就把爹妈都克没了，咱家谁能扛住他克啊？

正哭哭唧唧，媒婆来了，像根玉米棒子，歪在门框上沥雪水。媒婆腰上的烟袋锅全湿了，滴滴答答地往地上落着烟油子味儿。媒婆说，俺也事后才知道，这孩子他爸降生时，也戴圈儿“白帽儿”。姥姥的眼睛噌地瞪起来，你说啥？媒婆踮起脚看了看老姨怀里的房宝海，说道，俺是说，不关这娃啥事。

就这么着，房宝海这棵草，成了老房头家的一员。

房宝海从小就块儿头大，胃好像也大，一年到头吃不到几回肉，就最馋肉。馋肉也吃不到肉，就看啥都像肉。烧蚂蛉、烧蚂蚱、烧青蛙都能解解馋，河里的青鳞子、小岛子啥的，就更不用说。在年幼的房宝海眼里，那可是正儿八经的肉呢。

那时候冬天格外冷，乡下的孩子也没几个能穿上正经棉鞋的，房宝海的手脚也跟别的小子一样长满冻疮，痒得钻心，一挠就冒黄水。老房头家那屋子，到了半夜就四下冒冷风，炉坑里那点儿热乎气前半宿就散没了，炕上拔凉。房宝海经常睡着睡着，手脚一扎撒，像受了惊吓的蛤蟆，一泡尿就把炕上人全给淹醒了。

“这么大了还尿炕，给你丫长长记性！”

屁股就常在半夜挨老房头的巴掌，美梦总被房姥擦尿时的唠叨打断。在梦里房宝海练着狗刨，河水在他手里哗哗响。他姥爷划着苞米叶子做的小船，偏要带他上岸。他使劲扒拉开撑船用的高粱秆，伸手抓向那条银光闪闪的青鳞子。馋肉的胃正泛起甜蜜的饥饿，老房头骨节粗如树疙瘩的手就把他拎了起来。美味的青鳞子每次都到了房宝海嘴边，又被屁股传来那啪的一声震到九霄云外。

那时春玲老姨也嫁了，老房头家院子里只剩两只老母鸡，一条老黄狗。老母鸡隔天下个蛋，不给鸡食里拌上点儿苞米面，就干脆不下蛋。平时房姥在家做饭收拾园子，忙的时候和老房头一起下地。菜园子就在屋后，地要走上一二里。老房头家有吃不完的土豆，一年四季几乎顿顿都是土豆。春天是小白菜炖土豆，夏秋是豆角炖土豆、烀茄子蒸土豆，冬天就是白菜、酸菜炖土豆。房宝海几乎天天央求房姥，能不能别做土豆了？房姥说，你懂啥，土豆可是好东西，又当饭又当菜。他又央求老房头，去集上割块儿肥肉炖豆角呗！老房头是个闷葫芦，说话慢。一碰到央求就瞅着他，老半天才口型夸张却又语调温和地："说赶明儿的。"

老两口隔几天就互相拔罐子，房宝海听到火罐里那哧啦哧啦的燎皮声，身上就起鸡皮疙瘩。房姥说，去镇上买几贴膏药吧。老房头还是老半天才吐出那几个字，赶明儿的。

房宝海吃不下土豆，有一阵儿长得大脑袋小细脖，肋条骨在两边支棱着，依次排开。瘦也就算了，瘦着瘦着他还来病了，黄疸肝炎，急性的。那阵子，房宝海成天肚子疼，撒尿比豆油色还深。后来打了半个月针，大夫说，这病根上就是营养不良来的。姥姥、姥爷口挪肚攒的那点儿钱，全被房宝海败没了。一次，他听屯里人说，生吞泥鳅治这病，就记住了。

小石河里有鱼有虾有蝲蛄，数泥鳅最多。才六岁，房宝海就去学抓泥鳅。有时拿盆去扣，有时搬开石头，用手一抓。泥鳅溜滑的，半天能抓到一根就够运气了。别的孩子抓了泥鳅，拿回家炖豆腐吃，房宝海就直接生吞。他们骂他，宝海，你有馋痨吧？房宝海就忿哧忿哧生闷气。他看到过他们有时也生吞，还互相指着肚子，大声叫着："鼓包了！快按住！"喊完他们就查数，看泥鳅在谁肚里死得快。

生泥鳅其实一点儿也不比土豆好吃，一股土腥味儿。可好歹那也是肉啊！病刚好，房宝海就更馋油星了。房姥家有个荤油坛子，偶尔炖豆角，会挖一勺放到锅里。荤油坛子常年有股哈喇味儿，即使这样，也总是引诱房宝海趁姥姥、姥爷不注意，趴上去舔一口。随着他俩腿脚越来越不好，荤油坛子经常空着它那圆鼓鼓的肚子。

房宝海生吞活泥鳅到底让老房头赶上了。

那天，老房头从苞米地回来，钻到小石河里洗澡。才将六月，河边倒也不秃，只是草又细又矮，芦苇荡连个模样还没有。房宝海正辨认着那黑不出溜的是谁的瘦屁股，他的屁股就挨了一巴掌。这回老房头是真气着了，眼里冒火，嘴巴里直吼："连洗带尿的地方，你就生吃？再有病，扔了喂狗！"

"喂狗就喂狗！"

房宝海一生气就使劲呼哧，两排肋条骨直要破皮而出。河那边的半大小子像看耍猴那样看着房宝海，河水里翻腾着他们早就说顺嘴的那句："宝海，就说你有馋痨吧？"

没等房宝海出个动静，老房头这回先来脾气了。

"王八羔子，远点儿滚、滚、滚着！"老房头顾不上气得口吃，语调和口型一样狰狞，吼骂着，套上了裤衩。

河里染了夕照，水凉了，颜色却暖了。老房头已经在岸上，房宝海却憋着满肚子委屈，脚往深里走。

"去哪儿？回来！"

"喂狗去！"

"你个外甥狗，不记吃专记打！"

又走了好几步，老房头没跟上来。水流在房宝海大腿根打着旋儿，腿就像被蟒蛇缠住了，越缠越紧。房宝海站住不敢动了，像根生怕被冲走的树杈子。

“我说宝海呀！”老房头不知啥时站在了身后，曲着一双大手，语调有点儿卑微。“你是——想快点儿好病吧？”

房宝海感觉到姥爷心疼了，不知怎么，哇一声，哭了起来。吓得河里的小鱼四下逃窜，顾头不顾腚的。

“那也不能——唉！”老房头抱起房宝海。那双手像个大榔头，骨节支棱着。苍老的眼泪从宽宽的指缝里漏出去，掉进脚下的小河。

老房头背着房宝海回家，脖子上挂着呱呱湿的黄胶鞋，用一根麻绳拴着。胳肢窝夹着锹铲，那两样最怕丢的家什。

“我说宝海呀，那么爱吃鱼，姥爷给你养鱼吧。”

“养鱼？咋养？”

“跟村里申请，守着山脚下，憋出一小块儿鱼塘。”

“姥爷，拿啥憋呀？”

“就拿小石河的水。”

“我还是爱吃肉。”

“猪，姥爷养不动，鱼也是肉，卖了钱，还能买肉。”

房宝海点着头，脑门敲在老房头又弯又瘦的背上。进了村，老铁匠正在老榆树下抽旱烟。见到这爷俩，摇着头说，宝海这小犊子，命还真大！

同样的话，从老铁匠嘴里说出来，韩屯孩子总能听出心疼。韩屯孩子都喜欢老铁匠，都管他叫铁匠爷爷。

那时候，铁匠爷爷的炉子里总是生着火。我打他门口路过一次，通红的火苗勾惹一次：来呀，来听故事啊。

铁匠爷爷的故事里有人，也有天地、山河、稻谷、草木和节气。

我最爱听他讲松花江。他讲：“古时的松花江，一向应时而动，冬天结冰，春季开化。开化有讲究，有文开江和武开江之分。所谓文开江，指的是春季江冰自然融化，少许冰排簇拥江水缓缓而下。远远看去，只感觉春天近在咫尺，江水日渐敦厚，天地中规中矩。武开江却一派爆裂奔腾，犹如野兽猛醒，气势夺人。那情形出现在气温骤然回暖之年，江面在一夜间断裂开来，成块的冰排前呼后拥，排山倒海般顺江倾泻。武开江时的江面，奔涌着墨汁般的鲁莽，狂妄不羁，粗野多变。直到丰满水电站建成，那一江水才自此告别了结冻。每逢数九寒冬，只见江水冒着蒸腾汹涌的白气往前流淌，给一路的大树小树都裹上了树挂。北风吹拂，两岸白枝摇曳，蘸过水银一般，汩汩生辉，美如仙境。”

这样的故事哪能不爱听。这样的故事哪能忘脑瓜后呢！

后面再细说铁匠爷爷的故事吧。继续说房宝海那祖孙俩——

没几天，小石河守着山脚那块儿，真就垒起一圈儿低矮的土坝，憋出个小鱼塘。不知道铁匠爷爷从哪儿弄来一些小鱼崽子，放到鱼塘里就开始撒欢儿。

老房头那天累熊了，全身的骨头咔咔作响。房姥稀罕吧擦地端上了一碗鸡蛋糕，对老房头说，补补吧。老房头端详半天，药丸大的眼珠子在眼皮中间晃悠了一圈儿，摆摆手说，不好这口儿。房姥也看了半天，转身对房宝海说，我也不好这口儿。房宝海就信了，唏哩呼噜，吃了个溜干净。

春玲老姨知道了鱼塘的事，兴高采烈地说，是得琢磨着挣点儿钱，宝海眼瞅上学了，往后用钱的地方多着呢。房姥把腔子里的老烟痰咳出来，说：“春玲老姨，这还用你说，我和你爸早晚得把老命搭给他。”老房头又不耐烦地甩出一句：“净说那没用的！”老姨摸着房宝海后脑勺，说：“妈，你那嘴别总跟刀似的，宝海这孩子懂事，将来你俩能得他的继（养老送终）。”

那时候铁匠爷爷常跟房宝海说：别看你姥爷现在这熊色儿，过去可是咱韩屯干农活的一把好手！秋天割豆子，年轻人都嫌扎手，可豆子在他刀下，就像碴子条那么顺溜。你姥爷套牛车，多倔的老牛都像懂人话似的，先规规矩矩站着，到你姥爷嘴里一吆喝，老牛就曲着前腿低下头，牛角伸过地上的车辕，乖乖地把自个儿套上。

“咱庄稼人不抗老哇！”铁匠爷爷说着，紧拉几下风箱，铁匠炉里红彤彤的火焰，一窜一窜地喷着白火苗。

其实铁匠爷爷不说这句房宝海也知道，从他有记性，姥爷在他眼里就是个老头：缺了颗门牙，满身骨头都生了锈，弯了直不起，直了弯不下。他姥爷啥都舍不得买，除了去痛片。白瓷缸子里的去痛片一见底，准保就伸手管房姥要钱。那时房宝海太小，每次看到姥爷买回去痛片就心生嫉妒。心想：一馋去痛片你就买，我馋肉馋得见到活猪都流口水，咋不见你给我割条儿五花肉回来？

有了鱼塘，老房头家的去痛片就下得更快了。过去老房头每天早上吃两片，现在是早晚各两片。房宝海听姥爷对姥姥说：“身上疼，你也吃，别舍不得了。鱼要能卖几个钱，先买它一箱去痛片回来，管够吃。再把房子翻盖喽。”房姥说：“宝海得吃肉，大夫咋说的？营养上找。”

“那也够。”

“这辈子咽气前，咱还能不能住上瓦房了？”

房姥这么一问，老房头就不说话了。他把裤腿挽到膝盖上，腿上的血管像七扭八歪的大蚯蚓，嘴里招呼着：“宝海，跟姥爷住鱼塘，你敢不敢？”

房宝海当然敢！

后来只要回忆起往事，房宝海都泪眼蒙胧地感慨，鱼塘边上住那个夏天，那不就是无忧无虑的日子吗？娘的，当时想啥了？当时咋不知道啊……

老房头搭了个小窝棚，三角形的，盖着茅草。白天坐在小窝棚里，能看到绿色的鱼塘不时冒着水泡。东山上的树叶被风吹起，兜兜转转，转到鱼塘上方，奔着水面上自个儿的影子扑下去。鱼儿有时打挺，露出白肚皮，有时把嘴伸出来，啥也不说，嘎巴两下，眨眨眼皮。有时游着游着，干脆扭个大弯儿，像是要用自己的嘴咬自己的尾鳍。青蛙不知打哪儿来，一生十十生百，蛙声像圈栅栏，把鱼塘圈在中间。老房头让房宝海用蚂蛉网兜苍蝇、蚊子，还让他抓蚂蚱、挖蚯蚓。老房头说，这些都投鱼塘里喂鱼，多少都不嫌多。

“姥爷，想吃鱼。”

“瘦小着呢，没啥吃头。等长大了再吃。”

老房头一这样说，房宝海就把嘴撅起来，冲鱼塘撇石子。

“到秋天，秋天就能吃了。”

老房头的抠门总让房宝海气不过，可到了晚上，鱼塘又像会勾魂一样，让他半步都不舍得离开。只要韩屯天上有的，鱼塘里就一定有。天上的月亮是圆的，鱼塘里的月亮就圆得像从天上剪下来又贴到水上的。月亮变成了弯钩，鱼塘里就会多了把白亮的镰刀头。星星会在天空悬着，也会在鱼塘里趴着，天上的那些，鱼儿们够不到，水里的却一张嘴就吞掉一个。鱼塘边的蚊子成群结队，连鼻孔都敢钻。老房头就拢起蒿草，点上火，一边扇乎着冒起的烟一边对他说，对蚊子就该烟熏火燎。这当口儿，房宝海绕到窝棚后面，手掌用力一拍，就会有萤火虫被震落。把萤火虫们塞进捡来的玻璃瓶子，倒扣在窝棚里，一盏夜明灯就亮了起来。

房宝海躺在草垫子上，数着玻璃灯里萤火虫闪亮的屁股，问他姥爷：“山里边儿，有熊瞎子吗？”

“早前有，现在，早就没有啦。”

老房头说完，嘴上就冒出了旱烟泡。他缺的那颗门牙，像在嘴里挖了个黑洞。

“我说宝海呀。”

“嗯？”

“把身子骨儿锻炼好，把钱攒下，长大才能说上个好媳妇。”

“说媳妇干啥？”

“你尿炕，有人给你擦。”

“那不尿呗。”

“你想肉吃，有人给你做。”

“真的啊？那我要。”

“睡吧，宝海，鱼都睡啦。”

“你呢？姥爷。”

“姥爷得盯紧。”

“铁匠爷爷说，山里没鬼，鬼其实是山魈。”

“那老把式，没他看不透的人，没他不知道的事。”

到房宝海一觉醒过来，薄厚不均的白雾把鱼塘低低地罩住了。百灵鸟站在山脚的榆树梢上，不吃不喝就开始唱歌。老房头也像被鱼塘的水汽润了喉咙，低声唱着小调。

“武松你做事无道理，路过本县你破坏规矩，吃醉酒大胆闯禁区，把那虎爷置于死地。”

这陌生的曲调唱给房宝海一个陌生的姥爷，他不由得把耳朵竖起来。那调子坑坑洼洼也铿铿锵锵。

“那老虎它与我有情义，它、它、它——没有招你，没有惹你，没有吃你，没有伤你，没有害你，没有骂你，老实巴交它死呀死得屈。”

房宝海敢说，姥爷那副破锣嗓子唱的是天底下，至少是整个韩屯，最好听的小调。他在姥爷低沉悠扬的哼唱里，呼吸着清晨潮湿的空气，幻想当冬天到来，姥爷家已经变成了三间大瓦房，房檐下挂着姥姥晒好的红辣椒，门里面挂着姥爷的羊角锤子。火炕被姥姥烧得直烫屁股，他坐在饭桌旁，对红烧鲤鱼根本不屑一顾，他的筷子直勾勾地冲向用盆盛的猪肉炖粉条，里面一块儿土豆也没有。那一年，他的整个夏天都在幻想带给味觉的舒适和满足里度过，包括那些大雨倾盆的时刻。

那天雨来得急，老房头穿着塑料布做的雨衣，猫着腰，生怕小河涨水，把塘里的鱼冲走。鱼塘边疯长的野草，被雨水一砸，滑溜溜地趴了一圈儿。老房头腰僵了，腿硬了，一哧溜，身子就进了鱼塘。房宝海吓慌了神，嘴里连喊着姥爷！老房头眼珠球大，眼皮上沾了黄豆大的泥巴也顾不上抹一把，大声对他说："宝海，把那根绳子拴那棵树上。"房宝海不知道从哪来的能耐，真把绳子拴上了。老房头使劲拽着绳子从鱼塘里爬出来，像不会直腰的黑猩猩。

"姥爷，你还挺厉害！"房宝海由衷地说。

"回去二十年，这算个啥。"老房头倒有几分磨不开了，抓了把耳朵。

"姥爷，你脸上糊了鱼屎。"

老房头就拿手抹脸，越抹越黑。他在滚滚雷声里笑起来，被旱烟熏哑的雷声从他的嗓子滚到嘴边那圈胡子上。

"姥爷，你牙上也有鱼屎。"

老房头知道房宝海诈他，却咧着嘴，笑得跟外孙儿一样傻。

立秋那天，老天像在土地里也埋了颗太阳，把庄稼烘烤得滚烫。疯长的玉米高粱，才几天工夫就焦了梢，眼见着绿身子泛黄，没了韵致。越往山脚鱼塘走，人们脚下越是干鱼鳞般卷起的土皮，嘎吱嘎吱地发出脆响。赶着往鱼塘来的人们，脸上都露出了黑黢黢的苦相。

这些人里有铁匠爷爷，有刚刚还在院子里织渔网的房姥，也有我们这些小孩子。大家都往鱼塘跑，是来看满塘翻白的死鱼。塘子里的情形让青蛙都瞠目结舌，像吃了哑药。只有知了不知深浅，还在那没心没肺地喊叫。来的人远远就能看见，塘子里白白的鱼肚皮漂满水面，鱼嘴微张，鱼目圆睁，都应了给人发明的那个词，死不瞑目。

房姥跌坐在晒蔫的蒿草上，手里抓着草，嘴巴张成洞，费力地喘粗气。老房头蹲在小窝棚旁边，佝偻成一团。那老脖子上的皮又红又松，像褪了毛的公鸡。铁匠爷爷松耷耷的眼皮彻底垂落了，找了半天也没找见他眼珠在哪儿。

"谁干的缺德事呀？"

"怕是有人得了红眼病！"

“咋也不该眼红宝海姥爷家呀，老的老、小的小，连个硬实人都没有，唉！”

“这是弄的乐果吧？鱼都死啦？”

“唉，咋下得去手！”

没多大会儿工夫，来了两个穿水靴子的，把鱼捞上来，装到路边一辆卡车上。铁匠爷爷问老房头：“你估摸，能是谁？”老房头摩挲一把老泪：“我这样的，能得罪谁呀？”

鱼都装上了停在土路边的卡车。房宝海急红了眼，不顾那铁家伙儿把膝盖磕掉块皮，爬上去就抓鱼。

司机吆喝他：“嘿！你要干啥？”

“我家的鱼，我姥爷给我养的！”

“不想活啦？傻小子。”司机脖子上有条发黄的白手巾，他用手巾抹着额头，一把就把房宝海拎了下来。

“王八羔子，远点儿滚着！”房宝海攥着拳头，愣头愣脑地骂道。

司机脸黑下来，一把抓住他：“骂我？小猴崽子！”房宝海不知从哪儿窜出的委屈，张牙舞爪地扑向他。

“宝海！”老房头像路边苞米变的，喊着就把房宝海拦腰抱住了。

“撒的什么野？”老房头的大手像把铁榔头，房宝海手脚蹬不过，就大声号叫，我的鱼，我要吃鱼！

“反了天啦！”脸上就挨了老房头一巴掌。房宝海感觉就像三九天被剥了皮，在铁匠爷爷那炉子前烤着，生疼生疼的。卡车突突了几下，开走了。空气里只剩下腥腥的鱼味儿。

太阳偏西了，路边的紫苏被夕照染得更紫，蚂蚱扑棱扑棱乱蹦，扫帚梅的花瓣成了蚂蛉交尾的婚床。人们无心看这些，都锁着眉头，苦着脸，替老房头惋惜。老房头把房宝海交给他姥，朝另一个方向走了。

“你们先回吧，我转转。”

铁匠爷爷也调了头：“我跟你一块儿。”

房姥扯着房宝海，进屋就趴在炕上。房宝海按着瘪瘪的肚子，紧贴炕角佝偻着。他有些日子不尿炕了，梦却照做不误。他盼望在梦里好好吃顿立秋饭，有鱼有肉，姥姥姥爷笑呵呵的，一边看他吃，一边把钱数出割豆子的唰唰声。可是梦就像那强盗司机，越想伸手抓它，它越是拿他当个玩笑，当个屁！房宝海翻来覆去，左右骨碌，直到月亮在窗外探头探脑，他才反应过来：怪不得睡不着，这不是姥爷的小窝棚，是姥姥的小火炕。

鱼塘空了，那小窝棚还在吗？房宝海想着每晚波光粼粼的水面，掉在水里变成鱼食的星星，姥爷的烟袋锅儿，韩屯最动听的小调……他的眼前模糊起来，一滴眼泪顺着鼻子，溜进了牙缝。

“宝海，醒醒。”房宝海吓得一抖，手就按在了撒尿的地方。

“宝海，起来，吃饭。”叫房宝海起来吃饭的和那会儿扇他嘴巴子的是一个人。房宝海斜了这人一眼，脸冲下，趴在炕上，不动。奇怪，窗户外面黢黑黢黑的，也听不见公鸡叫早，这时候吃什么饭？这人比他还犟，抓起他的裤衩，把他整个拎起来。房宝海低头揉着眼睛，偏不看他。

“还没到半夜，抢秋膘还来得及。宝海，动筷儿。”老房头说完，房宝海才彻底醒过来。饭桌就在炕上放着，房姥坐在他对面，眼睛像被开水烫过，又红又肿。桌上有条大大的鲤鱼，酱红色，鱼身上开着两朵胡萝卜切成的五瓣花。大鲤鱼隐隐冒着热乎气，缕缕肉香随着那热乎气穿过鼻子，抓挠房宝海胃里的馋虫。他偷偷掐了腿根一把，生疼。要是梦，这么使劲掐，也肯定醒了。房宝海犟不下去了，别说姥爷只扇了他一下，就是左右各一下，他也决定先把这条鱼吃进肚子再说。

房宝海的腮帮子像门轴上了铅笔铅，越嚼越灵活。他的胃像个气球，越塞越大。不大会儿工夫，一条大鲤鱼全都进了胃，给吃它的人，从心到脸，涂了遍快活。吃快活了忘性就上来了，房宝海嬉皮笑脸地问老房头：“是咱家的鱼吧？真好吃！”

“是咱家鱼，是好吃。”老房头夹了片鱼汁里的葱花，笑得干巴巴。

那顿立秋饭，是房宝海吃过的最香的一顿饭，香到不管啥时候想起，嘴里都会涌起大量津液。他还总想起姥爷问姥姥的话：“你为啥不吃？”他姥姥瘪着嘴，颤声说：“吃啥不都得拉出去？”

这话是真理。就在那个夜里，饱食了一整条鱼后，房宝海的胃停止了运转。他不住地打嗝，肚子胀成个鼓气的大蛤蟆。姥姥闻了闻他的嘴，说道：“宝海伤食啦。”后半宿，老两口轮流给他揉肚子，揉到天微亮，房宝海开始窜稀，三五分钟就一趟。到他终于不窜了，人也软在了炕上，一天没起来。房姥说：“宝海这顿鱼吃的，少说掉了三斤秤。”可当房宝海不再窜稀，他的脑子又被变成粪肥的大鲤鱼整个占据了。那条鱼可真香啊！

第十五章　铁匠爷爷

铁匠爷爷是韩屯的活菩萨。他无所不知，关于天，关于地，关于人，关于鬼神。他是韩屯的“活村志”，可他却并不是土生土长的韩屯人。

铁匠爷爷的爷爷，原是松花江上的老渔民，一辈子打鱼为生。铁匠爷爷不愿意打鱼，十几岁入了木帮，春夏祭江放排，冬天进山采伐木头。一年冬天，铁匠爷爷跟随木帮来到东山，在韩屯葛铁匠的铺子里，认识了葛铁匠的闺女朝凤。朝凤不会说话，是个哑巴，可一双手却巧得伶俐无双。她缝的布老虎眼睛好像会眨巴，虎须子一颤一颤的却拔不掉，须子下面那张虎嘴里，像藏着虎娃娃咯咯咯的笑声。

有一回雪大天黑，铁匠爷爷便在葛铁匠铺子里落了脚。看到朝凤在缝布老虎，就稀罕巴嚓地拿起一个端量。过了好半天，他跟葛铁匠说：“这小东西要是拿到北山庙会上，准能卖上价钱。”

葛铁匠听说过北山庙会。那时候整个东北，最有名的庙会就是吉林北山庙会——

一进入农历四月，夏天便开始浓郁了，老城吉林可真是一派水碧山青啊。论热闹，北山当属第一——不仅满山青翠，草木繁茂，而且游人也逐日增多。仅一个农历四月，逢初八、十八、二十八三次庙会，北山就一次次出现“游人如织”的画面。

铁匠爷爷就讲起了北山庙会的摩肩接踵，万人空巷。

“跟着人群挪步到半山腰，回身向山下一看，呵！中间过道上全是人，你挤我，我挤你，一点儿缝都没了。为着赶庙会这么个民间盛事，人人都精心打扮了一番。男的全穿着长袍马褂，头上戴顶礼帽。女的个个穿着旗袍，头上也戴着浅色的遮阳帽。”

“好看吧？”

“那是啊！不光人好看，往远处一放眼，能看到满城青瓦房，连成片的绿树，那可真叫‘四面青山四面景，半城垂柳半城江’啊！再近看眼前盘山道的两边，全是临时搭的棚子，卖百货日杂的、卖茶水吃食的，也是满满当当坐的全是人啊！”

朝风眼睛都舍不得眨一下，痴痴地听着。她跟寻常哑巴不一样，人都说十哑九聋，朝风就是那个例外。她不聋。

年轻的铁匠爷爷受到朝风目光的鼓舞，一时关不上话匣子了。他兴致勃勃地讲着——

北山庙会是从关帝庙、药王庙、玉皇阁相继建成后开始的，主要有农历四月初八的佛诞节（佛祖释迦牟尼的生日）、四月十八的三霄娘娘庙会、四月二十八的药王庙会，还有农历五月十二（关帝生日）、五月十三（关帝单刀赴会）、六月二十四（关帝庙会）三个关帝庙会日。

因吉林是满族聚居地，满族人又十分敬奉关帝，所以清朝期间，北山庙会最热闹的曾是关帝庙会。每逢这一天，除祭祀焚香膜拜关帝外，酬神演关公戏是主要内容。到了民国，北山庙会活动转移到了四月十八的娘娘庙会，和四月二十七至二十九的药王庙会。其中，四月二十八是药王庙会的正日子，相传这一天是药王孙思邈写成《千金方》医书后的升天之日，也有传说是孙思邈的生日。另外还有传闻说，这一天是孙思邈治好唐太宗公主的怪病，被封为药王的日子。

药王庙会当天，不仅吉林城里万人空巷，邻近州县的人也都争相过来赶会，就连黑、辽二省的老百姓，也通过松花江水道、古驿道和后来修建的吉长、吉沈等几条铁路来上庙进香。为此民间还出了一条民谚——千山寺庙甲东北，吉林庙会胜千山。

北山庙会上最让小孩儿挪不动步的，就是卖布老虎的小摊。不管男娃娃、女娃娃，站在布老虎跟前儿就抓心挠肝，有的还哭叽尿嗓地央求着大人，买一个吧，给我买一个吧。也难怪小孩儿这样，庙会上那些布老虎确实鲜活，确实好看。吉林生产的布老虎在当时远近闻名，广受妇女、小孩儿喜爱。说起布老虎，其实从古代就已经在中国民间广为流传了，是地地道道的民间工艺品。在人们心里，老虎象征着驱邪避灾、平安吉祥，还能保护财富。这些手工缝制的布老虎，虽然改变了老虎的原形，身躯、尾巴、四肢都被大幅度收缩变短，可再怎么变，它也还是老虎。

城里常见的布老虎，是用棉布或丝绸缝制成形，内部填充的是锯末子、谷糠、棉花或香草，表面用彩绘、刺绣、剪贴、挖补等手法描绘出虎的五官和花纹。布老虎以头大、眼大、嘴大、尾巴大的造型来突出其勇猛神态，虎头及五官则显示出天真稚气，透露出儿童般可爱的憨态，寄托着吉祥纳福的心愿。

一段吉林庙会，铁匠爷爷就把韩屯的巧姑娘朝凤，给讲醉了。一段吉林庙会上的布老虎，又把朝凤的心彻底抓了去。朝凤的心整天在韩屯的天上、地上乱飞，就盼着木帮小伙儿再推开她家铺子的门，烤着炉火，夸她缝的布老虎比庙会上那些都奇巧，都水灵好看。朝凤寻思着，人间还能有这样一个无所不知的木帮小伙儿，偏还让她遇上了，心里的美滋滋就全都挂在脸蛋儿上了。

一来二去，铁匠爷爷和葛铁匠一家便熟络了。朝凤不但会缝布老虎，也会做泥娃娃、扳不倒。铁匠爷爷来回进山出山就把这些带到城里，赶上庙会时卖掉。朝凤越做越多，铁匠爷爷也越卖越多。朝凤不但感激他，还认准了木帮小伙儿的厚道踏实，铁匠爷爷也喜欢朝凤心灵手巧，两个人很快就好到了婚嫁的地步。葛铁匠没儿子，还怕哑巴朝凤嫁出去挨欺负，早就说得明明白白，要招个上门女婿。就这么着，铁匠爷爷入赘到韩屯，后来又接替老丈人，当了铁匠。

起初也是两眼一抹黑，啥也不会。葛铁匠说，甭急，手艺这玩意儿，靠的就是磨手指头。于是就试着从拢木排用的“扒锔子”打起，而后开始打马掌，再后来才是镰刀、锄头这些农具。

铁匠爷爷无儿无女，他媳妇朝凤从没开过怀儿。可他们一辈子倒也过得消停安逸。屯里孩子在铁匠爷爷眼里都是布老虎、泥娃娃，他嘴上不说，那特有的慈祥语调里却时时在说。

铁匠爷爷爱讲松花江，他讲起松花江就像深吸一口烟再缓缓吐出来那么自然。我的名字里因为带个江字，所以也格外爱听他讲松花江。他二十世纪二十年代生人，给我们这群孩子讲的都是他的童年。有关松花江的一切不像故事，更像是铁匠爷爷对往昔的回忆，里面有他的爷爷、父亲，也有他自己。他说天天在松花江边吃鱼的时候没觉得鱼有多好吃，在韩屯变成老头了，才发现从前的春天、从前的江水、从前的一丝一毫都美得跟画似的。

铁匠爷爷讲得最多的，就是捕鱼啦：

“那是一九三〇年，一个春天，大概已经过了清明节气。沉睡了一冬的松花江，每到那时就像一尾从严寒里醒来的鱼，轻摆一下腰身，开始了徐徐缓缓的游淌。它展一下鱼鳍，两岸青草便水嫩鲜美。它摆一下鱼尾，转眼就会满山凝翠。不时跃出水面的大鱼小鱼、顺水而行的大船小船，都争相告知它一个昭然而恒久的事实——过去、现在、未来，即使它几度改了名字——粟沫水、宋瓦江、混同江、松花江，它也永远是一条绵宕的江水。它在烟波中怡然自得，在怡然自得中携裹江中物齐声唱道：‘清明前后一场雨，强如秀才中了举。’”

“那一年春江水暖时，你们铁匠爷爷才不过八九岁光景，跟你们一般大呀。除了看见一片江山、一江春水，我还看见了一条小船，两个渔民。”

“那两个渔民一个蹲着，一个站着，手里都拿着‘猎物’。站在船尾、身穿白衣服黑裤子、头戴深色帽子的，是这条船的摆渡人。他双手握桨，撑起这条威乎（小船）的平衡。蹲在船头、黑衣白裤的老年男子，正在用绳子熟练地穿过两条鱼鳃。他面庞瘦削，神态平静，穿鱼的姿态沉稳自如。这二人不是别人，一个是我爸爸，一个是我爷爷。我爷爷当时五十多岁，身体硬朗，每天都要划着威乎去捕鱼。他脚边总有一根细木棍固定起来的渔网，一多半的身子浸泡在水下。这种渔网满语叫‘胡里该’，常常是一网下来，捕到的鱼便有数百斤之多。那时候，单条重达百斤的鲤鱼、草根、青根，还有更大的黑鱼、鳇鱼，都曾是‘胡里该’中的常客。”

“作为松花江世世代代的子民，捕鱼的方式早已娴熟多样，渔民们可以依据情境、时间、天气自如地选择。我爷爷和我爸爸中间，竖着三根直立的树杈，纵贯它们的是一根两头削尖的长棍。这是一根白桦木杆，它的这道白色只要在夜间投影在水面上，就会诱惑急于跳过白线的鱼儿。鱼儿们以为自己生出了翅膀跃出水面的一刻，就是纷纷投入威乎怀抱之时啊！满族称这种捕鱼方法叫‘漂白杆子’，捕到的多是些麻口、青鳞子，有时也有几斤重的岛子。”

“松花江水质纯净的时代，曾经是各种鱼类的天堂。除了绝迹的鲟鳇鱼，还有被康熙、乾隆盛赞过的水上奇珍——松花江白鱼。白鱼以其鲜美，被吴大澂、张学良、曹聚仁、张伯驹等多位历史文化名人赞誉过。吃开江鱼的习俗，可以追溯到三千余年前的原始社会末期。祖先们发现，被融化的浮冰挤压而死的江鱼，已经是道美味，而开江活鱼用江水清炖后，就更是鲜美至极。到了清代，康熙皇帝曾用春季开江后打上的第一条鱼，大摆‘头鱼宴’。古老的民谣也曾传唱过这古老的习俗：‘谁知松江寒，年年春到迟。清明谷雨后，江开水游鱼。肉鲜味儿美，大小皆吉利。吃了开江鱼，一年都富裕。’”

“铁匠爷爷，今儿个没人打铁，再讲一个吧！”

“讲多了，左耳朵听，右耳朵就冒啦。”

“不能，我记得住。求你再讲一个吧！”

“那你们可听好喽——

“还是春天，春风又一次把松花江二尺多厚的坚冰化成了青蓝色的流水。水上载舟行船，水下藻蚌遍生，各种鱼类丰沃肥美。只要是草长莺飞、春阳拂面的天气，总能看见江上划着几艘间距甚小的渔船，船上的渔民手握木浆，缓缓拨动着船身两侧的江水。均匀轻微的水波倒映出这种拨动的娴熟和平稳。渔民们头上戴着有檐帽子挡风遮阳，脸上总是一副熟稔手中作业的神态。几条小船的船头和船尾，都落着扁嘴、全蹼、深色羽毛的鹈鸟，看上去个个精神饱满，好像随时准备用江鱼来饱胀自己此刻空空的喉囊。渔船的船头一定会立着一根长柄圆网，叫作‘抄网’，是鹈鸟捕鱼必备的工具之一。渔民们不断划船巡视，见游鱼较多时，就将鹈鸟赶入水中。叼到鱼后，渔民们会敲打船帮，鹈鸟听到‘梆梆’的声音，便会叼着猎物游回船上。”

“铁匠爷爷，再讲讲啥是鹈鸟呗！”

“最后一遍，记不住我可不再讲啦。

“鹈鸟俗名鱼鹰，又叫鸰鸅（wū zé）、淘河鸟、塘鹅，是一种全蹼足鸟类。它们的嘴大约有一尺长，颌下有个大皮囊，能伸缩，可以用来兜食鱼类。用鹈鸟捕鱼，最早是清末民初‘跑关东’的人带来的，渐渐成了东北渔民重要的捕鱼方式之一。用来捕鱼的鹈鸟，多数是人工饲养，并且要经过数十天的训练。训练开始时，鹈鸟双脚拴着长绳，培养入水捕鱼的乐趣。等鹈鸟习惯后，取下双脚的长绳，代之以脖子套绳，正式开始了捕鱼生涯。捕鱼时，一斤左右重的鱼，驯化的鹈鸟可以直接叼出水面，渔民用‘抄网’接着。遇到大鱼时，鹈鸟会出水呼援，引来群鸟相助，‘虽至巨者，无能逃焉’。约略估算，每只鹈鸟每年能捕鱼上百斤。捕鱼的鹈鸟虽为人工饲养，但依然有发达的羽翼，飞翔仍然是它们的天性。因此脖子上要时刻用套绳拴着，这样一来，即便鹈鸟飞走，不久也会因为无法进食再度返回主人船上，求主人赐予食物。鹈鸟的羽翼也会被剪短，纵然能飞起，却无法远行了。天长日久，鹈鸟不仅不会再飞走，还会顺安其命，每天捕鱼作业，完成后再被主人赏赐一些小鱼或‘鱼下水’来填饱肚子。”

“铁匠爷爷，你爸养的鹈鸟飞走过吗？”

“飞走过，后来又回来啦！”

“为啥呀？”

“已经讲过啦，明知故问天明小子，自己琢磨去！”

铁匠爷爷采过木头，也编过木排。在木帮时，除了放排没做过，别的都做过。

铁匠爷爷说，东北早春冻人不冻水，植物们虽然听见了流水声，却也只能继续在土地下面蛰伏着。早春的江水冰凉刺骨，早春的黄昏留给他的记忆，带着一股水淋淋的惆怅。太阳此时已经西斜，残留的光芒把荒草和江水都染成了凄艳的铁锈色。

只要太阳还有一点儿影子，编排的汉子们就一直干活。他们穿着同样的装束，短褂、肥裤、水靴，头上戴的毡帽也一模一样。这时北方人还没脱掉棉袄棉裤，可是编排这活儿一旦干起来，没一会儿身上的汗就会淌成溜儿。于是棉衣都脱掉，穿得像三伏天一样，挥汗如雨地干。汉子们要先用手中的木棍撬动水中的圆木，再把木头用绳子从水里拉起来，一根一根排列上。木头在水里时横七竖八，互相压成什么样儿的都有。可是不管多么粗壮多么杂乱的大木头，最终都要被编成结实整齐的木排才能放行水上，运往各地进行交易。

“不怕木头大呀！——嗨呀呼嗨！

加把劲儿呀！——嗨呀呼嗨！

快干完呀！——嗨呀呼嗨！

去找姑娘谈对象呀！——嗨呀呼嗨！”

汉子们喊着嘹亮的号子，水流与歌号纠缠在一起，直到把一颗水淋淋的大月亮喊到头顶上来。

“编排”又叫“串排”，有着固定的一套工序：伐下的圆木被搁置好后，要先用凿子将其两端凿穿，这叫“串眼”，然后在串眼内穿一根横木将圆木连接成木排。为了确保木排的牢固，要用“大麻绳”“笤条”或榆树幼条用水浸泡后做“绕子”绑扎，而后再用大“扒锔子”（两头带直钩的铁件）钉固。每张木排绑扎大圆木十根左右，小约5—6张、大约8—9张的木排，按前后顺序连在一起，形成宽5—6米，长约30—50米不等的大木排。

铁匠爷爷说，我们这一带盛产木材，有“窝集”（林海）多处。自清朝中期到二十世纪三十年代，年年有大批原木顺江而下，集散于吉林，形成了“木都水乡”的特有景象。这景象背后，有关东“木帮”的鼎盛和衰落（铁匠爷爷只赶上个临秋末晚），有放排人的辛酸苦辣，也有一个逝去的、伤痕累累又苦涩难言的年代。

铁匠爷爷也给我们讲节气。二十四节气，一个一个讲。

铁匠爷爷说，二十四节气的每个命名都蕴藏着中国人洞察天地的智慧，包括寒来暑往的季节变化、降水量的不同，以及感应时节而生的物候和劳作。

节气的命名有三类：立、分、至，各有一番说道。

立，始也，立春、立夏、立秋、立冬，一年四季的时节在开始时就立好了，接下来就是盼着最好的春夏秋冬到来。

祖先还从天文的角度划分了春分、夏至、秋分、冬至。“分”就是平分了昼夜，“至”则是极的意思。这是四季中最典型的气候，春分百花生、夏至白昼长、秋分黄叶天、冬至雪临门。

二十四节气中，形容温度的节气只在夏季以后出现。“暑”即是炎热，“小暑”是一年中炎热的开始，“大暑”则是一年中最热的时候。“处暑”是唯一一个在秋天仍与“暑气”相关的节气，“处”是终结之意，这分明指的就是秋老虎，它预示着这一年的热即将被季风吹走。

“小寒”是一年中冷的开始，“大寒”则是一年中最冷的时候。

还有雨、露、霜、雪。

春天开始下雨，因为从冬天里复苏的生命需要雨水的滋润。“雨水”

时节，冬雪融化，人们开始告别冷冬，雪化为雨，淅淅沥沥拉开了春天的序幕。

到了秋天，早晚温差变大，空气中的水分凝结，露凝而白为“白露”。“寒露”在秋分后，此时露水已寒，直至天气渐冷，河边的萤草开始出现白色的霜，成为“霜降”。

随冬天而来的雪是吉祥的预兆，“小雪”是开始下雪的时节，“大雪”则指雪量增多，天地银装素裹。俗话说“大雪小雪又一年”，冰天雪地里蕴藏着中国人最大的节日——年，也蕴藏着对来年的希望。

节气里还有惊、清、满、芒。

“蛰”即藏，“惊蛰”指的是春雷乍动，惊醒了蛰伏在土地中冬眠的动物。“清明”意指天气清明，草木繁茂。

民间曾有谚语：小满小满，麦粒渐满。小满是指麦类夏熟作物开始饱满。等到“芒种”时，便可收割麦类有芒的作物了。

铁匠爷爷讲节气那年，我们这些孩子还把清明当作冬天终于结束的欢乐日子。清明深处，艾草吐出小芽，柔软的春风萦绕十里八乡。厚厚的棉裤和棉鞋总算能脱掉了，双脚踩在泥土上，时时感知着大地的温和。

“清明是个节气，在春分十五天后，它也是咱中国人最重要的祭祀节日之一，也叫寒食节。从唐朝时起，人们约定清明扫墓祭祖，渐成风俗，清明就成了中国人的一种思念。”

“死死生生、生生死死，天地间只有这个理儿总也不变啊！”

“天明小子，你铁匠爷爷这辈子，一个后人也没有，赶明儿我死后，年年清明你念上我一声，爷爷也就知足啦！”

全屯的男孩子中，铁匠爷爷最喜欢邹天明。讲完清明节气那次，他摸着邹天明的头，轻轻说着让天明不要忘了他。

不知怎么，听到这话，就像看到铁匠爷爷的一生正像松花江水一样，从他眼睛里流过去，不知流向何方。

那一瞬间我的心里，忽然充满了不舍和惆怅……

第十六章　梦　想

初二那年春天，村里来了个姓兰的医生，是冯主任家的远房亲戚。改革开放后，兰医生在城里承包了一家医院，挣到了钱，却也遭了算计。一场普通的感冒发烧，被他原单位同事用加大剂量的地塞米松退热，结果催化了医生肺子里原有的钙化点。兰医生的半个肺子烧没了，所幸，好歹捡了半条命。大概有些心灰意冷，兰医生背着最早行医时的医疗箱，带了许多常用药品，来韩屯行善。

小病倒好说，可兰医生发现，村民们几乎没有小病，都是慢性病、器质性疾病。上了岁数的，个个都是老慢支、个个浑身长满骨刺，从眼睛到内脏，细检查起来，都是病。兰医生意识到，自己就是带来十倍百倍的药，也解决不了皮毛。问了一圈儿村里的孩子，哪个以后想学医？都摇头，包括邹校长的儿子邹天明，脑袋也摇成了拨浪鼓。

我家不是排在最后面的，可是兰医生到了我家，带来的药品便都用没了。

我母亲本想跟兰医生好好打个招呼，她一向最尊重医生。大概太激动了，招呼没打出来，一口痰就把她憋得没了人样。风尘仆仆的兰医生，眼看着我母亲一口气没喘上来，翻了白眼。

兰医生无论到哪家，身后都跟着一群村民，来我家也一样。他张开手，平静地拦住了大伙儿:“都留步吧，别跟病人争氧气。”又对我说：“窗户门都打开。”

我母亲心情平复一些之后，症状也得到缓解，我听到一口痰被咳破的声音，好似一张完整的塑料布被雷劈了个洞。

兰医生伸了伸手，说：“水。”

我急忙递了过去。这一刻我发现，跟兰医生修长干净的手相比，我家搪瓷缸子上的泥垢看上去那么脏，那么厚。我替缸子脸红了。

兰医生轻轻掰开母亲的嘴，把两片氨茶碱放了进去，又倒进几滴水。

“别急，慢慢咽下去。”

又过了一会儿，我母亲气喘吁吁地说：“本想着好好跟大夫打声招呼——”

医生笑了，说：“病号都是这么打招呼，这不就认识了。怎么样，好些了？”

我母亲点点头。几滴眼泪随着她的点头，落在了医生的手背上。

“别犯愁，常见病。人的心情，有时候比药还起作用。”

“大夫，你这人，像菩萨。”

“呵呵，菩萨都是身宽体胖啊。”兰医生身材高大，可是一点儿也不胖。

“你从说话到一举一动，我看着，咋都像菩萨？”

母亲说的也是我心里所想。这位城里来的医生，让人不自觉地想尊重他，却又感觉一丁点儿架子都没有。他把氨茶碱和去痛片都给我家留下了。

“江月，赶紧，倒水，倒水。”我父亲吩咐我。家里能用来招待客人的，也就是热水了。

我用干丝瓜瓤把缸子好顿蹭，白亮了，才倒上水，用双手捧给了兰医生：“谢谢叔。”除了这三个字，也不知说什么才好。

兰医生笑呵呵的，问我：“几年级啦？”

“初二。”

“能排第几？”

“我姐回回第一。”带娣从小就爱抢话。

“了不起呀，丫头。依叔看，学习这么好，以后学医，你爸妈和你全村，都能借你的光啊。”

我更加不知说什么才好了。我知道，这话一头扎进了我的心。一向我最不敢想的就是未来，不敢想未来的自己在做着什么，是一副什么样子。如果能像兰医生这样，悬壶济世、救死扶伤，修一副菩萨的面容，那我真想马上就跑到未来啊。

“叔给你留本书，是古人留下的中草药鉴别，药与药的相克相生，嗯，还有些方剂。要是感兴趣，得空你就看看。”

“叔，真能给我留下？我想看！”

兰医生的眼睛里，此刻流露出真诚的赞许和欣慰。韩屯一行，我是唯一一个想当医生的人。

那本书就留在了我家。书的目录页背面，我看见了几行苍劲的钢笔字：一副成气候的中药，讲究君臣佐使。君者，养命；臣者，养性；佐使者，治病。君臣佐使，相互配伍，各有千秋。

兰医生走的时候，意味深长地看了一眼炕上栽歪着的我母亲。母亲因为刚犯完病，脸色蜡黄，看上去格外虚弱。我还注意到，母亲的眼睛里找不到一种光亮，那种光亮，大概就叫作希望。那一刻如果有人问我，比贫穷更摧残人的是什么，我会告诉他，是病痛，是常年死死纠缠住一个人的病痛。兰医生也一定看到了，他当医生几十年，看到过各种各样的疾病，各种各样的病人。

“常见病，吃点儿草药，来年开春儿，准好了。”可兰医生留下的却是这样一句话。

母亲作了个揖。那是拜菩萨的手势。

兰医生离开韩屯的时候，村民都来送他。我起了个大早，去山上采的猫腿儿和蕨菜，实实成成的两大捆，用草绳捆了好多道儿。兰医生不要，我硬给塞进手里。他是菩萨，他应该知道在渴望护佑的人心里，菩萨的笑纳意味着护佑。

“叔，我妈真能好吧？”

“能，准能。”兰医生想是早已知道，自己必须是菩萨。

“谢天谢地！叔，我替我爸妈谢谢你！”

两大颗眼泪从我眼里跌落，可我使劲抿嘴笑着。第一次，我感激着自己那对被人们挂在嘴边的酒窝。它们一出来，便是我在笑着。

兰医生被韩屯人簇拥着，走出了韩屯。他的两旁是已经垂下头的艾蒿，起伏的山岗，爬满茸茸绿草的土地。他坚定的步伐，让我第一次知道什么是昂首阔步、大步流星。就在昨天，他离开我家之前，还对冯主任说，这次下乡给他很多触动，回城以后，他还是要好好开医院，好好当医生。

“说不上什么时候就能帮上谁啊。”

他还说，他老父亲曾在他幼年时给他讲过四个字，大医扶魄。在韩屯，他再一次感受到，这四个字个个都有灵魂。他把父亲留给他的四个字，留在了给我那本书的扉页里。

在韩屯人挽留和期待的目光里，兰医生吸吸鼻子，抹了把眼泪，渐渐走远了。

他答应半年后再来，可是好几个半年一晃就过去了，他却再也没来。后来听冯主任说，兰医生回城后又病了三年，剩下那半条命就没有了。

在我不知道兰医生的遭遇和苦处的时候，我只知道，这位仁慈的医生给了我一个梦想。我原以为，梦想不属于穷山沟，不属于山沟里的穷女孩。是兰医生告诉我，梦想给了人自己能够选择的出身、心胸和广阔的精神世界。他告诉我，不必为了一个搪瓷缸子自卑，山里的热水照样温暖，有最朴素的甘甜。那天他走后，我把那本书看得滚瓜烂熟，还对照着插图，认识了很多中药——生地、熟地、柴胡、白术、枸杞子、黄连、半夏、党参、炙草、五味子……我想这是我唯一能报答兰医生的方式。

东山成了我实践的最佳地点。但凡得空，我就去东山给母亲采草药。

东山巍峨高大，林深草密，不时有倒木仰翻在脚下。峭壁处看不见草木生长，巨石锈如生铁，壁缝间却总有珍稀的草药，昂昂然探头探脑。

采的最多的是柴胡、连翘、甘草这些治哮喘的药材，母亲喝不了那么多，我就拿集上卖掉。有了那本书，我不仅敢卖，还言之凿凿告诉买主，这个怎么用，那个怎么吃。卖的钱我不做他用，在学校交团费、班费。别的费用都免了，这两样刘天鹰说了算，我一定要如数交上。草药在乡下不是什么稀奇物，卖不了几个钱，凡是买的都是冲着我那番讲解去的。

“白术这味药，通常都说它健脾止泻。其实药物无非平衡人体阴阳，帮助人体驱走病邪。病邪排出去了，人体自会复其常。”

“手里有方子的，缺哪个就取哪个。手里没有方子的，药啊，可不能乱买乱吃。”

每次说着这样的话，我都感觉兰医生的神韵好像就附着在我身上，我仿佛能看到兰医生满眼仁慈、慢条斯理、不慌不忙的样子。听的人越围越多，我也便觉得自己确确实实有了梦想。

我把梦想写在了作文里——《假如我是名医生》。

“……假如我是名医生，即使我不能治好世界上所有的病症，可是一定会有一些人，因为得到了我的医治，告别了漫长的痛苦。当他们能下地、能行走、能用双手去改变他们的生活，久违的笑容一定会回到他们的双眼，慈悲和宽容一定会回到他们干涸已久的心灵。

假如我是名医生，我会把自己当作每个患者的亲人，用我的技术、也用我的眼睛和话语，让他们看到希望，看到只有一次的生命，会在希望的灌溉下，爆发出多么顽强的韧性。

假如我是名医生，我会牢牢记着‘大医扶魄’这几个字，在我人生懵懂之时带给我的震撼。能救治一颗灵魂的医生，与攻克一项难症的医生，同样伟大。

假如我是名医生，我可能在田间地头，也可能在某家医院的红十字下。我可能头顶风雨冰雹，也可能脚踩坚冰深雪。我希望自己能出现在每一个无助的病人身旁，把他们的白天恢复成忙碌，夜晚转为宁静。

当这个世界的每个人都能日出而作、日落而息，那意味着每个人都拥有健康的身体。那一定是我作为一名医生，最幸福的时刻……”

梦想让十五岁成为我记忆中最明亮的一年。高人指点的人生果然不一样，那时我每天都想，假如梦想真能实现，我要做的第一件事，就是进城去找兰医生。循着冯主任的线索，我相信一定能找到。到那时，我就有能力好好表达自己的感谢了。

在我得知兰医生病故前，这个想法在我心里长成了一棵树。

没承想，这棵树又一次被死亡的飓风，连根拔起了……

第十七章　巧　遇

当我回忆往事，我清楚地看见，我每天都在成长，这不受我控制。我也几乎每年都在失去，失去一个人或者别的生命。每一次失去都毫无预兆，每一次又都无法改变。

也是初二那年夏天，有一回在山脚，没等往林子里进，我就远远看见箍了一堆人。都是我认识的，全是韩屯人。有几个在挖坑，你一锹我一锹，嘴里不停说着话。我心想这是挖的什么？脚已不知不觉到了跟前。

只看了一眼，我的心就抽成了一小团儿。地上是匹干瘦的老马，肋条骨一根一根在皮下面凸耸着，马尾巴变成了懒女人脑后的小笤帚，干枯的鬃毛也不剩几根。瘦脱了相的马嘴微微张开着，眼睛也跟嘴巴一样，明明定住不动了，可就是渺茫地张着，不知道想说什么、想看什么。

“这不是——大青吗？”我脱口叫了出来。

“江月丫头，别靠前儿！大青死啦！”有个头发花白的汉子说道。

“死了？死了？可是——眼睛明明还睁着——”

我愕然不已，感觉像掉进了梦里。挖坑的男人们你一言我一语，说的都是大青的死。他们说这马晦气，踢死了丁全盛，就是没瘦成这样，大伙儿再馋肉也不愿意吃它的死肉。能挖坑埋了，一万个对得起它这辈子的劳碌了。

“没死，大青没死——眼睛睁着呢！”

“死啦！跟人一样，江月丫头，人死不也有闭不上眼的？”

“叔，咱给它合上眼，行不行？”

央求了好一会儿，花白头发的汉子才应承了。他走过去，合了三四回，那双失了神的马眼就是闭不上。

“不是叔不帮，这畜生诡异，江月丫头，忙你的去吧！”

“叔，我试试行不？”

拗不过我，屯里人原本也都很喜欢我，也就答应了。

我屏着气走过去，试探地伸出手，捋了捋马鬃，用手心把马脸上的泥草末子轻轻掸下去。大青一动也不动，它是真的死啦。

“大青，我知道你后悔，知道你想跟丁大爷说你对不住他——唉！大青，你放心去吧，我帮你捎个话——去我丁大爷坟上。我还知道你懂事，其实你的心好着呢——你没忍心踢我，生生站住了——可我也没能力管你，我家那个样儿——大青，你要是听懂了我的话，就把眼睛，还有嘴，都闭上，安心走吧！下辈子——要是真有下辈子，你再托生成最健壮的马，好好帮我丁大爷把日子过好——你说行不，大青？”

不知不觉，我竟然说了这么多。我的眼泪一滴接一滴地掉着，它们也不听我的话了。不知不觉，我的两只手已经轻轻抚上那两只无望的马眼，它们停了会儿，又挪到嶙峋的马嘴下面，小心翼翼地往上一托。

“闭上啦！妈呀！江月丫头，都闭上啦！”

“俺的老娘啊，真奇啦！这大青马，不就是那年差点踩上江月那畜生？”

有人想起了那一幕，众人纷纷用不可思议的语气嘟囔起来。他们说，当年这畜生就被江月那漂亮的小脸蛋儿镇住一回，如今死了，不看看江月这小脸蛋儿就是不肯闭眼啊！又说了什么，我就听不到了。本来我是去采药，却碰上了临要入土的大青马，遇上了又一场突如其来的永别。我的心，已经搅成一锅苞米面糊糊啦。

这几年每次遇到大青，都只看到它一副颓靡的样子。屯里人说，一还一报，谁欠了谁，早晚都要还的。他们说丁全盛把大青的魂带走了，剩下大青不光要挨鞭子干活儿，还要时不时被人啐一声“晦气东西”。大青不是我家的，我父亲一再警告我，离那畜生远点儿，不然就把我锁在家里，甭想再上学。虽然我也知道丁大民如今最爱干的事就是拿鞭子抽大青，另两家也可劲使唤大青干活儿却不给好好喂，可我一个小姑娘家，除了遇见时用含着千言万语的眼神远远看着大青，也实在没有法子让最俊逸的大青马变回从前的模样。碰别人家牲畜是大忌，我父亲说的没错，万一那牲畜有了病有了灾，在贫穷的韩屯，被赖上几乎就要倾家荡产了。

现实让我不得不循规蹈矩。现实比一百个我父亲加在一块儿，还要没法讲道理。

眼见着大青入了土，我一个人绕到后山，在一堆坟圈子里找到了丁大爷的坟。坟前立了块儿小碑，要不是它，我也不会知道这里埋着一个叫丁全盛的人，埋着他这辈子辛苦甘劳的每一天。我给丁大爷跪下了。

“丁大爷，我来替大青捎个口信儿……大青走啦……”忍了一路，这会儿终于变成了抽泣。

“大青它合不上眼，心里一直愧着丁大爷……丁大爷一定知道，大青不是故意的……”

柞树叶子在我头顶簌簌响着，几束纤细的阳光穿透叶隙射在坟头上。我还有话没对丁大爷说完。

“丁大爷，我知道那天，是你救了我和我妹妹，一定是。我也不知道该怎么报答丁大爷——”

我脑门着地，给丁大爷磕了三个头。

“我替我妹妹谢谢丁大爷。”这声谢谢说出去，我的心头轻松了不少。恩情是那么压人，它不让人看见，它只压在人的心头。

不管别人怎么传说我和大青马那一幕，在我心里，一直感念着丁大爷。一定是他冥冥中伸出庄稼人那双有力的手，拉住了大青马。我也感念大青马。别人或许不知道，可我知道，那生灵是善良的，哪怕它错踏在恩人的胸口。可我改变不了那件事的结局,这世间我能改变的，太少太少啦。

十几岁的我已经知道，有些苦楚只能咽在肚子里，今天不能说，明天也不能说，说了也不能改变什么——就像不能假设大青没受到惊吓、丁大爷还能每天笑眯眯地喂马。

时间是逝水啊，一分一秒也回不去。那就好好珍惜眼下的一切吧。

想着这念头，我擦掉眼泪，穿过草趟，往山上走了。

第十八章　泪水咸涩

山上没有人，没有欢乐，也没有悲伤。山上此时只有茂密的枝叶，没成熟的果子，潮热的微风。

悲伤的是独自爬山的人。爬到了山顶，在一面陡峭的石壁前，我停了下来。一棵茁壮的悬崖藤扯住了我的心。我要感谢它，对于一个刚刚与大青诀别的女孩子，它的出现是多么善解人意。

我认得它，它也叫鸡血藤，是治风湿病的药材，而我父亲就是个老风湿。风湿扭曲了我父亲的肢体,也扭曲了我们家的生活。我恨风湿，恨哮喘，恨这世上所有的病痛。它们缠上了谁，谁就没好了，谁就变得整天龇牙咧嘴、鸡皮酸脸。一物降一物，鸡血藤你发发威吧，你祛了我父亲的病吧。

这样想着，我的意念和我一起，奔着崖壁上弯曲飞舞的鸡血藤就过去了。

但凡我当时不那么心切，不那么心急，我都不会把自己当成壁虎，幻想着能在那片鸡血藤上爬上爬下。那东西是挑地方长的，它可以长在悬崖上，我却变不成壁虎。

果然，很快就打脸啦。

还没采上一半，我就出了一身汗，鞋底也像是跟着出了汗，哧溜哧溜滑。

“哎呀！”

这声惊叫是我发出的。一块风化了的石头头也不回地向密石和杂草深处滚了下去。我以为自己骨碌下去了，脊梁骨倏地拔拔凉。惊吓让我清醒了。我意识到自己正吊在崖壁上，手一松，刚才那块石头就是我的下场。我告诉自己抓住，千万抓住，可又感到身子像塞满了铅块那么沉，随时都能坠落到下面的鸟屎上，兴许连个滚儿都打不成，就会叽里咕噜滚到山下去——我挂的位置离地足有一丈高！

我脑子里回响起父亲说爷爷的语气：爹呀，你咋死不是死，咋就偏偏把自己撑死啦？我由此推断待会儿我被人抬下山，我父亲一定鼻涕一把泪一把地对我说，江月呀，你咋死不是死，咋就把自己送上悬崖摔死啦？

于是我坚定地警告自己，绝不许这么死，一定要爬上去。

可我就像哪哪都抹了肥皂，哧溜溜打着滑，怎么都爬不上去。

“别乱动！抓住啊！”

一个男孩的喊声像火苗一样燎着我的脚心。

“我没乱动啊。”

一听见人声，冷静突然从我身上撤退了，我开始慌乱，恨不得一下子蹬住石壁。可石壁却一个劲儿往外推我，抠在手里的藤蔓和石头，这会儿也像突然爬满了青苔，湿漉漉、滑腻腻。我像抱叶的寒蝉一样觳觫着，战战兢兢地屏住呼吸。脚下又传来男孩焦急的吼声：“抓住！千万别松手！”

是房宝海。

眼前这一幕比他姥爷当年掉鱼塘里还惊险，于是他也像姥爷当天一样大声吼叫。扑棱棱，扑棱棱——被惊起的都是些大鸟，喜鹊和乌鸦结着伴儿往天空冲去。

房宝海一个虎跳蹿了上来，举起手臂紧紧抱住了我的双腿。我那没着没落的双脚终于蹬住了石头。

“呼——呼——”

我的胳膊和腿一块儿打着战，呼哧呼哧喘着粗气。我的汗大滴大滴地落在房宝海身上，氤氲成一小块儿人世冷暖，缓缓渗进他那又脏又旧的衣服里。

“你咋会在这儿？”我问房宝海。

“不咋。”他也呼哧呼哧喘。

好一会儿，我们两个才像两只丢了壳儿的穿山甲，狼狈不堪地从石壁上爬了下来。到了山下，疼痛突然找上门来。我左腿膝盖下面划开了二寸长一道口子，房宝海左手的小拇手指头，骨折了。

母亲一看到我，脸上就不剩血色了。

“你想不想让我活啦？你直接拿把刀，捅死我得了。”母亲心里疼得直跺脚，嘴上还在责备我。

母亲虽然什么体力活都干不了，可只要喘得不那么厉害，就坐起来靠着被垛缝点针线活儿，要么就是扒一扒豆子、切一切萝卜条、土豆片，让金珠、带娣拿院子里晒成干儿。那天一看我腿上的口子，母亲手上的针就瞎了眼，照着中间那根手指头扎进去小半截。

父亲的反应跟我下山时想的，一点儿都没差样。他指着我腿上的口子，暴跳如雷。

“这要是割在脸上，破了相，你想嫁个全乎人，那是做你姥姥的黄粱大梦！”

我没回嘴，什么也没说。这骂声代表我有爹有妈，自打知道房宝海没爸没妈的滋味，我就发自心底觉得家里的吵骂声也不是什么不能接受的声响。尤其今天，骂声里全是心疼。

父亲拖着腿，费劲地从炕上下来，走到门边，掀起门帘儿，到外屋往棚顶张望。一双脚想踩到灶台上，却只把锅铲碰掉在地。

“爸，你要干啥？”我跑过去扶住了他，我流着血的腿又进入了他的双眼。他指着我的腿，嘴里说：“够下来，够下来！”

我听明白了，抬头往上看。棚顶挂着不知干巴了几年的丝瓜叶，父亲想够的一定是它们。

“爸，给你。”

父亲的腿不能久站，蹲在灶台旁让我把捣蒜缸拿给他。闻了闻干得透透的丝瓜叶，用手捏碎，放到捣蒜缸里，咣唧咣唧研磨起来。外屋地又小又热，不一会儿父亲的一颗大汗珠子就滴进了捣蒜缸，溜圆的，在青白色的碎末上打了个滚儿。

“废物哇，我这废物！”父亲狠实实骂着自己，又用笨拙的手指把那滴汗抠了出来。研得不能再细了，倒在手心一些，冲我嚷道：“还呆呆的干啥？伸过来呀！”丝瓜叶的粉末随着那只手的颤抖，覆盖在一道血肉模糊的伤口上。

“疼不疼？”

“不疼。爸，我自己上吧……你歇着去吧。”

一直扯着门帘巴望的金珠，不声不响地哭了。

“那个房宝海，让他滚远点儿！”父亲又抽冷子扬起了嗓门儿。

“爸，别扯人家，今天幸亏他救了我。”

“怎么偏偏他救你？我可告诉你，他那是门旮旯里伸拳头，使着暗劲呢！”

“我们俩同村同路，又一个班。”

“你要跟我犟这个，那就趁早别念了，拾掇拾掇，在镇上找一个。”

“我姐才多大呀，爸——”金珠像生怕真把姐姐嫁出去，小声央求着。

“才多大？过去十二三就生孩子了！谁让你们托生在这穷家，想过好日子，趁早滚蛋，奔着好人家去！”

父亲恨恨地嘟囔着，我本不想有任何表示，可那些粉末撒在伤口上太疼了，我没忍住，咧了下嘴。父亲一哆嗦，住了手。我看到一滴眼泪从他眼里掉下，不偏不倚落在了我的伤口上。

人的眼泪可真咸涩啊！它落在伤口上，就把受伤的人也惹下了眼泪。

父亲不吵不骂时说过，丫头片子能投胎两次，第一次没投好那叫命，要是第二次还没投好，那叫睁眼瞎！

第十九章　中　学

按我父亲的说法，女孩子能托生两次：生一次，嫁一次。刘天鹰倒更像得到了这种观念的真传，她似乎天生就知道借助外力改变现状。

刘天鹰本名叫刘秀娥，上学识字后，她发现自己名字带着旧社会的腐朽，就毅然决然找到村干部，亮出户口本，要求改名。去一次不行，村干部忍不住直笑她，她就去了一次又一次。村干部让她缠得不耐烦了，问她，你想改啥名吧？她说，要带翅膀的，能飞起来的。村干部说，刘天鹅？刘家雀（读 qi ǎ o）？刘老鹰？她一听带鹅的就受不了，家雀又太不起眼，就选了后面那个老鹰。直接叫老鹰不好听，村干部又帮她想了半天，终于定下来叫刘天鹰。她爸妈不识字，听说她改名了，指着户口本问，念啥呀？刘天鹰指着刘天鹰仨字骄傲地说，天上飞的鹰！

刘天鹰名字的由来，在她家所在的奋发村无人不知、无人不晓。班里有一个跟她同村的，散播了此事，遭到了刘天鹰义正辞严的呵斥。

刘天鹰的家史和个人史，班里几乎每个人都了如指掌，几乎都能倒背如流。刘天鹰每篇作文都在痛陈革命家史，内容排列起来，依次是：生她时她妈四十六，她爸四十九，她上小学，全班数她爸妈是老头老太，她心里受到严重伤害；她两个哥两个姐都成家早，小学时，整整六年，她都跟大哥的大儿子在一个班。她大侄儿特别老实，不管班里班外，只要见到她，准保一口一个老姑，她为此整整受了六年伤害；从小学三年级开始，她爸妈的腿脚就都不利落了，她每天既要上学，又要喂鸭喂鸡，农忙时还要跟着下地。每次她背着玉米黄豆爬坡，都感觉到一种与年龄不符的心如刀绞。在烈日下，她瘦小的身躯深处，总是在发出痛苦的呐喊——这就是命运吗？我刘天鹰生在山沟子里，就注定要死在山沟子里吗？接下来，她一定会运用强烈的排比句式：老天爷，你听着，我不甘心！不甘心！不甘心！

小学的她，我没有亲眼所见，初中的她，班里没有一个人感觉不到她的不甘心。

她的表情总是一本正经，这种表情帮助她自荐班长成功，又附带了团支部书记。班里除了她，没人有这份野心，也没人有这种自信。她面孔长得朴实，班里其他人则是心眼朴实。刚开学，班主任一宣布欢迎到讲台前自荐班长，几乎每个人都低头傻笑，手足无措。被老师点名站出去自荐的，也都语无伦次，从脑门红到脖子。

包括我在内。当班主任强调，班长意味着团结凝聚奉献，也意味着铁面无私正气凛然，我的脸开始主动自觉地红了起来。我心中明明对老师说的境界既赞同又向往，可是当这些充满正义荣光的词被坚定不阿的语气说出来，我还是很乡巴佬地害了臊，红了脸。我想这些词在我身上，并没有经过相应的检验，我因此说不出口，又因说不出口面红耳赤。

我没想到，这些词在一些时候，只需要铿锵有力地复述一遍就可以了，就完全能够代表你已经是具备这些品质的人了。就这样，我的说不出口让我把班长和团支书双双失去了。全班只有刘天鹰用清晰的嗓音坚毅的眼神，证明了只有她胜任。不但如此，班主任在宣布任命之后，还拍了拍刘天鹰的肩膀，给了她更远大的抱负：

“好好干，争取创造一个大奇迹，高中期间就把党入上。”

刘天鹰郑重庄严地点着头。

然后老师也郑重地面向全班，缓慢而深沉地说：“同学们，少年强则中国强，希望咱班同学都能成为韩天鹰、宋天鹰、王天鹰，在人生的大海上乘风破浪，奋勇前行。”

全班鸦雀无声。班主任对着木头一样的学生们，叹了口气说：“刘天鹰非常值得你们学习，她的家庭很困难，大概比在座的所有同学都困难。可你们看看她，就是不服输，就是迎难而上，按她自己的比喻，她可真是土地上的向日葵、天空中翱翔的一只小鹰啊！”

全班一片低头和惭愧。只听刘天鹰接过老师的话，带着七分激动开了腔：“感谢老师和同学们对我的信任！我刘天鹰今天，今天我刘天鹰——当着大家，我郑重宣誓，一定为了全班同学，鞠躬尽瘁，死而后已！”

这时有人没憋住，发出了轻微的笑声。刘天鹰已经激动得声音颤抖眼泪横抛了，居然有人能笑出来？

“谁呀？谁？”

班主任问着，指了指邹天明：“你，站起来。”

邹天明真站起来了。

“你笑什么？有什么可笑的？说说吧，让大伙儿一块儿笑笑。”

没等邹天明说话，坐在最后面的房宝海站了起来。

“不是天明,是我。”房宝海说。其实他根本不知道邹天明为什么笑。

“出来，你跟我出来。”班主任把个头已是全班最高的房宝海带了出去。

邹天明一脸懵懂，呆呆地站着。他身后的何壮拽了拽他，他才坐下了。

“天明，真是你笑的？为啥笑啊？”何壮压低嗓子问。

“那个——鞠躬尽瘁死而后已，形容的——是——周总理。她——怎么可能是周总理。”邹天明磕磕巴巴地说。

“快别出声了，眯着别动。”何壮叮嘱邹天明。

邹天明白净的脸粉红粉红的，又吭哧道：“不行啊。”

“什么不行啊？”

何壮说完，邹天明已经站了起来，正要往外走，班主任又推门进来了。她后面是房宝海。

“你要干啥？你叫啥名？”班主任问邹天明。

“我叫邹天明，刚才是我笑的。”

“邹天明？邹天明？”班主任重复了两遍，她一定是恍然大悟了。新调来的邹校长，跟眼前的邹天明，就是传闻中的那对父子。

“你坐回去吧，这件事已经解决完了。没人笑，房宝海刚才恰好被蚊子咬了一口，也不是笑。”

班主任的态度让早熟的刘天鹰嗅到了邹天明身份的味道。她用做作的稚态眨了眨此刻饱含理解和善意的眼睛，对邹天明说：“这位同学，我们都听老师的安排吧。”

邹天明闻听此话，估计也看到了刘天鹰温情脉脉的面孔，不禁再度红了脸，默默坐下了。

从那一刻开始，全班每个人都认为邹天明喜欢上了刘天鹰，刘天鹰也喜欢上了斯文白净的邹天明。

实话讲，我也是这么认为的。到邹天明跟何壮打完那一仗、刘天鹰找我谈话时，我仍然是那么认为的。一直到谈话不欢而散、刘天鹰让我写思想汇报被我拒绝，我才隐隐约约有了不一样的认识——也许何壮给我的那封信，真是邹天明给我写的？邹天明喜欢的，真不是刘天鹰？可是，又怎么会是我呢？我有什么可喜欢的？

要说邹校长喜欢我，对我好，这个我倒是不会含糊。

第二十章　邹校长

邹校长原本是柳屯的女婿。当年他第一批上山下乡去了柳屯，被柳屯小学冯校长相中，撮合他跟女儿冯秀丽恋爱。冯校长善于看人，这个姓邹的小伙子稳重踏实，谈起恋爱也是诚诚恳恳，剜坑儿就是菜，既然同意处对象了就一心奔着结婚。

婚后不久便来到韩屯任教。邹校长中师学历，才二十几岁，就当起了韩屯村小学的校长。人人都叫他邹校长，他叫什么名字，反而越来越没人知道了。

邹校长是个好人，真正意义上的好人。他的好不是蒙昧的好，而是清醒地看透对方，知己知彼的好。这些是我有些年岁以后，逐渐想清楚的。

他能接受别人的缺点、目的、令人不齿的手段，并把这些理解为人性的一部分。这种巨大的包容让他一直是韩屯的一道光芒，也让我在成年后，曾经替他感到委屈。是韩屯这么个又小又穷的山沟子，委屈了他。

邹校长到了韩屯以后，韩屯就没再出现新的文盲了。以前的文盲慢慢都老了，他们觉得认不认字都是一回事，只要会吃喝拉撒，就能把一辈子过到头。这观念也让一些文盲的儿孙，生下来就冒着变成新文盲的风险。

邹校长就豁出两条腿，挨家挨户走。又把嗓子也豁出去，一趟一趟游说。文盲在道理上赢不过，就摊出手头的困难。文盲姓啥的都有，困难却都一个姓，钱。

“哪有钱念书啊？”

“邹校长，有了钱就让他念。”

邹校长下次去就带了钱。他一个月的工资能挤出三个文盲子女的学费。后来国家有了政策，符合条件的家庭可以半免或全免学费。

这些也要邹校长挨个给跑。那些年，总是邹校长求着文盲子女上学，他不光要给办，还要看各家的脸色。文盲没文化但挺会用词，那时候形容给他们办事的邹校长是“低声下气”，邹校长也不反驳，不解释。后来还是铁匠爷爷看不过去了，吸了口烟袋锅说了句：“这就叫好心当成驴肝肺。”

邹校长却呵呵笑了，说：“胜利了。”

他指的是又有一个孩子上学念书了。

我能上学，能念了九年书，能知道自己在学习上是个尖子，全仰赖着邹校长。

我能入团、当上学习委员，这要感谢邹校长的偏心。在我身上，他的“私心”才泄露出来。他找班主任走后门，说：“必须给韩江月一点儿额外的鼓励。”

班主任自然要问为什么。

“要让她知道自己是好样儿的。”

“哦。”

“要让她为了自己是好样儿的，逢山开路、遇水搭桥，怎么着，也得念下去。”

“真能管用？”

“万一哪天真的念不下去，唉，她日后想起来，她也是发过光亮的。”

初中那三年，已经是邹校长提酒登门，硬给我争取来的。初三下学期，他专门找过我三次，每次都是一个主题，继续念。

“家里这头，实在不行，你冯姨也能伸把手。”

“在县里住校，有什么花销，邹大爷给你拿。”

“每周末都能回来，克服克服，三年就过去了。考上大学你就知道，一切都不一样了，你人生的半径就打开了。”

“一旦不念，江月，你想想，等着你的都是你能看见的路，那你可就白瞎啦！”

“不是每个人都能学出名堂啊，邹天明就学不出名堂。可你能，你能改变自己的命运，能改变全家的命运，也能改变更多人的命运。”

……

我的年少时光其实总是遇见好人。邹校长是，苟主任是，马大叔是，马奶奶是，兰医生也是。

好人们都曾用力拉过我陷在韩屯的锚，可是命运不知从哪里刮来大风，把好人一个个刮走了。

马奶奶虽然还健在，可她的灵魂却常在另一个世界游走。她成了韩屯的走阴人。

邹校长也健在。可是随着毕业的到来，他也将再次上调，去县中学担任副校长了。

第二十一章 辍 学

那一年的五月下旬，兴盛乡中学已是一派毕业前的景象。

初三一百多个学生，大部分不参加中考。中学毕业就是他们回家务农的开始，同学们纷纷留言告别。剩下准备参加中考的那一小部分，或是学习较好，或是父母跟冯秀丽阿姨一样，希望自己的孩子能奋力一搏，实现挣工资“吃卡片儿”的命运。以前邹天明的成绩一直在中上游，但男孩子确实有后劲，他的后劲在初三逐渐显现，如果兴盛乡中学能考上十个，准能有他一个。

至于我，所有老师甚至包括我自己，心里都认定，哪怕只能考上一个，也会是我。我并不是个伶俐的人，学习大概是我唯一的天赋、唯一的特长。不管数学、几何、物理、化学，不管多难的题，我都能很快解开。在做题和写作文的时候，时间好像忘记了我，我什么也听不到，一丝一毫的烦恼都不存在，我能感觉到宇宙间有种巨大的安宁和愉悦，静静包围着我。

刘天鹰学习成绩也不错，只是不稳定。她太忙了，一会儿找这个谈话，一会儿做那个的思想工作，学习成绩自然受到影响。恰在此时，县教育局给了兴盛乡中学一个保送生名额，这事在同学中间很快就传得沸沸扬扬。全年级四个班，只有我们班是重点班，这个保送生肯定会从我们班里出。同学们七嘴八舌地议论，韩江月学习那么好，肯定是她了。也有的说，韩江月不用保送，肯定能考上，给她白瞎了这个保送名额。同学们议论时，刘天鹰不插嘴，就像这件事与自己无关，可谁都能看得出，上节课刚一得知，下节课她嘴上就起了一溜儿火泡，红里泛着黄水，非常水灵。上午最后一节课铃声刚响，刘天鹰就跑出了教室。我的座位在邹天明、何壮前面，我听到何壮捅捅邹天明说："看到没？刘天鹰找老师去啦，她肯定会说：'老师啊，这个保送名额不给我，我这三年班干部就白当啦——老师啊，怎么天底下所有倒霉事都让我赶上啦？'老师啊，你看天明，同样是人，他咋就能摊上个校长爸爸？你看韩江月，长得又好、学习又好、干晒也不黑，男生还都喜欢她、帮她，怎么啥好事都让她赶上啦？"

何壮学得很像。初一和邹天明那一仗之后，他变了，变得有点儿贫嘴了。

果然，没一会儿，刘天鹰带着未干的泪痕，回来了。何壮往她身边一坐，上来就问："班长，咋？老师不同意把保送名额给我，你替我抱不平啦？"

这话倒把刘天鹰问得一愣。她又做出一脸稚态眨巴眨巴眼，想了半天，用全天下最标准的一本正经对何壮说："我觉得这件事应该投票，大家的眼睛是雪亮的，我去跟老师建议去了。"

"投票，班长好主意呀！说不定我也能得几票呢。"何壮继续打着哈哈。

下午，上课铃声还没响完班主任就进来了。前边一站，查了查人数，转身在黑板上写下十二个名字。手上白花花的，都是粉笔末，随后朗声宣布道："学校决定，这届保送生和优秀毕业生一样一名——在这十二个学生中产生，都由投票决定。"

每人交一张纸条，上面写两个名字。我写的是邹天明和何壮。我想，邹天明肯定是要继续读书的，何壮应该也能念下去。

班主任把纸条收上去后，并没立即公布，而是返身回了教研室。再回来时空着手，站在讲台上郑重地朗声宣布道："根据计票结果，优秀毕业生，韩江月；保送县一中，刘天鹰。"班主任好像很忙，说完又回教研室了。班里这些人随即像麻绳拆成了两股，男生为我高兴，女生为刘天鹰祝贺。何壮站起身，挨个点着数了一遍，七个男生，五个女生。

“天明，不对呀，咱们男生，肯定两样全投韩江月。刘天鹰那保送，最多五票。不对，肯定不对。”

邹天明闻听此话，回头看了我一眼。他的脸立刻变得又粉又红。那种眼神和神态让我忽然有种感觉，接下去，邹天明一定会站起来，当着仅剩十二个人的全班，质疑刘天鹰的票数。我心里跑起了水老鼠，手心出了一下子汗。如果真是这样，我现在就要阻止邹天明，哪怕我和他几乎从没说过话。

我该怎么阻止？先他站起来，还是等他站起来之后，伸出手越过何壮，拽住邹天明的衣服？

油煎火烧之际，绝顶紧张的关头，另一个人站了起来。

只见他大步流星地走到刘天鹰跟前，声音不大不小却很瘆人地对她说：“你属蛆的吧，刘天鹰？赶天儿好，把你那心拎出来，晾晾吧！”

又是房宝海。我看到邹天明脸上呈现出极为复杂的、又懊悔又气恼的表情，还看到他攥起拳头，轻轻捶了一下桌子。

房宝海对刘天鹰说的那句话，是他初中生涯的最后一句话，也是房宝海留在十二个同学心中的最后一个形象。他确实身材高大，肌肉块儿结实，胡茬若隐若现，天庭饱满、地阁方圆，鼻直口阔、浓眉大眼。他说完就带着他的长相消失在教室，消失在兴盛乡中学的大铁门外。他没参加中考，也没领毕业证。他的毕业证是我代领的。

当天放学，我先到了房宝海家。才往院门一站，他就出来了。

“咋了，江月？”

“今天的事——谢谢你——”

“呵——”他摸起了后脑勺，不知道怎么接我的话。

“明天，能去领毕业证吧？”

“我不去了。”

“怎么？”

“要不要那个东西，没啥意义。不去了。”

“那我替你拿回来吧。”

在同龄人中，我欠债最多的就是房宝海。这三年里，每天我提前离校，独自一人走小路、翻山越岭，赶回家给父母做饭，身后默默跟着的，都是房宝海。他不跟我一起，也不跟我说话，就是隔着一段距离，跟着我。东山的后山布满坟圈子，有的新坟还飘着白布条。逢上刮风下雨，霹雷闪电，那些白布条就像鬼魂的白骨。我回家心切，警告自己不许害怕。可是我真正不怕的原因，我知道，是身后那个沉默高大的影子。

领毕业证那天，班里的人多了不少。就在那个清晨，我曾经犹豫着到底去不去领毕业证了。一夜之间，很多模糊的事都变得像刀刃一样清晰，一样锋利。我心里最后一丝侥幸，也变成眼泪蒸发了。

“江月，你眼睛咋啦？”何壮一看到我就问。几乎每个见到我的同学都这样问。我没法回答，我的红肿到变形的眼睛，既是问题，也是答案。

刘天鹰像是亏了心，看上去像只待宰的羔羊，又像即将被剥皮的兔子，隐隐颤抖着，眼光在四下里寻找房宝海。遍寻无果后，她才恢复成一个正常人应该有的样子。

她没跟我打招呼，我也没跟她打招呼。就在昨天，房宝海为了给我抱不平，直接质问她，不在乎会不会跟她起冲突。如果我今天跟她打招呼，那一定是对友谊和朋友的背叛。我不想做那么丧良心的事。

那是我有生以来第一次无视一个人——故意无视，故意越过她，直接走向她后面的人。

那个人是邹校长的儿子，我从小的邻居，邹天明。在我走向他之前，刘天鹰一直在诚诚恳恳地向他表达着同学情。

“天明，谢谢你那天投了我一票。”

“天明，你从生下来就这么文质彬彬吧？我就跟咱同学说嘛，天明是咱班最帅的！”

“谢谢你这三年，一直支持我工作，一直帮助我。”

“到了高中，咱俩还是同学，还互相关照呗！”

刘天鹰语气里的谄媚和兴奋，具有穿透茫茫人海的巨大力量。我相信与她面对面的邹天明，一定能在她脸上看到如愿以偿的喜悦、前程似锦的得意。我以为以邹天明的家教和性格，会客气地笑笑，说一句，祝贺你。没想到，我想错了。邹天明竟像个最小肚鸡肠的人一样，在听到刘天鹰的好事时，面无表情地转身走掉了。

在临近分别时，我才发觉，自己从没有真正了解过邹天明。

而我正拿着两本毕业证，向我从未真正了解的人走去。我感到如坠梦里。

显然，他看到了我，他像掉进了冰窟窿，五官登时僵住了。就在我刚要对他说话的时候，他的面前又突然站出一个人。那是手拿鲜红毕业证书的何壮。

“天明，明子！”何壮拍着邹天明的肩膀，邹天明表情还是恍恍惚惚的。

“来，咱哥俩话个别。”邹天明没搭茬。他的样子像是很痴迷于一种痴呆的状态。

“嘿，想啥呢？天明，兄弟只能陪你到这儿啦。”

邹天明还在痴呆着。

“天明，去县里读了高中，好好念，以后考上大学，我也能借光看看毕业证啥样。”说着，何壮哭了。千真万确。一串眼泪，终于把邹天明砸醒了。

“你说啥呀？”

“唉，要知道咱俩只能到这儿——天明，我知道你心里有疙瘩，其实打那天起，我就决定不往下念了——不是因为那一仗，你懂吗？我知道自个儿跟你，终归不是一条道儿上的人——天明，你削我一顿吧！”

何壮把邹天明抱住啦！眼泪掉在邹天明的肩膀上，他终于反应过味儿，这是他和何壮的告别啊！

“你滚！胡说些啥呀！”邹天明给了何壮一拳，打下的却是他自己的眼泪。

终于轮到我走过去了。邹天明的样子让我无比恻隐，我真不想再给他打击。可我还是对他说：“天明，咱们毕业了。”

“呃……是啊，真快啊。”邹天明还沉浸在跟最好的兄弟分别的悲伤里，他又难过又紧张，说话结结巴巴语无伦次。可我必须继续说下去。

“我……想拜托你……件事。”

“呃……嗯。”

“跟邹大爷，邹校长——说声对不起……”

“怎么啦？”

“我……不能念高中了……辜负了邹大爷。”

“为啥呀！江月，为啥？”没想到，邹天明一着急，说话却瞬间流畅了，“你不是想考医学院，以后当医生吗？你忘啦？”

“拜托你了，天明。”

我不想在邹天明面前流泪，头一天晚上，我的眼泪已经流光了。我的父亲准备了一根绳子，他是真的想死。他说只有他死了，我们娘四个才有希望。

“尽美，女的跟男的不一样，你除了身子弱，打扮打扮还有几分姿色，还能找到男人。”

母亲没就着这话说。她说：“生是你的人，死是你的鬼。”

父亲又对我说：“爹死娘嫁人，才能各人顾各人。江月，我不死，你不可能再念书，再考学，那都成了扯王八蛋了。”

我终于看清楚，摆在我眼前的，不是念不念的问题，是“死”和“活”的问题。

我担心父亲动了这个念头，就会想方设法实施下去。我想起了苟主任的绳子，还想起了苟主任爷爷的那发子弹。

“爸，我不念了，真不念了。”

我父亲呜呜地哭着。金珠和带娣也加入进来，呜呜地哭着。

“爸你别难受，我是自己不想念了，跟咱家没啥关系。”

我怕说服不了父亲，就逼着自己继续说下去。

“这三年，我也折腾够了，脚上磨的全是茧子。别的都好说，每次下雨的时候翻东山，都感觉一群鬼要抓我，我早就害怕了。”

我父亲背靠着爷爷当年抢来的炕柜，可怜巴巴地看着我。他在盼着我把他彻底说服。

“我念书，就是为着好好照顾你和我妈，还有她俩。为了念书家破人亡了，别说再念书了，我连活都活不下去。爸，妈，你俩也替当孩子的想想，要真是那样了，俺仨还咋活呀！爸，妈，我只求咱五口人都好好的。”

我也止不住地呜呜起来。我们家的屋檐下，回荡着五口人呜呜的和声，很特别，也很浩荡。那个夜晚就在这特别的声音中，永远消失于时间的长河。我忽然觉得，邹校长也许早就注定要被我辜负，只要他不是我的骨血至亲，为我付出再多，也注定被我辜负。

想到这个，我的哭声掉头扎向我的良心。我的良心对我说，活到十六岁，我对得住生我养我的人，却将终生亏欠二十米外的邹校长。

只能把这份亏欠，厚着脸皮托付给邹校长的儿子，我的同学邹天明啊。

说完那句话我就转身离开了教室，跟几天前的房宝海一样。我知道这一转身，留在身后的不光是瞠目结舌的邹天明、取走铁圈的火炉子、各奔前程的每一个同学，我知道自己最美好的人生就在这里，潦草地结束了。

邹天明在后面追我，我跑了起来。他追到大门口，还是沮丧地站住了。他也会想明白，这个结果早就是注定，这个结果迟早会到来。

在毕业的那一天，我注定要独自一人跑向草木日渐茂密的山坳，跑向等在韩屯的我的命运。

“……假如我是名医生，即使我不能治好世界上所有的病症，可是一定会有一些人，因为得到了我的医治，告别了漫长的痛苦。当他们能下地、能行走、能用双手去改变他们的生活，久违的笑容一定会回到他们的双眼，慈悲和宽容一定会回到他们干涸已久的心灵。

“假如我是名医生，我会把自己当作每个患者的亲人，用我的技术、也用我的眼睛和话语，让他们看到希望，看到只有一次的生命，会在希望的灌溉下，爆发出多么顽强的韧性。

“假如我是名医生，我会牢牢记着‘大医扶魄’这几个字，在我人生懵懂之时带给我的震撼。能救治一颗灵魂的医生，与攻克一项难症的医生，同样伟大。

“假如我是名医生，我可能在田间地头，也可能在某家医院的红十字下。我可能头顶风雨冰雹，也可能脚踩坚冰深雪。我希望自己能出现在每一个无助的病人身旁，把他们的白天恢复成忙碌，夜晚转为宁静。

“当这个世界的每个人都能日出而作、日落而息，那意味着每个人都拥有健康的身体。那一定是我作为一名医生，最幸福的时刻……”

一路上我默念着这篇作文，我想这是我最后一次完完整整地默念它。它将被我忘记，就像邹天明提起的那个当医生的梦想，即将被我埋葬在东山老树下一样。

韩屯是我唯一的去处，是我唯一的来处和归宿。一路上，我几乎是绝望地这样想着。韩屯外面的世界，属于邹天明、刘天鹰，属于能去县里读高中的同学，也许我这一生，连看上一眼的机会都不会有。

这里已经是夏天了。被风吹散的云片懒洋洋地趴在天上，东山上的每棵树都长满了叶子。一个月前，它们还那么新鲜青翠，现在已经绿得很浓重，快接近老绿了。鸟雀们把脑袋藏进树叶，挑衅一样对天上的鹞鹰叽叫，对地上的黄鼠狼叽叫。山里有生命的东西都在发疯一样地证明自己活着，这股疯狂确实让它们长势惊人。荨麻草、刺刺秧、苦荬菜、曼陀罗、蒿草、蒲公英，也有核桃、榛子、山里红、糖李子……它们曾让我觉得东山无比富有、神秘瑰丽。阳光像会骗人一样，在小石河上铺了条谁也不能走的路。河边的芦苇在拔高，小树林披着潮湿的水雾。河里的小鱼游向盛夏，春天在它们身后变成染绿的河水。

当我孤单一人路过这一切，我感到让我此刻孤单，以后也将孤单奔赴苦涩生活的，正是这一切。它们见证了我和邹天明、何壮、房宝海——我们这些韩屯孩子过去所有的日子，可也正是它们，用沉重的现实分离了我们。

各奔前程吧，我的伙伴，我的朋友，我的同学……

第二十二章　临别一眼

最后一次看到邹校长和邹天明，是邹天明高三那年。秀丽阿姨因肝癌病故，他们父子回韩屯搬家。

那时邹校长已经调进了县里的一所高中，不是邹天明就读的县一中，也不是一把校长，但仍然是校长。秀丽阿姨是在邹天明高二那年查出患病的，连手术带治疗，仅仅一年，人就走了。谁也不愿相信那个病竟然能被秀丽阿姨得上，她看起来一直像片彩霞，开朗热情。她走的时候也瘦成了一片彩霞，轻飘飘的。在医院病床上，拉着邹校长和她儿子的手，再三叮嘱，好好学习，必须挣工资、必须“吃卡片儿”啊。听说她留给邹天明的最后一句，还是这个话。

邹天明在县里住校，邹校长在县里陪护，韩屯的瓦房空着，彭有志一直想买过去。邹校长料理完秀丽阿姨的后事，对邹天明说，回去一趟，搬了吧。其实别的都留下了，他主要带走三样：书、秀丽阿姨的那台缝纫机连带着机盒里那副钩针、那辆大永久。

邹校长搬家那天已经十月份了，天上下着牛毛细雨，风吹在身上拔拔凉。父子俩都穿着雨衣。刚走上小木桥，邹天明远远看见一只狗，肚皮贴在桥上，无精打采地趴着。它的毛淋湿了，一绺儿一绺儿的，挡住了它的眼睛。见父子二人沿着山脚上了小桥，它站了起来，抖了抖雨水，嘴巴张开，像是有话要说。

“爸，是毛球，铁匠爷爷那条狗。”邹天明认出了毛球。

邹校长说：“毛球，下雨呢，家去吧。”

毛球不动弹，也不看邹校长，它看着邹天明。

“爸，毛球好像有话告诉我。”

“那就跟它走一趟吧。”邹校长说完，毛球转过身子，开始在前面带路。进了村，原先生产队大院旁边，铁匠爷爷那个打铁的小屋门口，毛球站下了。门虚掩着，没锁。邹天明召唤了声，铁匠爷爷。没人答应。刚要叫第二声，门往里一拉，有人出来了。

“大壮？你咋在这儿？”何壮黑了不少，个头也长了。

“天明？天明？”何壮又惊又喜，给了邹天明一拳头。毛球溜着门边，进到屋里，挨着打铁炉子，又趴下了。

“铁匠爷爷，今年开春，也走啦。”

邹天明顺着何壮的话音往屋里看，铁匠爷爷的大围裙还在窗户旁边挂着，上面沾满了铁锈，还有一些小洞，那是红铁烙下的窟窿。小时候的夏天，我们这些孩子透过那些窟窿看到过铁匠爷爷的肚脐眼儿，黑黑的，围了圈儿又粗又长的汗毛。铁匠爷爷从不顺溜赏给我们故事听，总得绕个大弯子。讲故事前，他会敲敲烟袋锅，捣进去烟叶，吸溜一口，白烟冒出来，就在铁匠爷爷那张脸前面扭着白身子跳舞。那些远去的情景似乎就寄存在眼前的小屋子里，邹天明感到恍惚。只要站在这儿，思绪就会回到很久以前的某一天。他并不确定，那些文武开江、熬鹰、养鹅饲捕鱼的故事，是不是已经跟在时间后面，风尘仆仆地跑掉了。

“我跟村里商量，想把这个小屋弄过来，干点儿啥。”何壮说完，毛球哼哼了两声，哼哼声很苍老，很难听。邹天明看了看毛球，问何壮，“你窝这屋里，你家地谁种？”

“地？就靠那十来亩地，该咋穷还咋穷。马无夜草不肥，可着一棵树吊死，那哪行。”

“你也打铁？你会吗？”

“会也没用，现在有几个还打铁？得干别的。”

“别的你想干啥？你又没啥手艺，别把毛球这点儿念想给祸害喽。”

邹天明指了指铁匠爷爷的小破屋。这里何尝不是他的念想。毛球走过来，鼻子蹭着他的小腿。

“看看吧，可能开个小卖店，和马奶奶家的那个竞争竞争。这毛球，一点儿不待见我——天明，回来干啥来了？”何壮问邹天明。

“我妈不在了……回来搬搬东西。”

接下来的一整天，何壮一直跟着邹天明忙前忙后。

大永久早就瘪带了，邹校长要打气儿，何壮把气管子接了过去。“邹大爷，我来吧。”这个活何壮确实很在行。当年在邹天明家的院子，他俩偷着骑完大永久，打气的活儿都是他干。

何壮蹲下，起来。起来，蹲下。每重复一次，膝盖就弓出一个标准的九十度角。这动作把他的腿显得很直溜，灵敏度很好。这动作也让人想起这屋子、这院子里，曾有个叫冯秀丽的女人每天忙里忙外。作为全韩屯最被羡慕的人，她曾在这里度过了十八年的婚姻时光。她一定以为把儿子供上大学，她会像东山雨后的彩霞一样，在这里安详地老去，在这里看着她的孙子、孙女玩耍。她的梦想，竟也失落在人生的半路。

“天明，你还记不记得？”何壮打断邹天明的多愁善感。

“记得什么？”

“大永久刚来你家第二天，你爸驮着你和你妈，回柳屯你姥爷家。”

“呵。”

“那天，我第一次知道了‘家’这个词长什么样儿。”

“嗯？”

“嗯……家就是……你爸你妈加上你，一起跟着大永久往村口走的样儿。”

邹天明的脸不由自主地抽动了一下。他一向肯定以为所有人都在观望大永久，没想到居然有人在看“家”。

邹天明苦笑了一下，对何壮说：“都过去了。”

何壮蹲在地上，拧着气门芯的盖儿：“这辈子，我要是能有一个那样的家，有个像你这样从不光膀子的儿子，我就知足了。”

邹天明沉默了，想是不知该说些什么。韩屯人都知道，何壮他爸，那个心眼儿活泛的何宝廷，不光在城里有小凤，韩屯吊眼梢子的白寡妇，也常给他留炕头。媒婆私下告诉何婶，你也养个野汉子，你男人就回来了。何婶说，何宝廷不会跟个破鞋过日子的。媒婆说，他睡的那些，哪个不是破鞋？何婶还是坚持说，睡归睡，过归过，不一样。人就是这样，知道得越多，越不知道该劝些什么。如果什么都不知道就好了，就能口无遮拦掏心掏肺——你家也不赖呀，你爸脑子活络，你妈那么能干。

那天如果到这里就结束了，也就没有后来的情形了。可是偏偏没有到此结束。

邹天明和何壮拾掇完往外走的时候，对面院子——也就是我家院子，恰好传来洪亮的叫骂声。

“哪天一个雷劈死你！”

随着这骂声，房宝海一摔门，从屋里到了院子里。

没错，那时候我已经结婚了。房宝海倒插门，入赘到我们老韩家。

这场婚姻，说来话长，留到后面慢慢讲吧。这个秋天的黄昏，我们家的战火再次燃起。婚后我才知道，男人之间才是真正的战争，原先家里四女一男之间，最多只是吵闹。

我父亲和房宝海之间的战争，我也说不清该怪谁。房宝海一直盼望有爸有妈，可他没爸没妈惯了，这两个称呼对他是天下最拗口的字，他之前也没想到。他越这样，我父亲就越看不上他。为了阻挠这桩婚事，我父亲昏死过一回，家里差点吵翻了天。那天是因为房宝海一脚踩死了溜进屋里的耗子。那只耗子吱吱嚎了两嗓子，就七窍出血气绝身亡了。

“真他娘的，也不怕遭报应！”我父亲瞪起眼睛张口就骂。

“你骂谁？不踩死还养着它啊？”房宝海犟脾气也上来了。

“你他妈的，当着江月面就给踩冒肚子了，你是不是没长心？”

我正怀着孩子，六个月了。我想劝我父亲，又想安抚房宝海，还想赶紧把死耗子用锹搓走。这么一犹豫，我就定在原地不会动了。

“就你长心了！”房宝海最受不了挨骂。

“狂的你！小心哪天一个雷劈死你。”

这话就是这么骂出来的。

房宝海摔门一走，我什么也顾不上了，追着他到了院子里。

“宝海，我爸就那个口头语，不是真骂你，你就少说一句吧。”

房宝海才把我的手甩掉，我和他就一块儿愣住了。我家院门外，居然站着邹天明还有何壮。邹天明？他怎么回来了？他父亲也回来了吗？邹天明此刻的目光，我下辈子都忘不了。他的心能有多破碎、多痛惜、多难以置信，他的眼睛都给喊出来了。

我的心怦怦乱跳，心想这要是个梦就好了。我转身就往屋里走，房宝海也往屋里走。进了屋他就蹲在了外屋地，脑袋就差点窝进裤裆里了。我在他身后站住，我父亲又开始吵吵：

“撞上鬼啦？”

“爸你别说了。”

“放个屁又跑回来，把这个家当什么？”

“邹校长回来了。”我只能实话实说了。

“邹校长？邹校长？一晃，这也三年啦。”

一说起邹校长，我父亲就像没骂过人，没发过脾气。

“我过去看看他去。”父亲咧咧巴巴就要下地。

“别去了，已经走了。”

“韩江月，你没有良心。”我又开始挨骂了。

“爸你别说了，别说了。”我先是呜咽，很快就忍不住，哭上了。

“唉！”父亲狠狠地叹了口气。

“金珠啊，你姐没脸去见邹校长，你去。”

父亲才说完，母亲说：“金珠别空手，那只老母鸡，找根绳，绑上给拿去。”

院子里只有两只老母鸡，金珠抓住一只，绑上了就往外跑。好半天她回来，把她看到听到的，一五一十跟我学了一遍——

邹天明骑在大永久上，任由它在崎岖不平的土路上颠簸。何壮快跑几步，给拽住了。

“院里的是韩江月、房宝海呀！你不打个招呼？”

邹天明连支吾一声都没有，像跟大永久有仇，只想骑上使劲蹬。

“他俩上秋结的婚，婚前就怀上了。”

“韩江月家那几亩地，这回可有人种了。要不她爸让她跟个老包工头一块儿过。你听见没有啊？”

邹天明就是一句话也不说，呼哧呼哧喘着粗气，眼睛也不知道在瞪什么，瞪的特别卖力。

“天明，我知道你恨房宝海。你是不连我也恨哪？”

“没有的事。”

邹天明总算是说话了。那语气就像刚刚被抽筋拔骨了。

铁匠爷爷屋门前,孑然一身的毛球在等着他们。毛球真是又老又丑，身上的毛全都擀毡了，老远都能感到跳蚤在里面撒欢儿。

“毛球，让我再看看，八成咱俩这也是最后一面了。”邹天明伤感地说着。

“再跟你说一遍，大壮，别霍霍铁匠爷爷这点儿念想。”

“旧的不去新的不来，我不占上，咱村彭有志也惦记着呢。”

“彭有志？”

“他跟我爸差不离儿，没完没了地折腾。可他能折腾来钱，我爸越折腾越穷。再说钱这东西，换你，你能嫌多呀？”

邹天明被问住了。彭有志也该有而立的岁数了,是韩屯头号富裕户，买邹校长家房子的就是他。何壮说的没错，这人从年纪轻轻就爱折腾。八十年代往后，他先是雇村民割草、打草帘子，拉到县里去卖。蹚出点儿门路，又开始编柳条筐往国外卖。可惜没两年，外贸黄了，他的“出口”生意也就黄了。可他胆子早就练出来了，四处认干爹干妈干舅，在外面闻到钱味儿，回来就埋头鼓捣。前些年光靠这些买卖，他一年就能挣个千八百。有一次他骑回一辆摩托，后面驮着他当时的对象。两人都戴着蛤蟆镜，那个女的有两条粗壮的大腿，腿上罩着大片的“黑渔网”，红高跟鞋能有半尺高。据说他们当时在乡里摆摊儿卖衣服，卖得最好的就是女的腿上那种黑袜子。要是听彭有志自己说，他家也就是饿不着的水准，可要是算上地里的收成，就能明白他说的饿不着，根本就是谦虚大劲了。

“要是这样，你能争过彭有志吗？”

“我就天天赖这儿——”

“这么个小屋，他能干啥呢？”

“好像联系上日本人了，要加工山蕨菜往那卖。”

“你这是胳膊想跟大腿较劲。”

“我就不信了。”

“大壮，好好照顾何婶，有妈没妈，不一样。”

“大壮，好好干。”

“嗯哪。天明，啥时候再回来？”

邹天明又被问住了。他自己大概也不知道什么时候再回来。

邹校长在村口，身边围着许多人。人人都在给他塞东西，有反剪着翅膀的老母鸡，还有沾着鸡屎的笨鸡蛋、蘑菇、木耳、山榛子……邹校长一直在推辞。他有好几年不戴套袖了，可这会儿左右胳膊都戴着。左面是墨绿色，右面是藏蓝色。套袖是秀丽阿姨用布头缝的，小块儿布头，只够做一只。秀丽阿姨说，反正写字也好，写板书也好，不是不能两只手一起舞扎嘛。邹校长一定是生怕落下，全给戴上了。韩屯每个人都想拽住他的手，每双手与他比，都糙得像百年老树皮。邹校长的表情向大伙儿诠释了四个字：不胜唏嘘。他对他的每个学生都说过那六个字，知识改变命运。可他全力帮助过的学生，又纷纷回到了他们的命运里。不胜唏嘘的表情让邹校长与韩屯的人们那么相似相融，又那么与众不同。他挨个答应着，有空就回来，一定多保重。到他们终于依依不舍地松开手，金珠才叫住了他。

“邹校长！邹大爷！”

邹天明的脸一下子就木了。他一定以为是我，是他最不想见到的大肚子韩江月。他扭过身去背对人群，呆若木鸡。

“邹大爷！”

“我爸——让我过来，说邹大爷对俺家——大恩大德，让我给邹大爷——鞠个躬——”

金珠说着，弯下腰，毕恭毕敬地给邹校长鞠了一躬。

“金珠哇……好孩子……”邹校长的声音止不住颤抖，眼泪哗哗地流了下来。忍一天了，终于在韩兴旺捎来的话里，滴落在村口的泥土地上。

金珠想跟邹天明也道个别，可是邹天明一直不转过身对着她。

“我看到天明哥擦眼泪了。”金珠说。

“我还看到天明哥骑着大永久，驮着邹校长，很慢很慢地骑出了东山坳。”

金珠说，好不容易塞给邹校长的老母鸡，在车子即将消失在东山坳之前，被邹校长给放到了地上，解开绳子，指着韩屯村口，拍了拍母鸡的身子。

我家院子里，又变回了两只老母鸡。邹校长家的院子里，再也不会是从前那三个人了。

第二十三章 相 亲

房宝海的姥爷是在中考那天去世的。

那是个清澈透明的早晨，房姥爷从炕上坐起来，张罗着要喝二米粥。粥端到嘴边时，他已经安详地故去了。这件事让我接下去的许多年里，每次听到谁家的耄耋老人要喝二米粥，心里就会一阵儿莫名的紧张。

出殡那天，韩屯人只要能下地的，还是都赶过去了。他们是为了送房姥爷，也是为了那块儿能拿回家纳鞋底儿的孝布。这个抢孝布的风俗，让我一直也不明白，人们去参加白事，到底是出于对人的感情还是对布的感情。

我也去了，去之前我父亲骂了我，并勒令我不许在老房家停留。

“今天你能去老房家，明天你就能去镇上相那门亲。”

我父亲说的相亲对象是个包工头，也算得上是个能人，单身一个从北岚村跑到城里，吃了不少苦，一点一点干起个包工队。只是年龄大了些，结过一次又离过一次，快接近不惑了。父亲说他眼睛毒，会看人，我跟了这人，这辈子就有了着落，不带吃苦遭罪的。这一次，我不觉得骂声是好听的声响了，我念过书，知道不惑是多大岁数。我心想，相差两轮，岂不是差出个爹来吗？我第一次说出了这句话：“这还不如不让我活了。”

说完，我就顾不上父亲的愤怒，一路小跑着去送房姥爷了。

下了葬，房宝海跪在坟前给房姥爷磕头。三个响头之后，他扭身就跑了。

我找到房宝海的地方，就是上次他救我的那里。房宝海蹲在那块大锈石上，手夹在腿弯子里，下巴扎在膝盖上。远远看上去，像从天上掉下来的一只大鸟，落地时摔丢了翅膀。他呆呆地蹲着，脸上淌着一个孤儿的眼泪。楸树和黄波罗树的叶子不时拍打着枝干，松鼠把尾巴打个弯儿傻愣愣地站着，像是不知如何张口去安慰这个东山的孩子。我几乎是踮着脚尖，一声不响地坐在了房宝海旁边。

就这么一直静默着，不知过了多久。房宝海腿麻了，就地坐在石头上，仍然背对着我，用被眼泪浸泡得嘶哑的嗓音，给我讲了个秘密——

“埋我姥爷的时候，埋进去个玻璃瓶子。你看到了吗？”

“看到了。”

“上面有半个标签，隐约还能看见一个骷髅头，还有乐果、一九八三。你知道那是啥吗？”

“不知道。”

“那是我馋的证据。”

“证据？乐果？”

“当年我姥爷养的那塘鱼，不是被别人药死的，是我。我偷了仓房里的乐果，以为鱼药死了，立秋饭就能吃到肉了。”

“姥爷知道吗？”

“我一直以为他和姥姥不知道。从他那个宝贝箱子里翻出那个瓶子，我才明白了——姥爷从一开始就知道了。”

“哦……”

“可他不但装不知道，还跟铁匠爷爷一块儿跑出去，借了钱，给我买回那条红烧鲤鱼。”

我说不出话来了。我那颗十六岁的心同时受到两种情感的袭击。房姥爷和房宝海之间那份脉脉的温情，像超越了时间和生死，静静联结在两个失落了梦想的人中间。

房宝海是我的好朋友。那一刻我想，可能是我这辈子最好的朋友了。

这么想完之后，我又觉得自己不清醒。房宝海喜欢我，不是对朋友那种喜欢。如果我感觉不到这个，那就是傻子了。

父亲还在催我去相亲，相亲这件事让他有了士气，有了精神头。

“江月，你这辈子能不能走出韩屯，就看这门亲事了。”

我杵在地中间，不吭气。

“咱们家，你两个妹子，你这个爹，这个妈，这辈子能不能走出韩屯，也指望你这门亲事了。”

我还是不吭气。母亲把话接过去说：“江月呀，别犟，再好看的花也只开一回，跟有钱人过的，那叫日子，要是找个穷鬼，那过的就不是日子了，那过的全是糟心啊！”

我就是一声不吭。不惑之年的男人，在我眼里就是个老头子啊。

父亲那天突然改变了方式，他费劲巴拉地站了起来，声音颤抖地对我说：“江月，爸求求你，你醒醒腔吧，再不醒腔，你爸今天给你跪下。”

这个方式我太陌生了，我一下子就傻眼了。

“爸，妈，我去，我去相亲还不行吗？”

就这样，我穿上了母亲嫁给父亲那天穿的红袄罩（当时还比较热，母亲把红棉袄里面的棉花去掉，变成了袄罩），头发梳成一根大辫子，在媒婆宋小年的带领下，去了县里。

包工头姓李，全名叫李俊成，个头不算高，穿了一身工地的衣服，手里拎着安全帽。看上去似乎没有我想象得老，也挺精悍的。可就是觉得哪里不对劲。

“那边有休息的工棚，那里去坐吧。”

我杵着，不动弹。

“先溜达溜达工地也成啊。”李俊成改口说。

我还是不动弹。李俊成说：“搁这儿唠唠嗑儿，也挺好。”

刚说完这句，堆满钢筋和砖头的工地，平地吹起一股浑浊的风，可劲扬着灰白色的水泥，还在李俊成头顶打了个明显的旋儿。李俊成头上那层黑得发贼的头发，就随风飘逝了。我眼前的李俊成就这么轻易地被一股风变成了老爷爷——他头顶只剩几根头发，还全是白色的。

那个年代的假发，质量还是没有后来的过硬啊。那副假发飘了一小段，盖在几块砖头中间，像地下冒出个人脑袋。

我转身就跑。李俊成和宋小年加在一块儿，也没跑过我。

可我低估了一个老男人的执着。仅仅隔了一天，宋小年就领着李俊成，直接登门了。

李俊成拎了两瓶酒、两盒点心、两瓶罐头，外加两条鲤鱼，假发下面大概抹了胶水，反正看上去很紧密很结实，不胜欣喜地进了我家门。

不争气的韩带娣直勾勾地盯着那四样东西，口水吞得咕噜咕噜响。我父亲和母亲像从哪里借来一股神气，很整齐地一块儿坐了起来，又很整齐地一块儿捋头发、用手背狠劲蹭掉眼屎。

李俊成高高抬起腿，庄严地迈过我家破烂的门槛，一手拎着两样，冲着我整整齐齐的父母就是一鞠躬。我父母就像事先演练了无数遍一样，一块儿磕磕巴巴、一块儿手脚不知往哪搁了。他们还一块儿说：

“哎呀，那个啥，哎呀，那个啥。”

都没哎呀出啥来，倒是李俊成口齿清晰地说：“叔，婶子，我叫李俊成，叫我大成子、大侄子都行。”

我母亲这时终于回过神儿了，她端量着李俊成，“大成子”三个字我都感到就在她嘴边了，可还是没叫出口。

“坐，快坐。这家里，也没个地方坐。”

“婶子，我站着就行。”

我被宋小年按着，还没来得及跑，他们已经唠到了把我父母接到县里住哪儿、在哪家医院看病这一步。

“我对江月，是太满意啦。”

李俊成说到这，我父母停顿了。沉默了一会儿，只听我父亲卡了一下嗓子，说：“大成啊，我想问一问，你今年，到底多大啦？”

"呃——我今年四十五。"李俊成也磕巴上了。

"当真四十五？我看，不止吧？"

我父亲说完这句，我的心都要跳出来了。又沉默了好一会儿，李俊成从衣兜里摸出身份证，拿给我父亲。

"虚岁——今年——五十……"

李俊成说完这句虚弱的话，宋小年撒开我，一扭身就走了。一个字也没留下。

"真没孩子？"

"有……两个……可我指定对江月好，叔，你尽管放心。"

"快别，别叫我叔，"我父亲急忙说，"我虚岁儿才四十七。"

李俊成走的时候，我父亲让他把带来的那四样东西拎回去。别的都齐了，唯独山楂罐头少了一瓶。找了好半天，看到带娣蹲在后院窗户下，手里捧着空罐头瓶。

我父亲差点气昏过去。他又恨起了我爷爷。

"爹你咋死不是死——"才说一句，又想起李俊成在，强压火气对我说："去摸十个鸡蛋，给你李大爷拿着。"

我使劲一点头，奔着鸡窝就跑过去。摸来摸去，里面只有两个鸡蛋，再加上家里的，凑上八个。我没敢告诉父亲，又跑去邻院借了两个。

就这样，李俊成拎着两瓶酒、两盒点心、一瓶罐头和十个笨鸡蛋，外加两条鲤鱼，离开了我们家。

第二十四章　夫妻相

李俊成的事让我父母领悟到，知人知面不知心，不是亲眼看着长大的，真是什么情况都可能出现。可他们不死心，也不可能死心。在他们看来，我的相亲之路刚刚开始。

我的十六岁到十八岁，成为一段坎坷的相亲之旅。我经历了形形色色的相亲对象，甚至包括同村的三岗哥。要不是他那年冬天和彭有志一起去县里倒腾鱼，骑摩托飞出去摔断了一条腿，我和他成家的概率最大。三岗哥受伤后，主动跟媒婆说不再见我了，他说他帮不上我，只能拖累我。我并没有喜欢上他，总感觉跟他就是哥哥和妹妹。可他受伤，我还是特别难过。

县里的对象不是那么好找的。正儿八经县城户口的，谁也不想找个山沟里的。山沟里扑腾到县城的，要么岁数大，要么吃喝嫖赌样样通。见来见去，唯一说过想把我父母接去县城同住并且给看病的，还就是第一次相亲那个李俊成。

“你李大爷那人，这么看，倒还是个好人。”

我父亲由衷地感慨过。

“就是岁数太大了，比我都大，唉！”

就这样，辍学后的我，每天除了干活儿，再就是个把月一次的相亲了。每次相亲我都穿着母亲的红袄罩，冬天时里面套件棉袄。

我去相亲的时候，我家的地也有人种着、有人管着、有人收割着。这人是房宝海。他说种一份也是种，种两份也是种，反正他姥爷留下的地也要种的。他说种地的时候，感觉天是他的，地也是他的，一棵苗、一颗穗都像会跟他说话似的。他并不知道只要我没去地里干活儿就是去相亲了，他只知道我家里担子重，种地只是担子的一头。

他并不知道，十八岁的时候，我觉得相亲是世间最苦的事。每次穿上母亲的红袄罩，我都感觉自己和自己家里的过去、现在，又要像出集一样摊给一个陌生人，任由他讨价还价挑三拣四了。

十八岁那年春天，我第一次跟一个流氓相了亲。

流氓姓陈，名叫陈宝田，是县农资局的司机。陈宝田脸上没写着流氓，否则我是无论如何不会去见面的。他开车，见面地点定在了韩屯媒人家里。说了几句，他跟媒人说想单独跟我唠唠，媒人就出去了。

"十八周岁了？"陈宝田问我。

"嗯，是的。"

"你这个身段，可不像十八呀。"

我不知道他指的什么，就不出声。

"这么丰满，跟别的男人有过吧？"

我的脸腾一下红透了，热辣辣的。我开始扭头四下找媒人。陈宝田已经把门关上了。

"我一摸就知道。来，让哥摸摸。"

我的火一下子蹿到了脑瓜顶，感觉自己受了奇耻大辱。

"你让开。"

"想嫁给我当媳妇，还不得让我检查一下是不是处女呀？我可不想捡破烂。"

我吓坏了，不知道这种情况可咋办。陈宝田已经上来了，那双手像钩子一样，一把就往我胸口钳了上去。

我真是急坏了，眼前突然之间漆黑一片。来不及喊，我只能跟他拼命了。他的胳膊看着不粗，抓住我时怎么跟铁棍一样？我动弹不了，只好上嘴咬。咬在他左肩膀上，往死里咬，他的手一下子松开了。

我开门就跑，像疯子一样跑，像瞎子一样跑，只要能跑出去，随便跑去哪里都行啊。到我一步也跑不动的时候，中午的太阳火烧火燎地照着我，我看了它一眼，它用一束光就把我晃倒下了。

我醒过来时，身上好像有一个男子。他满是汗珠的脑袋挡住了太阳，一股子青年男子的热汗味儿从他身体里漾出来，往我的鼻子里冲撞。我吓了一大跳，想蹦起来再跑，可是身子就像一摊皮，怎么都撑不起来骨头和肉。我想说句话，鼻子嘴连同眼眶都像不是自己的，虚飘飘凉飕飕的。

“江月，没事吧？你没事吧？”

是房宝海。我身下躺着的，是我们家的苞米地。房宝海种一上午苞米了。

我听出房宝海吓坏了，急坏了，他一边召唤我，一边呼哧呼哧喘着粗气。他那双漆黑的眼睛像星星掉进了鱼塘里那么明亮动人，他那年轻结实的牙齿像嚼过苏子叶一样新鲜好闻。我闭着眼睛摇了摇头，想想刚才大概死了一回,我一动也不敢动。再想想房宝海喜欢了我这么久，却从没敢碰我的手指头一下，可今天那相亲的流氓……两颗眼泪便再也忍不住，滚落下来。

房宝海一下子慌了。他想伸手给我擦眼泪，碰上眼泪的时候就碰上了我的脸。房宝海忽然就僵硬了，我感到他的两只鼻孔往外喷着两团火。我伸出手，想轻轻推开他，谁想我的手挨上了他晒得黝黑的肩膀便被热辣的太阳给烤在了上面。那副结实的膀子慌慌张张地就把我搂住了，一副雪白的牙齿就叩上了我的牙。我们呼哧呼哧地堵住了对方的嘴，像浑身攒了一下子力气使不出去，总算撒到了对方肉乎乎的嘴上。就这么慌慌张张、懵懵懂懂着，房宝海突然喘着说：“不行了，胀死了，疼死了！”

已经来不及了。一团湿乎乎、热乎乎的东西隔着他单薄的裤子，染透了我同样单薄的裤子。房宝海用手掐住，那白浆一样的液体又洇汩地冒了好一阵子，才从他的抓握中撤离了。

看着那滩白浆，我和房宝海都吓得不敢喘气，起身各往各的家里跑。

那天以后，足有两个多月，我和房宝海都躲着对方，不敢碰面。

立秋那天晚饭，我烀了茄子，我母亲一共也没吃上一根，靠在被垛上呼噜呼噜喘。我心里不得劲，问母亲："妈，要不，给你下点儿面条？"母亲眯着眼睛，一声不出。晚上，给母亲擦洗身子的时候，她才一把把我揪住了。

"你的肚子，咋回事？谁给你弄大的？"母亲盯着我的肚子，直愣愣地问。

"啥呀？说啥呢？"

母亲咬着我的耳朵，窝火地低声问："你身上来没来，自个儿不知道？"

我这才有了点儿觉醒。确实有两个月身上没来了。我知道陈宝田再流氓，这个结果也不关他的事。房宝海再怎么默默地对我好、从不非分，这事也是我俩一块儿干下的。

于是我对母亲一五一十地讲了一遍。

"妈，真啥也没干，还都穿着裤子。"

母亲第一次掐了我。起初她哭："谁信啊？谁能信啊？"后来哭累了就呜咽，手却还在掐着我："你个倒霉催的！这不是倒了八辈子血霉了吗？"

那阵子，我们家都开锅了。

我父亲比以往任何时候骂的都凶。他豁出手心，使劲拍着炕沿，口口声声要骟了房宝海。看热闹的邻居都知道他哪有那本事，可他喊的跟真事一样：两个蛋要连根儿剜下来，中间那东西要拿锤子锤扁，像骟牲口那么骟。他骂着办不到的话，那骂声听起来便全是绝望。

我趴在灶台哭，除了哭我不知道还能咋办。父亲的骂声房前屋后都能听到，以后这张脸是没法要了。嘴快的当天就把话过到了房宝海耳朵，一身力气的他像挨了当头一闷棍，一下子蒙了。

“宝海呀，真是你干的？要不是你干的，你就说不是，韩兴旺又能把你咋样？”

房宝海的老姨急得满嘴起泡，这些话也只有她能说一说了，房宝海连姥姥、姥爷也没了。

“我啥也没干，可孩子指定是我的。”

“你吓傻啦？这不是胡话吗？你啥也没干哪来的孩子？”

“我——我——唉，别问了。”

“宝海呀，你要是把这胡话说出去，那可就沾包啦！”

“咋沾包啊？”

“往好了想，韩兴旺得让你管那娘俩，往坏了想，他还不得让你赔偿韩江月贞操啥的呀？万一把你告了，可咋整啊？”

“老姨，那也是，也是我干的——”

房宝海的蛮劲又上来了。春玲老姨说：“我去找找马奶奶，让她去跟韩兴旺套套口风。”

“别去了，全村都知道了，江月还咋活呀？”

“真傻呀宝海，你以为现在还有人不知道？”

马奶奶当晚就和春玲老姨一块儿来了我家。马奶奶进屋一直不说话，点了两袋烟，她一袋，我父亲一袋，默默地吸了好半天。

“兴旺呀。”

“马婶子，房宝海那畜生的事，你不用劝我。”

“我不劝你。”

“马婶子，说别的，啥都行。”

“兴旺呀，你信不信，人这一辈子，生死簿上早都写得明明白白，人不到了那边，就怎么也看不透这边的事。”

“到了那边再看透，又能咋？再说了，一碗孟婆汤，这辈子就一了百了一笔勾销啦。”

“兴旺，其实你是明白人。万般都是命，半点不由人啊。”

“江月要真是跟了姓房的，她这辈子，可就再没指望了。”

“从来都是命追着人，人追不上命。拧大劲儿了，人也不是人、命也不是命了。”

我父亲说不出话了，拼着劲儿往肚子里吞旱烟。

“兴旺，我不多说了。早前村里就有人说，江月和宝海打小长的就有点连相，按说江月长得这么俊，对象看了左一个右一个，咋就不成？唉，兴旺呀，你再想想吧。”

就这么着，稀里糊涂的，又像逃也逃不掉似的，我和房宝海过到了一块儿。

我知道村里人人都在背后说：“要论蹊跷，江月和宝海，也是够一说了。”

村里人说的没错。房宝海一直喜欢我，带着整个少年时代的憧憬和幻想。幻想总是美好的，起码不会跟未婚先孕扯上关系。可偏偏就扯上了。我父亲一生气就口口声声说房宝海把我强奸了，把他大姑娘这辈子给毁了。

“你个地煞星托生的！穷掉蒂把了都！我姑娘算是被你活活坑死了！”

他一这样说，房宝海就委屈得直想拿刀子捅自己。区区十九年的生命，一半都用来对我好了，但凡他这个脑袋能想到的，不吃不睡他都默默为我去做。可他竟成了老丈人嘴里的罪人、强奸犯。房宝海这才知道，话这个东西真是比尖刀还扎人。换上别人这么说，他想都不想就会上拳头，可是我父亲那么说，他只能强忍着。姥姥、姥爷都没了，春玲老姨毕竟自己有家有孩子。他想诉诉委屈，却连个能容他张嘴的人都没有。想想以后就要天天这样、永远这样，我知道，房宝海的心里，肯定也怵得要命。

第二十五章　母子一场

转年开春，我做了母亲。那个春天我十九岁。

我生了个男孩，七斤半，挺胖，脸蛋儿像我，粗胳膊大腿像房宝海。看到他的第一眼，过去一年所有的流言，都无足轻重了。所有的沉重无奈和后悔，也都随风飘逝了。我的孩子是那么健壮，那么好看。在他脸上，我看到了初来人世的我，也看到了初来人世、父母双全的房宝海。我把他抱在怀里，他立刻紧紧依偎着我。我不由得脱口而出:“儿子，别担心，妈妈永远不跟你分开。”

马奶奶送来亲手绗的百家被，一桄象征长命百岁的白线，还有一个名字，房百顺。房宝海用一小块儿桃木抠了条鲤鱼，用红绳穿上，挂在了百顺的脖子上。

我的奶水充足，百顺每天都在长膘。他那么容易知足，吃饱了笑，睡足了笑，嘴里唆着桃木鲤鱼，就像年画上的胖娃娃那么笑。我母亲看着他，从最初的眉头紧锁慢慢也变成了眉眼带笑，我才发现，母亲不自觉微笑的时候，像变了个人，变的是一个面带桃花的美人。

大青和短腿留给我的伤痛，留在我心里的缺口，被我的百顺填满了。我意识到，我爱大青，也爱短腿，爱这个字眼是泼出去的水，永远不可收回。每次我想到大青和短腿，我的心都会不能自己的疼痛。那是因为我的爱随着它们的离去，失去了托付。那不是对父母的爱，对手足的爱，对爱情的爱。当我有了百顺才终于明白，那是来自我生命深处的母性和母爱。

百顺完整了我，在我十九岁那年的春天。看着不再发脾气的父亲，面色柔和的母亲，看着一股脑倾泻在百顺身边的春天的阳光，我心想，一切都会好起来，一切都要好起来啦。

房宝海太喜欢百顺了。他每天下地回来就给百顺洗尿布，半句怨言都没有。夜里百顺睡了，他还攥住一只小手，像生怕一睁眼睛百顺就长翅膀飞了。入赘后，真的行了夫妻之事，再想想这孩子居然在爹妈刚摸着门框子自己就抢先落了户，房宝海更觉得这是老天对他的补偿。他恨不得把自己生来没享受到的父爱，都悄无声给了这白胖的大儿子。

我们家那破房子的西头，一家三口挤在一铺小炕上，却感到其乐融融。那时候的我们家，大家小家都是我们小两口支撑着。那时候的房宝海，干完活儿总是一溜小跑往家奔，进了院就找儿子。看见我用背带背着儿子，一根一根从架上摘豆角，他就竖起耳朵，像听最好听的小调儿那么仔细听百顺咿咿呀呀。百顺一见房宝海就笑，还像天生知道鱼好吃一样，总搁嘴里唆着他的桃木鱼。

“江月，你这么笑，可真好看。”房宝海摸了摸我的酒窝，忍不住说道。

“我以前不也这么笑吗？”

“不一样啊，你老长时间不这么笑啦。”

“笑和笑还能不一样吗？”

房宝海描绘不出来，逗弄着百顺。百顺咧开嘴使劲乐着。

“百顺啊，你的酒窝是从你妈脸上抠来的吧？”

百顺乐得更欢了。他乐的时候我心想，是不是韩屯这个地方，一茬又一茬男人和女人，都是这么过着过着就有了感情，生儿育女了也就有了爱情。我和房宝海之间，此刻就是爱情吧？我的脸不由自主发烫了。我又联想着，跟那些相亲的对象，怎么可能有这种感觉呢？

我看了看房宝海，巧得很，他也正看着我。

“宝海，看在儿子份儿上，以后别跟我爸一般见识。”

我以为房宝海会皱着眉低下头，谁想他居然嗯了一声，说："只要不骂我爹妈。"

"我爸就是口头语，扳不住，万一——你也看在咱儿子份儿上吧。"

房宝海不出声。

"宝海，你答应我一句，我不想让儿子看见自己爸和自己姥爷打仗。"

"嗯。"房宝海摸着百顺的小脚丫，点了下头。

我们家终于有了一个真正的夏天。我父亲的脾气改了不少，偶尔还能听到他吵嚷，可几乎听不到叫骂了。日头暖的时候，我母亲会坐在后院，手里拿个小棍儿，哄赶往菜园子里飞的小鸡。多数时候，她在静静地给百顺做棉袄棉裤，对襟的、斜襟的，有薄有厚。

那个秋天的收成也比往年好。五亩地都种的苞米，当年没旱也没涝，苞米比头一年涨了二分钱，一毛四一斤，一共卖了二百六十块。加上房宝海姥爷留下的三亩地，我们家的年收入第一次到了四百块。那是我有生以来，家里最大的一笔巨款。我父亲痴痴地盯着这笔钱，对我说："江月呀，宰只鸡，再打半斤酒，乐和乐和。"

房宝海接过话，说："江月带孩子累，我去宰吧。"

我父亲没看他，继续盯着钱说："我不管你俩谁宰，我只管吃老母鸡炖蘑菇。"

我母亲说："宝海，你去吧，抓那只缺半拉冠子的。金珠，烧锅开水，秃噜鸡毛。"

房宝海干活利落，很合我母亲心思。他找了块石头，把老母鸡脖子往后弯了个大弯，薅掉一撮短毛，一刀划了下去。鸡血都淌在带娣拿过去的铝盆里，老母鸡一声救命也没喊，鸡血一滴没掉在盆外。

饭桌上，我父亲喝到了兴头，拿筷子尖儿沾了滴白酒，让百顺唆着。百顺先是又禁鼻子又皱眉，吧嗒了一会儿，咧开嘴乐着，伸手去抓筷子。

"百顺啊，你将来是个酒包啊。"记不得有多少年了，我没见父亲这样笑过。我发现，人只要笑着，都是好看的。

“叫声姥爷，不叫可就不给啦。”父亲继续逗弄百顺，百顺已经会爬了。

“爸，你可真能难为我大外甥啊。”带娣啃完鸡大腿，把骨头放到百顺手里。

“有了百顺，百事皆顺啊。你马奶奶还真是玄乎，这名多好。”

父亲说着，又喝了口酒。提溜起酒瓶一看，只剩个瓶底了，他眼珠瞟了瞟，拿过房宝海的碗，倒了进去。

“姐夫，快谢谢咱爸呀。”带娣捅着房宝海。

房宝海说了声：“爸。”

父亲没应，夹了块蘑菇，嚼着说：“嫁汉嫁汉，穿衣吃饭——谁让我大外孙百顺找上你嘞。”

房宝海说：“我好好干。”说完一掫碗，把那口白酒一饮而尽。咕噜一声，房宝海眼圈红了。

入夜，全家都睡了，百顺也张着小嘴呼呼大睡着。房宝海捅了捅我，我们俩悄悄下地，去了后院的仓房。那是他花了几天工夫修葺过的茅草房，里面堆着杂物，还有一堆干草。才进去，他一把就把我压在干草堆上。

“慢着点儿，别碰这里。”我指了指胸脯，生完百顺它们鼓胀得又大又硬。

“管不了啦。”

房宝海那天心情奇好，怕我出声响，用嘴死死堵住我的嘴。

“江月，争取来年盖两间房，再也不用半夜跑出来冻屁股了。”

“那得好多钱呢。”

“怕啥？明年春天我争取多种几家地，再多挣点儿，不够先借着。”

一听这话，我抱紧了他：“宝海，真够你累的。”

“我不累。”他说着，又压了上来。

“哪能不累啊。”我还低声说着。

“你看我累没累。”房宝海像在涨水的河中间扎猛子，一扎到底的架势。

回到屋子里，都在睡着，百顺不知什么时候翻了个身，脸刚好迎着我。

“宝海。”

“咋了？”

“百顺好像吐了。”

“吐了？”

房宝海擦了根火柴，火光一闪，百顺的脸上连着前大襟，吐得黏糊糊一大片。

“咋整的？”

“宝海，百顺好像不喘气了。”

“啊？快拍拍。”

我抱起百顺，在后心拍了好几下，还是没反应。我一着急，手上用了劲儿。百顺哇的一声，全家都醒了。开了灯，百顺的嘴窝在灯下泛着青紫。

接下去半个月，百顺隔上一两天就会这样。我和房宝海都慌了。

“去乡里看看吧。”母亲也急了。

“吐个奶，跟拉屎放屁一样，你们小时候谁没吐过。”父亲开始还这样说，后来把藏在柜子里的四百块都拿了出来，“赶紧去乡里，不行去县里，别耽搁。”

乡医院的医生用听诊器听了半天，对我和房宝海说：“光听出心脏有杂音，具体咋回事，咱这医院看不出来。”

到了县医院，只有一台黑白超声仪，医生打了一通电话，帮我们联系到市中心医院的一个熟人，然后说：“去吧，抓紧去。”

市中心医院有彩色多普勒、彩色超声仪，还有 CT。做完心脏彩超，医生就对我和房宝海说：“不用往下做了，可以了。”

房宝海说：“可以了是啥意思？”

“CT 很贵的，这孩子的情况，心彩就可以确诊了。”

我和房宝海好半天不敢接话，谁也不敢问，我们儿子是啥病。

“你俩多大岁数？”

“我二十一，她二十。”

“好在岁数小。”

“啥、啥意思啊？”

医生叹了口气，说：“有点思想准备，要么手术，要么回去多陪他乐乐。平时多预备几袋氧气。”

房宝海腾一下站了起来，眼珠子通红的。

“你说啥呢？你咋这么说话？”

又一个年龄大的男医生走过来，拍拍房宝海：“别激动，你稳当一会儿我再跟你说。”他是心脏外科主任。

主任对房宝海（也是对我）说的是，我们的百顺有心脏病，先天性动脉导管未闭，手术的话，大概能有一半的存活率，可是孩子太小，还不能手术。

“咋可能呢！他一直能吃能喝，欢实着嘞！”房宝海好像一眨巴眼睛就瘦了一圈儿，老了十岁。

“迟早会发病，这不才发病嘛。”

他们说着，我抱着怀里的百顺，只感觉天正在轰隆隆塌下来，黑色的乌云像一张大棉被，压向我们一家三口。

接下去，那个年我们家没过，春耕我们家也没种地。跑了一年医院，不但花光了四百块，还借了上千块的外债。医生告诉我们，手术至少要十万块，孩子八成会留在手术台上，再也下不来。

百顺发病越来越频繁。不光嘴窝，连手指甲都青紫了。他越来越瘦了，依偎在我怀里，有点精神头就看着我，好像要把我记住。

“妈，妈——”他已经冒话了。他管姥爷叫脑爷，姥姥叫脑脑，老姨叫脑姨。只要看到房宝海，他就一声接一声地叫爸。

他最后一次发病是立冬那天。我和房宝海又抱着他到县医院抢救。护士跟百顺很熟了，摸着他的脑门说：“净遭罪啦，小百顺啊。”

我浑身抖得要命，鼻涕和眼泪混在一起。护士给百顺插上氧气管，给我几张擦鼻涕纸，摸着我的手说:“再这么下去，孩子大人都熬完啦。”那阵子，我瘦得快皮包骨头了。

“江月妹子，都是女人，我实在是心疼你，唉。”

“江月妹子，百顺就是手术能活下来，这一辈子也——不如趁年轻，再生一个吧。让百顺也早点儿托生。”

我听着她的善心话，看着挣扎在生死线的百顺。再生十个，也代替不了我的百顺啊。

“我谢谢你了。”

“这两袋氧气，我给百顺的，拿回去吧。”

“过两天，我来把钱交上……”

“唉，我给百顺的，又不是给你的。江月妹子，一旦有个万一，你要坚强啊，你要想，咱百顺解脱啦，他希望他妈妈好好活着呢！”护士搂住我，抽噎着哭了。

那天夜里，百顺第二袋氧气还挂着，就不再睁开眼睛了。我一直抱着他，房宝海攥着他的手。他一直看一眼我，再看一眼房宝海。

“百顺啊，你在人间有个爸，有个妈，记着托梦回来看看俺俩啊。”

百顺眼睛闭上的时候,我就昏死过去了。恍惚中他坐在一朵云彩上，奶声奶气地对我说：“妈妈，我回天上啦，你别难受啊。”

我一下子睁开眼，耳朵里传来父母、妹妹们搅拌在一起的号啕大哭声。

第二十六章　别了，母亲

正是寒风乍起的节气，屋子里的哭声混杂着吵骂和唉声叹气，像一团腥腐酸臭的大杂烩笼罩在我们家。风卷着这些悲切的声音，吹得满村子都是呜咽。

母亲不顾痰喘，哀号着："咋不让我替你死了啊？我可怜的外孙啊！"哭着哭着就背过气了，好半天缓过来，接着哀号那一句。金珠、带娣哭声不断流儿，像丧乐队里的喇叭手，旋律又慢又悲。

父亲没哭，他就是破口大骂，骂声像破锣炸响，间或来一句，日他八辈儿祖宗的！也不知道他在骂谁，只知道这会儿骂的绝不是房宝海。屯里人都围在院子外边，谁也不敢往里走。

天才蒙蒙亮，我们家院门前连人带狗已经站满了。金珠怀里抱着严严实实一大团儿，后面跟着带娣，哭哭啼啼往外走。村子里稍微有点岁数的都知道，夭折的娃不能留、不能埋，要扔后山去喂野兽。村里人都是主动过来帮把手的，默默地跟在金珠、带娣身后。还没走出几步，一直发呆的房宝海像中了邪，突然蹿起来冲了出去，那样子像急红了眼，劈头盖脸往下抢孩子。金珠不给，房宝海上去就是一拳头。直到这时我才醒过味儿，百顺真的没啦。我也跌跌撞撞往外跑，一眼看到房宝海打金珠。我扑了过去，想抱住房宝海，又被他甩开了。村里人分成了两半，一半护着金珠、带娣上后山，一半留下按住房宝海。

接下去的冬天，我们全家什么也没干，每天就是互相看着，生怕房宝海往后山跑。父子连心，后山再大，大伙儿也担心他能把百顺扒拉出来。房宝海没去后山，他病了，发高烧，说胡话，满嘴起大泡，一气昏睡了六天。清醒过来时他就变了，他的魂好像不在身上了。

“宝海，起来喝点粥吧。”

谁喊他也不起来，有时候喝几口粥，翻个身还是躺着昏睡。直到第二年开春，他才从炕上爬了起来。他蓬头垢面，瘦脱了相。我对他说：“宝海，百顺不想看到你这样。”

房宝海一甩我的手，说：“少说没用的。”

我父亲瞪起了眼睛，说：“姓房的，你跟谁使横呢？”

房宝海像个瘦瘦的旗杆，晃晃荡荡往外走。我说：“宝海，吃点儿东西啊。”他不听，走到院门口就趴下了。房宝海捂着瘪瘪的肚子趴在地上，惊天动地地哭着。他把全村都哭来了，他才哭不动了。

那以后，我父亲又开始骂人了。我父亲骂一次，他们就吵一次，家里的破房门就被踢踹一次。房宝海恋上了酒，没钱就去小卖铺赊。赊回来就喝，喝完就把空酒瓶子砸稀碎。

我们家的新房子成了泡影。给百顺看病借下的三千块，也不知拿啥还。我母亲的身体就是在那会儿，急转直下的。

家里每个人都那样，我只能逼着自己把眼泪往肚子里流。我再哭丧着，这个家就完了，欠的债就要被人在背后骂八辈祖宗了。我一个人去种地，我家五亩，房宝海姥爷那三亩。怕自己累得昏死在地里，我每天揣着苞米面，到了饭点闷头使劲吃。我的肩膀变得宽厚了，一双手又厚又粗。

村里人在背后说我木木张张，还说我年纪轻轻连哭都不会了。我不想解释，宁可让他们觉得自己对。对与错对我都没意义了，我的百顺再也回不来了。我怕村里人跟我提起百顺，每次遇见他们，都会低头走过去。

“唉，好好一个姑娘，跟朵花儿似的，眼瞅着变这样。”

“等江月再生一个就好了，她就会哭、会笑了。”

村里人一直这样说，可是一直没说对。一年一年过去，我除了身板变壮，人也变老，再没为生孩子的事哭过、笑过。我的肚子彻底废掉啦，一次也没再怀上。房宝海跟我一样飞快地变老，不一样的是他越来越碎嘴子，逢人就长吁短叹："怀不上了，老娘们再也怀不上啦。"

这话说了几年，挂在他嘴边的就变成了另外一句："这辈子完了，老轱辘杆子啦，老绝户头子，彻底完啦！"

他这话就固定下来，没再变过。

房宝海也跟着这话固定下来，没再变过：农忙时候他强打精神，每天都像骗自己那双脚往地里走。照实说，不管愿不愿意干，他活儿都没少干，力气没少出，也养过鸡鸭，可就是白蹦跶。到了农闲他就喝闷酒，一直到把自己喝哭了才拉倒。酒这东西本来就不适合入愁肠，越喝越愁。酒还勾着他想起抱了小两年的百顺，越想越难受，那么好个儿子，咋就没了？那脆生生的爸，被酒泡成了刀尖儿，一个劲儿往他心窝捅。

房宝海是眼睁睁变老的，时间好像对他用力过猛了。他头发变稀，脾气却疯长。在外面他就是骂骂脏话，在家里，他一喝闷酒就招来我父亲一顿骂，喝一次骂一次。房宝海急眼了就拿我撒气，拳打脚踢。有一回失手，我左耳的耳膜被他打穿了。我捂着耳朵，感觉自己要死了。房宝海也要吓死了，一声声喊着江月、江月。到我缓过来，答应了一声，他的眼泪像大珠子，砸在他自己的良心上。他转身就没影了。

我整整找了他一天，后来在东山后面乱坟岗子里把他找到了。他看着我，眼里全是悔恨。我们一句话也没说，一前一后，我把他领回了家。一进门，房宝海脑袋就挨了一缸子，是我父亲喝水那个破搪瓷缸子。他心里恨的，连没有缸子喝水也顾不上了。

"你个丧门星！你打我姑娘，不得好死！"

我已经管不了父亲的咒骂了。房宝海心里愧疚，他没作声。

我们欠的债，足足十年才还完。我们家的房子，比十年前更破败了。

还完债那天，房宝海说："明年有了收成，我修修房子。"

可是往明年去的路上，我母亲的病就更严重了。大过年的她去县医院急救，家里的钱又不剩啥了。芒种、小满两个节气，母亲又去急救两次，我身上又背上了新债。

我四十二岁那年春天，母亲已经像个纸扎人，不靠在被垛上，连一分钟都坐不了。她对我说："总算要熬到头了。"

"妈，别瞎说。"

"江月，妈巴不得。"

我听着她吃力地喘息，知道自己怎么说也是在安慰她。

"江月，把妈埋在后山，大树挡不到的地方。妈想被太阳照着。"

我说不出话来。

"你别难受，妈早该去照顾百顺的，也不知他托生了没有。"

"妈。"

"妈是要账鬼啊，妈走了你才能好。"

"妈，瞎说啥啊？"

"一辈子，甭管多苦，临到头想想，也是一晃就过去了。江月，往后没了妈，为你自个儿活一活吧！"

母亲干涸的眼睛渗出薄薄的泪水。她说就连眼泪，也是属于活人的。

"你这个婚，实在过不下去，也别硬过了。你不欠他的。要是有孩子，妈到死也不会这么劝你啊。"

我吃惊地看着母亲。

"说完这个话，妈现在咽气，也能合上眼了。江月呀，你妈你爸，咱这个家，真是对不起你啊！"

母亲说完没了力气，昏昏沉沉地睡着了。

我想去给母亲煮粥，身后竟然站着房宝海。不知道他什么时候进来的。

"我背着你这个破家，你爸你妈，一对病秧子，二十多年了，你妈就是这么教你的？”

我急忙去捂房宝海的嘴。

“咱俩出去说。”

“不出去！就在这说！”房宝海一股火早就蹿到了脑门子。

“你听差了，不是你说的那样。”

“放屁！你妈让你卸磨杀驴呢，你们一家啥玩意儿？”

我急得要死，使劲往外推房宝海。房宝海气红了眼，嗷嗷嚷着：“要不是你们这个穷家、破家、倒了血霉的家，我这辈子，我这辈子——”

“出去说吧！我求你了！”

“我连儿子都搭进去了，你们这破家——”房宝海叫喊着压在心里二十多年的憋屈。

原本跟母亲一块儿昏昏沉沉的父亲，这时也炸毛了。

“姓房的！你个孤煞星托生的，谁沾上你能有好？你爹你妈都给你克死了，韩江月能活到现在，全是俺老韩家祖上积了德！你他妈的，还敢说老韩家？”

母亲被喊醒了。她眼睛睁开的时候，正好看见我往外推房宝海，四只胳膊扭在一起。房宝海差点扭不过我，抽出手给了我一撇子。“啪”一声打在脸上，受过伤的耳膜嗡嗡响。

“江月呀，让我死，让我死了吧！”

母亲的声音里有股绝望的力气，她已经很久没有任何力气了。我什么也顾不上了，扑过去抓住母亲的手。

“江月，妈有罪，有罪呀……我咋就生了你……你咋就这个命啊……”

母亲说完这句话就再也说不出任何话了，她的头歪在枕头上，龇牙咧嘴地睡到另一个世界去了。

“妈，妈！”

我喊着她，想让她再醒过来一次，哪怕一两分钟也好啊。只要听房宝海给她赔个不是，再给我赔个不是，就行啊。可我母亲再也没醒过来，她永生的样子痛苦极了，和当年看着百顺微笑的美好的母亲，根本不是一个人了。

母亲咽气的时候，灰黄的手指甲抠进了我的手心。她就是这个姿势，实现了死的心愿。房宝海用了好大的劲儿，才把母亲的指甲从我的皮肉里拔了出来。

趴在窗户外面的邻居忽然大声说："哎！快看哪！江月妈手指甲里，全是她闺女的血啊！"

另一个同样大的声音说："唉！江月妈这是有多放不下江月、多舍不得走哇……"

第二十七章　妹妹们啊

埋葬母亲的时候，斜对着母亲坟头的老榆树上落了只蓝喜鹊。春风吹着母亲的坟，吹着老榆树，吹着蓝喜鹊，也吹着我。

马奶奶自从魔障病好了，就做起了村里的走阴人。我母亲的丧事也是她给料理的。看到蓝喜鹊，马奶奶对我说："江月，不管你愿不愿意信，你妈这一走，你真要好了。"

我烧着纸钱，说："是我妈保佑我吧？"

马奶奶说："也是，也不是。蓝喜鹊不是咱们请来的。"

后山是看不到韩屯的，也听不到村子里的声音。那会儿抱着母亲骨灰上山时，遇到一群小孩儿玩抓人，嘴里唱念着"从前有座山，山上有座庙"。这会儿埋了母亲，我看着树梢上的蓝喜鹊，耳朵里又回响起孩子们的声音。

"马奶奶，我知道我妈想带句什么话走。"

马奶奶闭着眼，嘴里嘟哝着，应该是在为我母亲超度。我不再打扰她，把身子跪直，对母亲的坟说道：

"妈，韩屯人的命，到我这儿，就要改了吧？妈，放心走吧，我答应你，替你好好活一回。"

蓝喜鹊开始欢快地叫着，围着母亲的坟，飞了好几圈儿，大大展开翅膀仰起头，冲着太阳飞走了。

下山的时候，我搀扶着马奶奶。她问我：

"咋？不想跟宝海过下去了？"

“奶奶，哪能啊。”

“唉，你们两个，都是苦命人。宝海也不易。”

“百顺没的时候，我真担心宝海挺不过来。”

“他是那样死了一回，你是在心里死了一回，瞒不过我。”

“到啥时候，我都不能撇下宝海。”

“那你咋替你妈好好活啊？”

“我想法儿挣点钱，有了钱，领养个孩子，给宝海养老。”

马奶奶站下了，咳嗽了几声，说：“中啊！江月，马奶奶只要还有一口气，我就替你祷告着。”

“奶奶，我挣到钱，我给你养老，你别忧心这个。”

马奶奶不再说话，鹰爪一样的手紧紧抓住我的手。她从不说，可我知道，她最担心自己最后成了孤魂野鬼，俩儿子仨媳妇，谁也不伺候她。

我也是第一次说要给马奶奶养老送终的话。这话一出口，马奶奶就知道我记着当年她给我父亲送来的那个旧手绢，里面包了鼓鼓囊囊的钱，一分、二分、一毛、两毛，是马奶奶从嘴上攒下的钱，给我当了初中的伙食费。

埋葬了母亲，父亲的腿一点儿知觉也不剩了。他搂着母亲枕过的枕头，好几天不吃不喝，一心求死。

“尽美啊，你等等我，你别远走，你围着咱家小破屋多转几圈儿。”

我怎么劝他，怎么把饭端到他嘴边，他就是不吃。房宝海看着也着急了，硬给塞进嘴里一口，我父亲给吐了出去。

“爸，我妈走了，她没等你。”

“混蛋，胡说什么？”

“真的爸，我妈变成蓝喜鹊飞走的，你听听这房前屋后，哪有蓝喜鹊的叫声啊。”

我父亲屏息听了好半天，扔下枕头，够到自己的腿，拼命捶着。

"尽美，你不等我，你嫌我追不上你。"

七十多岁的老头，呜呜地哭起来，像个委屈的孩子。

"爸，我妈托蓝喜鹊告诉我，让我好好活，让你借我的光，替她享几天福。"

"你骗我。"

"爸，是马奶奶亲口说的，你忘啦，她可是阴阳两界来回走，专门捎信带话的。"

"你马奶奶说的？"

我父亲终于相信了。他相信的样子，却是那么可怜。

"没有你妈，什么福也不是福啊。"

"爸，我和宝海好好种地，去淘弄些产量高的品种，看看能不能再搞点养殖，先把我妈看病的饥荒还上，就带你去市里看病。"

"我不去。"

"别犟了，我已经下决心了。"

"你要把自己累死啊？"

"累死也比穷死好啊。爸，我妈要是活着，我挣到钱了能给你俩花，我妈没了，你再没了，我就是挣到钱了，花给谁呀？"

父亲没动静了。

"爸，你俩我总得有一个，我才有动力好好活下去。"

我还说着，房宝海走上来，探了探我父亲的鼻子，说：

"快别说了，不喘气了！"

说完他背起我父亲，急三火四往村卫生所跑。村路上一颠一颠的，只见父亲焦黄的尿液顺着房宝海后背往地上滴答，房宝海的裤子呱呱湿。

到了卫生所，村医用一根粗大的注射器抽满葡萄糖，照着我父亲干瘪的血管扎了进去。父亲醒了。

"这是哪儿？"

"爸，村卫生所。"

“闲得你们，我刚才差点抓住蓝喜鹊了。”

村医给我父亲量了量血压，嘴里说：

“韩兴旺，别不识好歹了，看你把姑爷给尿的。”

“我能尿到他？他自己没有把门的。”

村医又对我说：“江月呀，你爸严重营养不良，低血压，可千万按时按点给他吃饭，万一低血糖，那可危险了。”

我答应着，心里又爬上新的愁云。种地也好，养殖也好，看来是不能把父亲一个人扔在家里。可我上哪儿再找个人寸步不离地看护他啊？金珠和带娣早都离开韩屯啦，只是说来话长啊——

我和金珠、带娣虽然是一个爹一个妈生的，可是从外表到性格，找不到一点儿骨血至亲的痕迹。要是用走路形容，金珠就是只顾低头走路、眼睛一门心思盯着脚尖那个。带娣是嘴里吃着、手里摇着、屁股摆着、眼睛还要四处飞着那个。金珠面相憨，骨相也憨，生来就本本分分。带娣打小虽然都说比不上我好看，可也只是稍逊那么一点点，跟别人比却显然多了好几分姿色。她只是个子矮了点儿，一米五八，差两厘米就不高不矮了。不过这两厘米被她嘴里那两颗小虎牙全都找补了回来，那两颗小牙生在带娣脸上，平添了野味和娇俏。

金珠初中毕业也回家务农了，三年后嫁给了本村的丁二民。

丁二民是老丁家那哥仨里最窝囊的一个。当时他年过三十，眼皮生得老长，遮得眼睛只露一半，一副缭汉的模样。丁大民和丁三民都先他娶了媳妇。丁二民老实本分，不管谁说啥，深了浅了他都没脾气。屯里人都说，马驯让人骑，人善让人欺，一样种地糊口，二民老实得也太什么了。

丁二民不好说媳妇，金珠不好找婆家。除了穷，也是太老实了。丁二民住那房，是仓房兼并出个破屋，屋里堆的全是破坛烂罐、老鼠啃过的旧麻袋、生芽土豆、茄子条、黄瓜钱儿这类东西。别说夜里，白日晃晃的老鼠也来回窜。金珠模样普通，被爹妈累赘早已远近出名，又不会说不会道，家境过得去的也不愿意找她。连说媒的都跟看热闹的嚼舌——二民和金珠，那是肯定成不了！结果没用上两个月，他俩就住到了一块儿。

丁二民那屎尿窝一样的屋子慢慢有人来串门了。一个院子住的嫂子、弟妹不用说，乡亲也有过来的。金珠把屋子每个犄角旮旯都抠遍了，又在窗口挂了两串红辣椒。丁二民脚上穿着新纳的布鞋，两只眼皮似乎也长上去一些，能看到眼珠里一点儿光了。

屯里人问金珠："怎么就那么急着嫁呀？你看上他啥啦？"

金珠憨实实地回答："我姐说，小时候丁大爷救过俺仨的命。"

问的人更糊涂了："啥时候的事？咋没听说过？"

金珠见说不明白，就红着脸说："那个，那个——二民对俺好。"

两口子关起门咋好，谁也不知道。就知道没几个月，金珠的肚子就鼓出去了，又过了几个月，怀里就多了个大胖儿子。丁二民美得直冒鼻涕泡，走路后脑勺都带着笑。可金珠却不下奶水，两只大奶子里不知鼓胀的是些啥东西。孩子饿，嗷嗷哭、嗷嗷叫。丁二民四处借钱买奶粉，背上就有了债。孩子大了点儿，把破屋子翻盖了一遍，又背了一笔债。丁二民恨不得啥活儿都干，挣点儿是点儿。

那年他去镇上卖秋白菜，一对男女边挑拣个头大的，边往下扯白菜帮。挨颗扯，到秤上的都是白菜的裸体。丁二民拦了好几回，可长得太老实太缫了，那俩人就当没听见。眼看起早贪黑这一大天，怕是白搭了，老实人也急眼了。丁二民手捂住白菜说，我不卖了。那两个人一听反倒来气了，看着满手掰白菜帮沾的泥，骂丁二民是驴揍的，是奸商。骂这些丁二民都不吭声，可骂着骂着就不是这些了。

"你这样的小气鬼能挣到钱？讨个老婆专门给你戴绿帽、生个孩子都得没屁眼儿！"

老婆、孩子，丁二民一共就这俩人，一遭儿都给骂绝了。丁二民就不是那个蔫巴四十来年的丁二民了，就突然变成了魔怔、疯子。他扑过去，又是撕又是打，还张开嘴，咬住了那个男人的手脖子。那男人是个狠茬儿，甩两下没甩开，抬起脚照着丁二民的裆下就踹了过去。丁二民一下蹲在了地上，捂住裆，嘴里嚷着“碎了，碎了”可是没人信。

其实他自己也不愿意信，跟了他四十来年的蛋蛋，哪能说碎就碎了。

在派出所，警察对双方一顿批评教育，对方家近，点头哈腰一番，虚心接受教育后就走了。丁二民家远回不去，只能憋气窝火地在派出所干坐一宿。

第二天一回家丁二民就病倒了，高烧不退。金珠好不容易把他弄到镇上的医院，大夫说是急性睾丸炎，必须手术，把蛋连根切掉，要不命就保不住。金珠已经没地方能借来钱了，她跪在丁二民的裤裆跟前痛哭，看上去就像撕心裂肺地在跟碎蛋诀别。那时带娣早已不在韩屯，听说二姐夫不切蛋就会没命，她包了辆出租车，送去一整沓现金。临走还一个劲儿嘱咐金珠：“你个死心眼儿，千万别让咱爸知道！该说我是用卖身钱给我二姐夫切蛋了。”

明明是想挣钱还债，可是莫名其妙的，丁二民的债却越背越多了。

切了蛋的丁二民一下就老了，眼皮彻底耷拉下来，连后背也弯了。他连地也种不了，他背的债，就只能落在金珠身上了。他说对不起金珠，不如死了。又说死了更对不起，金珠又得背上更重的债，就成了丧气的寡妇。废人丁二民就变得哲学也变得深刻了，他每天都对自己说：“活着，必须活着，必须为了活着而活着。”

金珠只好走出韩屯去挣钱还债。

她在一家卖水饺的小饭店当过服务员，一次正要下饺子被老板娘骂反应慢，就顺便把右手下进去了。滚开冒泡的一大锅水，褪掉了小拇指的皮。

她还在市场卖过两年鱼。穿着水靴，扎着黑胶皮围裙，鱼是上家给送货上门，都在紧贴地面的大水池子里。夏天还将就，冬天整日露天站着，下半身又湿又冰，那阵子就开始拉拉尿。一会儿一尿，裤裆里总有股骚味儿。关节都肿胀着，手脚全是冻疮。她就想，还是换个热乎的活儿吧，要不落下一身病，没钱治。

那就是当保洁员或者保姆了。

中介机构对这两个活要求都不低。要长得利索，动作麻利，还要手脚干净，人品高尚。最后一条最难证明，于是要答应至少半年的试用期。试用期给开一半工资，也就几百块。本来全额也不多，开一半想在城里活着，实在太难了，干了两个月金珠实在干不下去，就尝试着当月嫂。月嫂最起码要会下奶，可金珠自己就没下来过，吓得缩手缩脚，连着被两家退掉。一起找活儿的姐妹就教她，拿奶子当面团揉还不会？你要表现出会，特别会，对方的奶水下不来那是奶子的事，不是你手法的事。金珠实在没法子，只好照猫画虎顶上去。结果她被留下了，伺候完月子直接升格为保姆，继续伺候那一家老小。

后来，金珠在保姆圈里有了点儿口碑，家里有老人瘫痪在床的，都想雇她。前期的债总算还上了。可随着儿子面临上学，新的问题又来了:她要把儿子带在身边，边挣钱边管儿子念书。丁二民说，甭管我了，你俩一块儿吧。金珠撇不下丁二民，把两个一起带走了。

到市里租了房，孩子学籍还没着落，丁二民又病倒了。一开始不像病，像水土不服，吃不下喝不下。自己也说，土里长出来的，冷不丁全是水泥，八成身子骨不习惯。可两个月过去，不但没见好，人也蔫成了烂在蒂把上的茄子，就剩一层皮了。金珠拽着去医院，死活不上楼，金珠一咬牙，硬给背上去的。大夫说二民的肝硬了，硬成了一块石头，想活命，肝得是软的。金珠说咋能变软？大夫说，找个能配上型的，还得有善心的，替换下来。金珠哭了，说人命关天，要是有那善心人，俺们给磕头也换。大夫拍了拍她的肩膀，不忍地说，很多钱的。他们说完，金珠回身找丁二民，从医院找回出租房，从市里找回韩屯，一直没找到。

金珠只能又回到市里，拉扯着儿子，当保姆、供儿子念书。她不敢搬家，怕二民回来时找不到。可那出租屋去年动迁，变成了工地。金珠去工地贴一年告示了，隔三岔五就去贴一圈儿。内容特别简单，就几行字：丁二民，咱家往北走一里地，道东，把道边儿，窗户上两串红辣椒。

带娣留在韩屯的名声可就难听极啦。不管我想不想听到，韩屯这么小，总是能听到，或迟或早的事。

骂带娣的话，破鞋是最好听的，烂袜子其次，再往难听了数，可就多了：鸡、野鸡、婊子、养汉老婆、骚货——只要背地里骂起韩带娣，男人、女人都像被她的骚味儿熏到过，个个都义愤填膺。

带娣的第一个男人不是别人，正是我的同学何壮。

何壮给我的那封信，后来我知道是邹天明的原创。那封信之后，何壮有段时间不像何壮了，见到我就没地方安放手脚。在我跟房宝海结婚后，何壮又恢复成了何壮。不过我知道，即便他一直在我面前手足无措，我和他也没什么可能。我父亲对他父亲，成见太深了。这么一看，孤儿也有孤儿的优势，起码他父亲和我父亲没机会结下梁子。

我父亲总说，老话说得好，有其父必有其子，他特别信这个。而何壮也确实在有其父必有其子的道路上，一步一个坚实的脚印。

何壮越长大，越是凸显出他爸何宝廷的基因，非常不安分。本该是个庄稼汉，却一天把头发梳上十几二十遍，总念叨韩屯这小地方瞎了他一表人才。铁匠爷爷那小破屋到底被他弄到手了，也开起了小卖店。可待在小卖店他就浑身难受，只有上镇里进货的时候不难受。

村里人爱赊账，而且一赊就赊到秋，赊账的人一多现金就周转不开，指望它挣大钱绝对是傻梦。常来赊账的人里面就有我妹妹韩带娣，她的嘴巴确实太馋啦。

像苞米粒能招来小松鼠，何壮的小卖店每次进了小零嘴儿准能把带娣招来。何壮也会逗弄，从掐一把脸蛋儿开始，没两回就掐到了带娣的屁股蛋儿。带娣佯装生气，身子却乱颤，咯咯笑得像被挠了胳肢窝的小母鸡。何壮看着她这个样子痴痴地说："带娣儿，你可真有那个味儿。"带娣非但不跑，还甩着眼角问："啥味儿？"

"母的那股味儿。"

这一公一母就干柴烈火了。

这把火从小卖店烧到东山，从东山烧到苞米楼、柴火垛，搞的全韩屯人只要见了他俩，眼睛里就只看到俩字：睡觉。通常都说男的把女的睡了，说起他俩，都砸吧着嘴、晃着脑袋：何壮睡韩带娣，韩带娣也睡何壮！

何壮说带娣这股子风情劲儿，就该生在大城市，穿金戴银，养尊处优。带娣说何壮也不带韩屯的土味儿，就该是城里大老板的料，头发和皮鞋一样冒亮光。俩人互相说，互相都信以为真，后来就坚信不疑了。

他们离开韩屯时，带娣刚做了人流，戴上了节育环。俩人走时天底下已经没别人了，也就谁也不用告诉。带娣早就说过，别人的家或许是家，她的家就是地狱，让她大姐韩江月一个人扛着吧，阻拦的话她一个字也不想听。何壮也没跟何婶打招呼，他觉得可能这就是何婶的命。他的人生在韩屯以外，快马加鞭离开这儿，这辈子才算真正开始。

到了城里，何壮去了进货的那家商栈跑零，带娣直接就进发廊当起了洗头小妹。何壮还没西装革履的时候，带娣已经是超短裙一穿，厚底鞋一踩，摩登起来。没用上几天，召唤何壮的话都变了，一口一个亲爱的。何壮警告她，这么叫别的男人就打折她的腿。带娣一撇腿骑在他身上，嘴里一连串娇嗲："打呀，你打呀！"

"寻思我不敢！"

"忘了我咋长大的啦？偏不怕吓唬！"

何壮不但要服软，还要不顾劳累，向她贡献无尽温存。

带娣从小就不勤快，能躺着就不想坐着。在发廊也是看人下菜碟儿，手上偷懒，嘴上殷勤。那张小嘴儿又甜又巧，招呼男的，不管岁数多大、有牙没牙，一律喊哥；招呼女的，除了亲姐就是亲姨。事实证明，男的女的都吃这套。

有个不苟言笑、总夹公文包的男人，第二次一进门，带娣一句“斯文哥”，一本正经的脸就绷不住了。碰上更能端的，带娣就边给洗头边无辜地请教，我一个山沟土妹子，这事哥你教教我，咋弄才好？要么就是，哥，我真是土包子，没见识过，耽误你两分钟，教教我呗！悲哀的是，“赐教”过她的哥哥们，还都以为自己是独得芳心，是唯一能给这姑娘指路的能人兼高人。

不长时间带娣就攒下了很多哥。其中一个，年近四十，身材高大，开辆日产车。带娣第一眼就觉得他不一般，除了钱味儿，似乎还有股隐隐约约的霸气味儿。两样混合着，带娣一闻就有点上头了。一打听才知道，这人是大学里的一个处长，负责校外办班，每年创收上千万。上千万，这还了得！相比之下，何壮简直穷酸死了，等他混出来个样儿来，自己这大好青春早就泡汤了。带娣的心一下子就飞到了这个处长身上。

给处长哥哥洗头时，带娣极尽温柔，对方也被迷得春心荡漾。没有几天，他们就在那辆日产车上完成了第一次。

那段日子，带娣为了甩掉何壮，什么无情的话都说过。全都不管用，何壮死活不放手。带娣又用那只说过无数甜言蜜语的小嘴，字正腔圆地告诉何壮——就你挣那几吊钱，能养了我？再怎么扑腾你也是个土包子，你就不配有我这样的女人！

何壮这才感到受了奇耻大辱，挥手一个大耳刮子。带娣吐着嘴里的血水，像个烈女，语气里全是铮铮铁骨：“王八蛋，我好时候都给你了，咱俩两清了！”

甜蜜和无情，都是眼前同一个女人。何壮含着眼泪笑了：“滚吧！远点儿扇着！”他那会儿万万没想到，这场决绝和青春期那场感冒般的初恋绝对是两回事。对女人，他相信不起来了。

带娣被那个处长养了起来，一处六十平方米的房子，两室，一个小厅。最初那一年，处长激情，带娣欢实，像白马王子与他的乡野小白兔。可也仅仅一年，带娣就不再满足当金丝鸟，她要学开车，想自己当老板，想登堂入室，想把男人的身家都变成自己的。两个人就不再你侬我侬、干柴烈火了。

僵了半年，带娣以太寂寞为由，浓妆艳抹频频出入市里最大的那家酒店。在那儿认识了全市最大那家国企的三把手，很快就搬到了一栋新楼。这回是三室，九十八平。

那以后，带娣就在换男人的路上越走越顺脚了。走着走着，就让自己踩过了而立，奔向不惑。这些年除了韩屯人津津乐道那些名声，她在市里只混了套百十米的楼房，还有数不清的孽缘。

这就是我的两个妹妹。我在韩屯被生活煎煮烹炸的时候，她们在韩屯以外，努力撇清着韩屯的基因。

这几年，金珠偶尔回韩屯，家门都不敢进。我父亲一见她就哀号，那声音惊天动地。他恨金珠命太苦，不缺胳膊不少腿，却跟他一个样儿，没过上一天好日子。金珠怕惹父亲伤心，每次就站在窗外，低头认罪一样，临走留下一点儿钱，外加一兜吃的。

带娣也回过一次韩屯，就是我们的母亲病重的时候，开车回来的。可我们的父亲却口口声声骂她埋汰，骂她是一坨狗屎，骂她把老韩家的脸都丢尽了。她是被父亲生生给骂走的，身上还戴着孝。带娣走时哭着对我说：“姐，我再不回来了，我怕咱爸跟我同归于尽。”

第二十八章　创业之初

我家和房宝海姥爷家合起来，一共有八亩地，其中六亩是山坡地，只有两亩在小石河边。从我决心要过上好日子那天，这八亩地里留下了我至少上万步脚印。我从早上走到中午，从中午走到晚上。走一走，停一停，脑子里就一个大大的问号：咋让这点地出钱呢?

那是 2016 年，韩屯村村主任早已是彭有志。他经常从乡里带回一些鼓励脱贫致富的政策，也带回不少致富经验、先进事例，有的还是印刷出来的。不过他这个人说话没有煽动力，村民左耳听完右耳就冒出去了。在地里转悠一大天，我想到了彭有志那些没人要的致富资料。刚巧那天他在村部。

“江月来啦? 稀客呀。”

“彭主任，我不想种苞米了，卖不上价钱。”

“想得对。你看人家柳屯，隔两年种一茬小米，哪家过得不是溜光水滑? ”

“彭主任，你上次挨家发的资料，有一张是水稻田里养螃蟹的，我看了，蟹田稻价格高啊！螃蟹又是另一笔收入。”

“对，对，稻田养螃蟹，一举两得，辽宁那边都成气候了。”

“我家有两亩多地在河边，我也想试试。”

“江月，看不出哇，你还真敢想。干啥都是，都需要第一个敢吃螃蟹的。”

“净背债啦，压得慌，不想再背了。”

“你要真想试试，我去乡里再给你弄点资料，需要联系啥，咱村也全力支持。”

谢过彭有志，我就开始说服房宝海。没说上三句，不出我所料，他先叽歪。

“瞎他妈扯！活了四十多年，光听说水稻是水稻，螃蟹是螃蟹，它俩咋杂交？”

“不是水稻和螃蟹杂交，是稻田地里养螃蟹，各长各的。”

“简直是梦话。水稻还不等抽穗，早被螃蟹造了。”

“螃蟹哪能吃动水稻啊，它们吃稻田里的杂草。有螃蟹在，害虫都没了。”

“水稻最喜肥，不打化肥哪来收成？打了化肥螃蟹不都死光啦？瞎他妈扯。”

“不用打化肥。螃蟹拉粑粑，还脱壳。”

“那么点儿的小东西，累死它们能拉多少粑粑？韩江月，你好像连地气都接不上了，你四十多年白活啦？”

“先别管我白活不白活，我给你算一笔账。”

我真的给房宝海仔仔细细地算了一笔账：一亩地种苞米，就算风调雨顺，按现在的价格，一年也就能收入四五百元，换上种水稻，以普通水稻价格算，一年收入能达到八九百元，如果是蟹田稻，在这个基础上至少能翻一倍，再加上卖稻田蟹的收入，一年下来好一好能摸上两千元。

“宝海，如果咱能成功了，多包点地，拉的饥荒不是很快就能还清了嘛。”

房宝海有些动摇，愣了一会儿又摆摆手：“还是拉倒吧，没那个命，鸡也养过，鸭也养过，大葱大蒜连小米也跟风种过，就是个赔啊。”

我也知道房宝海赔怕了。可是劝人的人，即便自己也怕，说出来的话也得端住一副胸有成竹的样子。

“不想点儿办法，就这么干挺着，啥时候是个头啊？”

房宝海没说行，也没再说不行，闷声抽起了烟袋锅。那是铁匠爷爷留给他的，每次抽完他都像老战士擦枪，翻过来调过去地擦上一遍。我心想，等我把事干上了，怎么着他也就伸把手了。话也就唠到了那里。

彭有志给我拿回厚厚一沓资料，又把村部电脑借给我，在网上看了很多教程。那时我浑身奔涌着一股热血，第一次创业对我来说，真是无比激动人心。我眼前总有一只蓝喜鹊，耳朵里总有自己在母亲坟头立下的誓言：我要过上好日子，好好活一回。

按照资料上教的，我把两亩地修整成养蟹稻田，光这一样，就差点把我累趴了。

修整完的养蟹田确实齐齐整整——田埂高 50 厘米，顶宽 40 厘米，都一一夯实，拍平，再在田内挖环沟。沟宽均为 60 厘米，深 40—50 厘米，环沟距离田埂 0.6—1.0 米，沟与沟相连。插秧后又进行了一次修整，以期达到旱不干，涝不淹，还要对环沟仔细消毒。

接下去要选择叶片开张角度小、抗倒伏、抗病虫害、高产的早熟优质水稻品种。这个也不难，去县里就能买到。当年五月二十五日，养蟹稻田已经完成了提前泡田、药物封闭和插秧，就等着把蟹苗放进去了。

进行到这一步，向彭有志借的五千块，已经花进去一半。不过我依然热血沸腾，这次背的债是希望，以往背的都是绝望。

因为是初次养稻田蟹，彭有志也建议我不要买小蟹苗，要买就买稍大一些的。虽然价格贵了不少，但免去“暂养”这道程序，就是把稻田冲洗干净，把从辽宁买回的蟹苗直接投放进去，就行了。我一想，大蟹苗抗折腾，运回来直接进稻田，能避免小蟹苗体弱造成的损失。

“对，就这么定了。”

买蟹苗、饲料、天然肥，加上辽宁到韩屯的运输费，剩下那两千多块，说进去就进去了。房宝海是典型的鸭子不上架，硬赶。虽然嘴里天天骂着，看我天天累成那个样儿也就跟过来了。

小石河边的第一片稻田，实在是太美了。

绿油油的水稻像站在镜子上，身下亮光闪闪。镜子里有嫩绿的倒影，倒影不时摇晃着也来照镜子的东山。此刻的东山也是满身新绿，在镜子里甘当水稻苗的玩伴。太阳打在镜面上，白炽里透出染金的翠绿，像把巨大的希望投射进韩屯的第一片稻田。太阳是那么慷慨。

房宝海不由得眯起了眼睛，就势坐在田边地垄上。真不敢相信，这么美的稻田竟是他房宝海的，他可以脱掉鞋子卷起裤脚，随时进去薅掉杂草。天上的太阳，别说这辈子，下辈子也摸不到。可是稻田里的太阳，弯下腰，伸出手，就归他房宝海所有了。

房宝海就这样呆呆地坐了一天，他好像想起了许多过去。可他一声也没吭，任凭那一天的光阴把他和水稻田黏合在一块儿。

五月末的一个好天儿，从盘锦买的蟹苗一大早就上路了。全程将近六百公里，顺利的话，中午就能到。还没到十一点，我就在村口等上了，房宝海没跟在我身后，拿了把铁锹去了稻田地。我说："你在田里等，根本没意义。"房宝海说："你管你的意义去，你管我干啥。"我心想，说的也是，就一个人候在村口的老榆树下。

可中午都快过去了，还是没有车的影子。彭有志帮我一遍遍打电话，得到的消息是沈大高速堵车。

眼看着就快到下午三点了，车还没有影子，天却变脸了。嗖嗖的小风，像秋天一样刮了过来，云彩也眼瞅着往一块儿粘，太阳不见了。房宝海急火火地跑来了。

"天气预报不是说，连着一周都晴天吗？这是咋啦？"

我也纳闷呢，不知道咋回答他。

"越刮越冷，不能下雨降温吧？"

我心想，瞎说啥啊，就不能说点儿好的。可是往天上看看，心里也没底了。

就在第一个雷声从远处隐隐传来的时候，蟹苗终于进村了。等我们七手八脚把蟹苗放到稻田里，只听头上“咔”一声巨响，一个炸雷就把鸡蛋黄那么大的雹子砸了下来。

噼里啪啦，铺天盖地，我和房宝海被大雹子砸得直打趔趄，顾头顾不上腚，眼睛根本睁不开。刚进稻田的蟹苗也被砸得晕头转向，互相踩踏着，见到缝就往外蹦。我顶着大冰雹，挡又挡不住，抓又抓不过来，急得直跺脚。这一跺不要紧，脚下的泥还塌方了。我摔在了稻田里。

大约十分钟，冰雹骤然停止，雷声像肠鸣一样渐渐远去，阳光推开云层，一点一点照亮韩屯，照亮我和房宝海的水稻田。可此时的我和房宝海，真希望天继续阴，雨继续下，那就看不到满地螃蟹的残肢啦！

这是多么壮观的一幕呵——浑浊的水稻田里，漂浮着密密麻麻的螃蟹腿儿、螃蟹爪。螃蟹须子和螃蟹眼珠子。它们如果不是零零散散的部件的该多好，它们如果是牢牢组合在一起的、是原装的该多好啊！

“这他妈的老天爷，这是不让穷人活啊！”

房宝海扔下一串骂人的话，操起被冰雹砸过的烟袋锅，朝东山跑去了。看着满眼的螃蟹残肢，我在心里问了一万遍这是为什么。歪歪斜斜的水稻苗给不出答案。

我的稻田蟹之梦就这样破灭了。倒是彭有志有点气量，雹子过后他就赶了过来。

“江月，别上火，那五千块我不急着要。”

我说：“你不急，我急啊。”

“咋说这地里也埋了那么多螃蟹，秋天的收成也是不折不扣的蟹田稻。到时候卖上价再说。”

我说：“那不就是骗人了吗？”

“真轴啊你，江月。”

那个秋天，我和房宝海把每一支稻穗都像收金子一样割了下来，拉到镇上打成一粒粒大米。商量来商量去，我们俩又新建了个“韩屯蟹田稻”品牌，可是根本无人问津。没办法，只好把这两千斤大米拉回家。

那天晚饭，香喷喷的大米饭端上饭桌的时候，我心算了一下，这得是多钱一斤的大米啊！

那个感觉真是一言难尽。

第二十九章　踯　躅

次年，也就是2017年，我身上的债又多了五千。借钱给我的不是别人，还是韩屯首富，彭有志。

本来我还想继续养螃蟹的。经过上一年的惨败，我已经总结出一些经验了——那就是要从扣蟹养起，想办法让蟹苗在本地过冬，第二年五月直接投放到稻田。这样没有水温差，没有水质变化，也没有运输折损。可要想这样，就要有个单独的池塘，供蟹苗在本地过冬。这还不是太大的难题，在小石河边挖一个深深的大坑就可以了，主要是从试验到成功，谁也不知道需要几年，不知道蟹田稻和稻田蟹打开各自的市场又需要几年。以三年算，成本至少二三十万，这个本钱对我是天文数字，无论如何也掏不出。

还有一样，房宝海骂的话也给我心里留下了擦伤。韩屯这个说下雨就下雨的山沟子，夏天光照期那么短，冬天最暖的天气，也比市里低上三四度。这样一个地方，到底容不容螃蟹落脚？我心里也摇摆了。

凭着我的人品和信誉，我所能借来的数额，如今只有五千块了。彭有志让我立了个字据，说不是信不过我，更不是不支持我创业，而是要对媳妇有交代，也要在全村人中间一碗水端平。

“你有所不知啊江月，自打去年把钱借给你，村里至少十个来管我借钱的。”

“你不是一直动员大家想办法致富么。”

“他们借钱可不是想致富，就是空手套白狼，不要白不要的架势。”

“唉！”

“咱都一样，顶烦那些个不劳而获的家伙。想当年你爷爷——”

彭有志话说一半，知道自己是哪壶不开提哪壶了，赶紧收了嘴。

“彭主任，我连去年那五千，一块儿写在欠条里了。”

“你看我这嘴——江月你可别多想。”

“欠债还钱，天经地义的事，没多想。”

“小打小闹我能借给你，想干大事用大钱，还得去信用社贷款。”

“贷款？”

“对。镇上信用社也来过咱村，登门服务，可就是没人贷。”

“我想起来了，前年是来过。可那个抵押，就拿咱村人来说，谁拿得出啊？”

“还有些一听说利息啥的，恨不得不给人家开门。难啊，也不是没有好政策，可就是宁可受穷，也不冒险。”

“村主任，险哪里是谁都敢冒的，我不就是反面教材。”

“那你看我呢！我不就是一个险一个险冒下来，才有了后来。都是头三脚难踢，摸着门道，钱就追着你走了。”

彭有志的话，我是信的。比起他那些年的折腾，我眼下还是围着自家那几亩地打转，再怎么着，还是会剩下一些收成。彭有志那时候，没有一次冒险是在自家地里，他是满世界找钉子碰。

房宝海说啥也不跟我一块儿干了。吵来吵去，看得出他把心一横，对我说：“你种你的，我种我的，你不听拉倒。”

我看着他，没明白啥意思。

“我姥爷那三亩地，我就老老实实种苞米。你家那五亩，你爱咋整就咋整，折腾出屁我也不管了。”

那年春耕，真就成了各种各的。

房宝海种的是苞米，最皮实的庄稼了。我查了许多资料，越查越没主意。任何一样新东西，都有个适应期，像五味子这类东西，当年还不可能有收成。周期长就意味着我还债遥遥无期，还是要当年种当年收的。眼瞅着芒种就快过去，我临时决定种一半葵花，一半小米。

这两样还都挺争气，没多少日子就发芽了。我买肥料、除草、偶尔也喷了点儿药，可我还是拿太阳没辙啊。也不能把它架在东山山顶，每天多照照地里的葵花和小米。该长胖的时候，我眼见着葵花子瘦瘦瘪瘪，小米粒干干巴巴。

“还亏你韩屯生韩屯长了四十多年，哪有点庄稼人的常识？”

房宝海狠狠地损我。

秋收时，房宝海那三亩地卖了一千五百钱，我那五亩地卖了一千块钱。我揣着那点钱，低头往家走。

“你等会儿。”

身后传来房宝海的喊声。我没停下，继续低头走。

“聋啦？让你等会儿。”

他追上来，怼了我膀子一下。

“别吵了。”我无奈地说着。我已经没有任何吵架的心思和力气了。

“败家娘们，拿着。”

房宝海把他手里的钱往我手里塞。我愣住了，摇了摇头。

“你活不起那出！让你拿着！”

“说好了，各种各的。”

“要不是各种各的，今年连这点钱也拿不到手！别他妈钻牛角尖儿，拿着。”

我接过房宝海手里的钱，没敢抬头看他。他至少半年没理发了，当年健壮的身板现在也瘦骨嶙峋了。想想去年到今年，为了过上好日子，我又把他拖进了更难的日子，我也开始怀疑自己到底能不能过上好日子了。

也许房宝海说得对，越折腾越穷，这大概就是我的命数吧。这样想着，我的头越来越低，我感觉对面的房宝海对这样的我，有了一丝满意，因为他说：“你看看，还得听我的吧？听我的也没赔得这么稀里哗啦呀。”

我不说话。

“行了，别上火，我跟你一起——一起还那些债。”

我还是不说话。

“别他妈再瞎折腾了，长点儿记性。”

我眼含热泪，以为自己就要心怀感激地点头了。关键时刻，一股秋风吹来，直接把我的头吹成了拨浪鼓，左右摇着。

“宝海，咱得下定决心挣钱啊，咱得领养个孩子啊！”

第三十章　柳屯致富经

我知道不能再瞎干了。联想起房宝海前些年的屡战屡败，我认识到，创业没那么容易，致富没那么容易。我还意识到，不跳出韩屯，可能我永远也看不清韩屯，看不清身在韩屯的我，何以能不再贫穷。

跳出韩屯看韩屯的第一步，我迈向了柳屯。柳屯每年国庆节那几天收割小米，我逼着自己做了回自来熟，十月一号起大早赶去了柳屯。

柳屯这些年蒸蒸日上，不光过去的老房子一间不剩，家家户户的院子还都变成了白钢围栏，一年四季闪着永不生锈的银亮的光芒。屯里要求各家院门口必须有绿化，免费提供灌木苗和花种子，全村百姓都一个劲儿地响应。不过柳屯人的审美倒还停留在“鲜艳夺目”的阶段，门口盛开的除了一丛丛艳粉色的百日草，再就是大黄色的万寿菊。偶尔也有鸡冠花、大丽花，顶着紫红色的花冠，像是从二十世纪八十年代一直穿越到当下。花墙配上统一刷成亮蓝色的房门，放眼看去，秋天的柳屯真是一片浓妆艳抹的姹紫嫣红啊。

柳屯小米又一次迎来了大丰收。站在柳屯的村路上，抬眼即是无垠的谷子地平整的穗面，每穗谷子都是一张饱经日晒、肤色健康的面孔。村路弯弯曲曲地伸向松花江，愈远愈细窄，路过谷子地前面的玉米地，踏过一片细碎的砂石，在一处几乎寸草不生的江岔，连上了青蓝色的江水。

柳屯村主任叫郝永力，是全镇闻名的人物。柳屯就是在他的带领下，一步步脱贫致富的。

这几年，柳屯小米做成了品牌，价格一截一截涨。这的确是村主任郝永力的功劳。郝永力四十七八，学历不高，初中生。放到眼下，村主任未必轮得到他。可是在柳屯，郝永力可说是劳苦功高，他这个村主任很受拥戴。都说这人身上至少验证了两句老话，一句是：撑死胆儿大的，饿死胆儿小的。另一句是：要想富，找门路。郝永力就是应了这两句话富起来的。不过后来他常挂在嘴边的话是:要富一块儿富，一个不算数。人们说起他，总会说到情怀二字，原话是:郝永力这个人，还是有些情怀的。

郝永力脑子很活泛，他的第一桶金是从江边沙子里淘的。这还要感谢松花江。

松花江从柳屯东面流过，到柳屯分出个岔子，就是这个不大不小的江岔子成全了柳屯。市里几个有钱人来垂钓，鱼没钓几条，想法倒是汩汩冒。有人提议抓把沙子回去测测石英含量，自告奋勇来当向导的郝永力，就像金钱豹嗅到了羚羊血，盯住人家要手机号。该着郝永力跟钱有缘，这人有只好鼻子、有副好眼神儿，外加一副好嘴。这边老板们沙场一开工，那边郝永力就天天过来软磨硬泡。目的就一个，赊给他一辆半挂车，也叫翻斗子，他往外给运沙子。有钱人也是人，爱听好听的，同情倒霉蛋儿。郝永力嘴里就集合了得癌的老爹、痴呆的老娘、进监狱的小舅子、跟自己吃苦受罪的瘦老婆。话分人说，郝永力说话招人听，吃苦耐劳的样儿招人信，也就该着他如愿以偿。第二年，那辆赊来的车就归了郝永力，等于是空手套白狼。那时候，周围的沙场已经有了三家。市里房子变着花样盖，房价噌噌涨，沙子也跟着水涨船高。郝永力又赊来三辆车，人力费抵车款，磨来磨去，再转年他就有了四辆车。

柳屯当时没别的，家家户户种小米。柳屯地处长白山区向松辽平原过渡的丘陵地带，清朝时候，这里种的小米当过贡品，说起来都是好汉的当年勇。后来寂寥了。郝永力为感谢沙场老板，五斤一袋，每人五袋，总共装了三十袋柳屯白小米，挨个儿送。这叫就地取材，可着现成的用。郝永力精明着呢，假如柳屯产蜂蜜，他准保送蜂蜜。如果出木耳蘑菇，那肯定是木耳蘑菇。嘴上抹蜜，比拿啥重要。可惜柳屯只有小米。郝永力就开始兜圈子，说蜂蜜木耳蘑菇都有营养，可都保不准遇到特殊体质，把人吃过敏。他们这小米看着就是小米，其实吃进肚里的既有营养又有历史。听的人就难免好奇。郝永力就讲一遍清朝当贡米那段儿旧皇历，见听的人有了兴致，又继续煽惑：俺屯这小米，到现在都用烀熟的紫苏做口肥，拌在谷种子里，一块儿种下去。种的时候，女人光脚丫儿在前边踩格子，男人在后面，手里敲着点葫芦，嗙、嗙两下，后脚一踹，实实成成，就种上了。薅谷子是老娘们的活儿，一到那时满地都是撅起的屁股，花花绿绿、有肥有瘦。那活儿男人干不了，蹲不住。谷穗儿都是人工剪，您想想，秋阳高照，整村妇女，像谷穗儿一样连成片，都包着五颜六色的花头巾，一张张丰收的笑脸红扑扑，那是啥场面。

老板们很愿意听，郝永力就趁热打铁，弄上两杯甜兮兮的小米酒一灌，有的老板就开始为柳屯小米惋惜：这么好的东西，哪能养在深闺人不识呢？这年头酒香也怕巷子深啊！这么一惋惜，商机就露出了苗头：打造啊！包装啊！推广啊！树品牌啊！往外卖啊！

这基本上就是柳屯小米的成名路。有了这条路，柳屯村民也都奔上了脱贫致富的阳光大道，郝永力也就顺理成章当上了村主任。

柳屯这几年俨然成了小米王国。郝永力在屯里成立了合作社，把分散到各家各户的二十多垧好地全部集中起来，都种上了谷子。那都是松花江畔的黑油沙土和白浆土，是稷米（小米）最喜欢的土壤。谷子这作物要想好吃，地就要种一年歇两年，穿插着种玉米大豆。柳屯人对那二十多垧地宝贵得什么似的，都顺着谷子的喜好。

早前柳屯人也用过耩谷子法种谷子。这方法要用牛在前面拉着耩谷，耩的时候一人扶耧把、一人在前面牵牛，还要有个人跟在后面拉着能骨碌的木头滚子。那滚子像女人绕线的轴子，它骨碌过去细小的谷种子就敷上了土。耩谷子既要有牛又要跟上三个劳力,对一些村户是难事。后来，柳屯人种谷子用的都是“点葫芦”法。点葫芦是种古老的农具，用的是自家种的葫芦。做法也不难：葫芦长成后，把葫芦的一头凿出个窟窿，连接上一根一米多长的空心方木条，方木条的一头再和笤帚糜子做成的扇形出籽口连接在一块儿,这就成了点籽用的点葫芦。点籽时，柳屯人把点葫芦用绳拴好背在肩上，一边走，一边用小木棍敲打着长方木条，葫芦里装的种子经过震动，通过方木条，一点点滑落到笤帚糜子做得出籽口上，种子均匀地散落在田垄，点籽的活儿就算完成了。随着时间推移,柳屯人又额外用个布袋装种子。布袋装种子不仅装得多，背着也方便。不过点葫芦方法没有改变，一辈一辈传了下来。

点籽有许多说道，点稀了影响产量，点密了又长不开，种子放多了会浪费，放少了，怕出不齐苗。因此背着点葫芦点籽的，甭管高矮胖瘦，起眼不起眼，都是村里多年的老“庄稼把式”。

这几年很多地方都用上了谷子播种机，连开垄带盖种、点籽、底肥，播种机一开过去就全都完成了。可柳屯仍然坚持用老式点葫芦，而且又是拍照又是录像、又是上报又是短视频，目的就一个，宣传柳屯小米古老质朴、以不变应万变的优良品质。不服不行，郝永力的脑子确实活络，对营销和宣传也确实动脑筋。他还注册了一家网店，起了个时髦的名字——穗穗平安小米店，店铺首页赫然写着：每一粒柳屯小米都有老祖宗的良训，每一粒柳屯小米都来自纯手工操作。这两行字是他央求当时在山东上大学的儿子给想的。他儿子说比他想的那些步步高、年年乐、喜相逢啥的,好了不止一百倍。“咱俩根本不在一个档次。”这话是儿子给郝永力的赠品。

每年谷雨一过，增多的雨水和柔软的春风，都在提醒人们，播种的季节到了。太阳节节升起，烘暖了北方大地被冻得僵硬的身子。柳屯人用烀熟的紫苏做口肥，拌在谷种子里，敲一下葫芦下几粒谷种；下几粒谷种，再用脚一蹬。踩格子是个轻巧活儿，一般都是女人干。不过一天踩下来，女人们的腿肚子也软得像没了筋骨。赶上种谷子的春天，柳屯上空到处回荡着“邦邦邦”的敲葫芦声，中间夹杂着赶来凑热闹的布谷鸟的叫声。这样的和声是柳屯人最爱的小曲儿，曲子里唱的都是秋天谷满仓、兜里满当当！

农历八月就到了收割的季节。柳屯人割谷子不用镰刀，更不用收割机，通体金黄色、弯腰低头的谷穗要一棵棵用剪刀剪下来。因为怕有沙子混进去，剪下的谷穗不能沾地，每个剪谷穗的人脖子上都挂着个大大的编织袋。这时全屯的农妇就都凑到一块儿了。手把快的一天能剪小一亩地，手把慢的也能剪几百米长，一个秋收季节下来，平时娇嫩些的小媳妇，十根手指头总要肿上几天。剪下的谷穗全部平铺在干净的空场上，用滚子碾压成谷粒，经过扬场，过筛，再经过脱壳，这才成为珍贵的柳屯白小米。这些跟现代化毫不沾边的种植收割方法，让每粒小米都保留了最天然的营养。

过去柳屯穷主要是白小米卖不上价，空有个老祖宗留下的老名声——柳屯小米是贡米。这几年价格上来了，眼下最普通的十块钱一斤，谷尖制成的母婴米，一百八十八一箱，合三十多块钱一斤。郝永力说，如今这时代，干啥都没必要回避商业性，人家写首歌、走个穴都明码实价呢，农民辛辛苦苦种出的好小米，怎么就不能卖出它应该的价钱？对于商机和赚钱，郝永力素来有他那一套理论，也正是他那一套，让他在柳屯一呼百应。不过种谷子必须倒茬种，一年的产量基本就是固定的六七十吨，后面是两年的空缺。这样一来就给了邻屯“商机”，赝品层出不穷。郝永力可不能让这两年的空缺肥了别人家，就把这二十多垧地分成三大块，谷子、玉米、大豆轮换种，这样不但避免了空缺，还控住了产量。物以稀为贵，郝永力深通此道，正宗柳屯小米的价格就更高了。

为打假维权，郝永力也算得上呕心沥血了。申请品牌专利、在柳屯开专营店、在乡镇乃至市里开直销店；电视专题片，拍过；广播节目，做过。经过不懈努力，稍远点儿的赝品逐渐销声匿迹，打不死的小强却偏偏来自“乡亲”和“近邻”——韩屯。真是外鬼好敌家贼难防，越知根知底越不易防备呀！赝品中数韩屯的模仿度最高，甚至连包装上最细微之处都没稍作改动，悉数原样照搬。里面的小米全部来自低价收购的廉价货，去掉成本每斤能赚上四五块钱。两个屯子为此争执不断，终于对簿公堂。韩屯自然是败诉方，不过法院来执行赔偿金和罚款时，并不顺利，几个投机取巧的人哭哭唧唧地说出那句话倒是给了现场人不小的刺痛——你们不也穷过吗？俺们不是还穷着吗？

穷竟然成了假冒伪劣的理由。

在柳屯足足一整天，这一切都是我亲耳所闻，亲眼所见。

我还亲耳听到，柳屯人全都口口声声管郝永力叫郝司令。每到种谷子、收谷子的年头，这个爷们儿就是这个称号。妇女们尤其喜欢这么叫——郝司令，好像积攒了多时的女人味儿都在这三个字里浓郁地出击,继而又伴着嘻哈的笑声飘散在响晴的蓝天下。女人们可不会白叫，郝永力雇她们收谷子，一人一天三百块，中午管饭，喝水管够。女人们干活儿前特意去乡里做了指甲，厚厚的，上面沾着亮晶晶的水钻。做过指甲的手剪起谷穗就像是一出盛大的手舞，赤橙黄绿青蓝紫，迎着赤金色的秋老阳，上下翻飞，穿梭起舞。

史上收成最好的年头，也就是八十吨，当年虽未突破，可也持平了。郝司令叉腰站在村头地里，一张脸笑得像真打了场大胜仗。人就这样，没有无来由的底气，也没有无来由的欢欣。这都是郝司令的业绩。他熟悉柳屯就像熟悉自己的指甲、伤疤和嘴里的虫牙。他小时候柳屯啥样，如今啥样，只要往这儿一站，都跟电影特效一样，时空随时切换。青灰色的老土路摇身变成干爽的水泥路，路上那些花瓣形的牛羊蹄印儿、半圆形的骡马蹄印儿，被永远盖在了水泥下。那时的秋天时而也能看到沉甸甸的谷穗，跟老农的脸一个颜色，一个表情。老农笑，谷穗好像也笑。老农愁眉苦脸，谷穗也跟着唉声叹气。那时郝司令还只是郝永力，抹着鼻涕，冬天从来捞不到穿上一条新棉裤。那时别说谷穗不听他指挥,地里干活儿的老农也从不搭理他。他飞跑着穿过苞米地，只有爬满小虫的苞米叶子锯着他的脸，只有老农“小兔崽子闲得蛋疼”的骂声忽远忽近地撵着他。

郝司令的神思长久地滞留在喧响的时间河流里，滞留在不成形状的往事里。他看上去很是自我陶醉，对自己的作为沾沾自喜。韩屯这几年还有人蹲在小石河边，敲着棒槌洗衣服，柳屯早就没有了这古老的画面，洗衣机算什么，笔记本电脑、苹果手机……柳屯人想用就能用。

柳屯的富裕让我向往，也让我清醒了。韩屯不适合种小米，韩屯致富必须想别的路。柳屯是榜样，却不能照葫芦画瓢。

第三十一章　方向在何方

第二天，彭有志把我找到了村部，问我去趟柳屯是啥感觉。我不知道该怎么说。每当我不知道怎么说的时候，我就不吭声。我一不吭声，跟我说话的人准会着急。

“说说呀！你看你，总跟头老蛮牛似的。”

我还是不知道怎么说。说柳屯真好、真富、真让人羡慕？又觉得这么说话是在伤本村村主任的自尊心。

“哎呀呀！江月你咋这性格。你想干事，你得张嘴说话呀！”他一这么说，我更吭哧不出来了。

“这么说吧，你学到啥了？咱村到底跟人家差在哪儿？人家咋就全镇打头炮，咱咋就永远打狼呢？”

彭有志这么一提问，我忽然冒出了答案。

“村主任，咱村靠种地想撵上柳屯，没有可能啦。”

“为啥？”

“天时地利人和，柳屯都占了。”

“那咱能靠啥？”

“我觉得——我想来想去，只能靠养殖。”

轮到彭有志不出声了。他看着窗外，看了好半天，才咕哝着说：“养殖也没那么容易啊。种地，甭管多少，总还能有些收成，养殖，搞不好就啥也不剩。你那螃蟹不就——”

“是啊。”

“养殖可是件吃辛苦的事。再说咱们村，说起来挺好听，有山有水，可这山上能养啥？水里能养啥？东山如果不是这个东山，是座漫山遍野全是青草的山，再不济还能养羊。咱村这座山，除了林子就是石头，养羊都没草吃。”

“村主任，养牛行不行？”

“养牛？一头两头，根本不可能挣大钱，要是想挣大钱就得多养。你知道养牛得多大本钱？多大风险？一头牛一年光是饲料，没有五六千块根本下不来。如果想育肥牛喂精料，那就得小一万啊。这么大投入，咱村谁有这气魄呀？你就说你有，我作为村主任，都得首先拦一拦。”

我不置可否，点了点头。

“二十头牛，能值四五十万，可是怎么才能骨碌到二十头？中间有病的，死的——唉，不好办，不好办。”

停了停，又忽然问我："江月，你养过牛吗？"

“没。”

“还是再想想别的辙吧。没那个技术，没那个经验，瞧好往里搭钱吧。”

“那可咋办，村主任，总不能等着天上掉馅儿饼啊。”

“我看哪，就是天上真能掉馅儿饼，也被咱村这座山给拦下了，砸不到咱的头上。”

彭有志笑了笑，很无奈。

“江月，女人家家的，能下这个决心也不容易。你也好好琢磨琢磨，想养啥咱再商议。”

起身走的时候，我把昨天从柳屯买的一包小米放到了凳子上。

“村主任，为我费心了，这是柳屯今年的新小米，你尝尝吧。”

彭有志诚心不要，对我说："江月，干啥这么多礼？快拿回去。"我更是诚心不往回拿。推了半天，彭有志说："行，江月，我收下。"

我放心想走，又被叫住了。

“江月呀，我这些年瞎扑腾，别的没攒下，人倒是认识了一些。这样吧，我联系联系外县搞养殖的，咱村组个团，我开车拉着你们，一块儿去看看。”

这一年多跟彭有志接触多了，我发现他其实挺热心，也不是村里人背后说的“一人吃饱，全村不饿”。

“那就谢谢了，村主任。”

彭有志的面包车能坐七八个人，可是组上来的团，算上我，一共才三个人。另外两个，是何壮和他的女人，伍丽娜。

这个伍丽娜不是韩屯人，是何壮前几年从外面带回来的。两个人没登记，没孩子，就那么没名没分地在一起过着。何壮之所以回来，是在工地受了伤，丢了两根脚趾，包工头的活儿干不下去了。伍丽娜说话嗲声嗲气，田里的活家里的活一概不伸手，嘴巴巧、好烟酒、爱打麻将，会给人看点儿邪病，村里人都叫她小伍子。我跟她一向没什么来往，我从心往外的，也不想跟她来往。说到底，何壮跟带娣有过那么长长的一段，我该怎么称呼这个小伍子，对我都是难题。

偏偏他俩是韩屯最爱凑热闹的。彭有志在前面开车，何壮坐在彭有志旁边，整个车子里就我和小伍子。

那天是十月五日，目的地是东丰县，彭有志认识那里的一户养鹿人家。

“江月呀，你这是想干大事、挣大钱啊！”

小伍子扭过身子，亲热地抓住我的手。一瞬间我就手足无措了。

“没有……”

我说不出口身上有债没还，我自己都瞧不起有债两个字。

“我就跟大壮说嘛，我说韩江月呀，那将来可是个人物——大壮，我是这么说的不？”

何壮略微回了下头，没说是，也没说不是。

“江月呀，你别不信，你有佛相，将来那得照亮一方啊，没准儿呀，我还得去给你拜一拜呢！”

小伍子说着，手还捏住了我的耳朵，仔细打量我的脸。我感觉无比的尴尬，还好彭有志说了话：“小伍子，别走哪都宣扬你那一套，没个正形，不务正业。”

小伍子嘻嘻笑了，身子连同她坐的椅子，一块儿乱颤着。

“彭主任，你可真会批评人。”

一路煎熬，好不容易到了东丰县。一进那个鹿场我就傻眼了，不光是大——整齐的绿色铁护栏连着正在变黄的草地，不光是许许多多漂亮的梅花鹿一齐看着我——我心想，能把鹿养成这样的规模，一代人肯定不够，两代人够不够，我都不敢确定。

果然，我的心思很快得到了验证。彭有志的朋友一番介绍，听在我耳朵里，就是一大盆灭火的冰块。

东丰县人工养鹿历史已有二百多年，是全国人工饲养梅花鹿的发源地，也是唯一有史料记载的梅花鹿人工养殖地区。

据史料记载，东丰在清兵入关后，康熙二十一年（1682 年）被辟为盛京围场。《辞海》记载：东丰“以产鹿茸著名，有全国较早的养鹿场”。1947 年，东丰县诞生了中国第一家国有鹿场，中华人民共和国成立后相继建成 9 个国营鹿场，至 1997 年存栏鹿 1.5 万只，为国内 14 个省市提供万余只优良种鹿。

再说别的，我就记不住了。唯一记住的是：“可以加盟，交了加盟费，我们实地考察一下，就可以。”

“加盟费多少？”彭有志问道。

“要看规模大小。”

“全员培训吧？”

“对，手把手教。”

“一头成年鹿，市场价多少？”

“两千到六千，鹿龄不一样，价钱也不一样。”

“兄弟，你交个实底，鹿这东西，到底好养不好养？”

“这个——咋说呢？”

“也是难者不会、会者不难呗？”

“对，是这个理儿。”

“兄弟，你再跟我交个实底，养十头鹿的话，一年成本得多少？”

“种鹿，加上建舍、饲料，一年怎么也要四五万。”

小伍子一直贴着我，这时插话说：“两年投入十万，鹿能卖出六十万，哎呀江月，你可发大啦！”

鹿场的人听她这话，问彭有志：“谁养啊？”

彭有志指指我。

“那得先过来培训啊，养鹿跟养别的，可不一样。”

我没说话。何壮把话接过去说：“鹿可娇贵，不那么好伺候啊。”

小伍子赶紧怼了他一下，说：“哪儿都有你。”

我以为何壮会就此闭嘴，谁想到他竟然接着说：“你们那个加盟费，一旦有个万一，鹿要是死光了，你们不给退钱吧？”

那人没再细说，带着我们又看了看鹿茸、鹿胎膏什么的，我们就回来了。

第二天，还没等我去找彭有志，就有村里人过来找我了。

“江月，听说你养鹿了？”

我一头雾水，摇头说：“没有啊。”

“你都加盟了，还说没有。加盟费好几万呢，咋，你贷款啦？”

“没有啊。”

“江月，你妈后期有病，跟我那借那三千块，啥时候能给我呀？最近我手头也紧得不行。”

我解释了老半天，每一句都是证明自己没钱。一边说，我一边厌恶自己。这滋味像生吞了没洗的烂袜子。

“婶儿，再容容空，元旦前我给你送过去。”

真丢人啊，被人催债，苦口婆心地说我没钱，没钱。一直被这念头折磨，我忘了问她是怎么知道我养鹿的，还是人家主动说了出来：“小伍子把全村都传遍啦，说你财大气粗，要把东丰鹿场搬到韩屯来了。”

“婶儿，没有的事，鹿那东西，我养不起。”

催债的人将信将疑，带着我还钱的保证走了。其实头一天在回来的车上，我已经跟彭有志表示了，我没有经验，只能养皮实的东西，鹿就不照量了。小伍子当时就坐在车里，她是怎么听成我要把鹿场搬到韩屯的，我一时想不明白了。

第三十二章　猪嗷嗷叫

这么多年了，总是拆东墙补西墙。可是这次，我实在是张不开口去借钱了。我的嘴上挂着一溜大水泡，鼻子下面全都破了皮。

十二月三十号那天，彭有志来家里，掏出个牛皮纸信封，对我父亲说："老韩头，你得谢谢我。"

我父亲不怎么待见彭有志，哼了一声，半是认真半是打趣道："低保你都给我办不下来，我谢你个屁。"

"行，你不谢我，我走。"

"贪官污吏，麻溜走。"

彭有志假装转身，我父亲才说道："你啥事？"

"你兴旺下半辈子都得谢我的事。"

听此话，我父亲眼睛长了，撑着坐了起来："我有低保了？"

"三千四,一整年的。"

彭有志把信封放到我父亲手里。我父亲哆嗦得很厉害，拿起来往里看了一眼，又赶紧挪开眼睛，挪开了却还想再看看，又打开信封口，贴在眼睛上看着。

"老韩头，你那不是看，你那简直是要吃啊。"

我父亲忍了半天，没舍得把眼泪掉下，咽了不知多少口唾沫，哑声对彭有志说："破车轴子抗嘎达，要不咋说人得往长了活呢，我韩兴旺如今也是'吃卡片儿'的人啦。"

"再把农村合作医疗那个医保办下来，你韩兴旺可正经是'吃卡片儿'的人啊。你说吧，该不该谢我？"

二人又聊了半天，彭有志才回去了。他走后，父亲拿出低保钱，一张一张捋了一遍，又对着窗户透进的阳光仔细检查了一遍，才重新装进信封，压在了枕头下。

第二天一大早，邻家公鸡才打鸣，我父亲就炸庙了。

"来贼啦！来贼啦！"

"快别瞎喊了，别人家还睡觉呢。"

"钱没啦！我的低保没啦！"

"别喊了，贼是我。"

"你说啥？"

我感觉到父亲已经气得想点炸药包了，他使劲把后脑勺磕在枕头上，积攒了一会儿力气，坐起来的第一件事，就是抱起枕头狠狠地砸向我。

"你偷我钱干啥啦？"

"还债了。"

"啥债偏得偷钱还？"

"我答应的，元旦前指定还。"

"你姥姥的！韩江月，我还没捂热乎啊！为啥不让我捂热乎啊？"

父亲昨天接钱时成功忍住的泪水，此刻注定彻底失败了，它们在他瘦削的脸上稀里哗啦地流淌。他打开炕柜门，又掏出第二个枕头，像撇手雷一样撇向我。

"要是没我这笔钱呢？你偷谁的去？你他妈的，气死我了！"

"那你让我咋办？"

说完这句话我就不再出声了，我心里很愧疚，知道父亲盼这个低保钱盼了很多年了。但凡我能变出三千块，我也不会碰他这个钱。我是宁可死掉也不想张嘴借钱了，每次那种硬着头皮的感觉，真是比死了还难受。我父亲也回答不出来，他在朦胧的晨曦里干嘎巴嘴。

“金珠的钱，我就是要饭也不会借的，她都啥样啦。带娣的钱，我如果借了，你还不把房子点着啦？”

“别提那不要脸的！”

“外面欠着好几万，本想好好干，快点儿还上，结果又欠了彭有志一万块。爸，就当我先借着你的吧。”

我希望父亲再骂我几句，或者再拿枕头砸我几下，我心里还能好过些。可柜子里只剩下母亲枕过的那个旧枕头了，那是父亲的宝，连抓一下都舍不得。他逆着朦胧的晨曦又张了几下嘴，无可奈何地躺下了。

我开始心疼这个想把好不容易盼来的低保钱捂热乎的老人。我坐在他枕头边，内疚地对他说：“爸，对不住了。”

这个老人一个字也没再骂我，反倒打起了呼噜。天就在这时亮起来了，我借着蓝白色的天光看了看打呼噜的老人，我看到了跟呼噜声结伴而流的眼泪。呼噜是那么响亮，眼泪是那么浑浊。

阴历腊月二十三，就是小年那天，我去了趟后山，给母亲烧纸。我向她倾诉了一些事，也向她隐瞒了一些事。我倾诉了看着韩屯的第一片稻田时，那种改天换地的心情，倾诉了在同一片田地里，向日葵低头看谷子的脉脉柔情。

“妈，你不知道，向日葵高，谷子矮，它们那个样子就像在谈恋爱。”

我的母亲一直默默地听着。她没法知道，我向她隐瞒的远比向她倾诉的多，她一定以为听到了家里的全部。下山的时候，北风不请自来，离开山坡前，我又把母亲想了一遍。

下了山就是人间烟火了。我要去镇上赶个集，买几块灶糖回来祭灶王爷。还得买条猪肉，三十晚上给父亲包顿饺子。兴盛乡变成兴盛镇好几年了，集其实还是那个集，只要有钱，啥好吃的都能买到。

入口那里有个卖棉花糖的，他旁边是蹦爆米花的。他们像是被时间从过去退回来的，他们身边站着还没上学的带娣。带娣唆着西北风，因为吃不起棉花糖、爆米花，可怜巴巴地用鼻子吸着香味儿。还没等我走上去领她走，集上的人就把我挤进了人堆儿。

我心想，也好，再看一会儿棉花糖，金珠也该蹦到我眼前来了。不管我多想她们，年也不可能一起过。该买啥就买点啥吧。

这时我就听到了一阵儿凄惨的叫声。我没有心理准备，吓得一个激灵。

“杀人啦？”有好几个人一起疑问着。

“呸呸呸，大过年的，啥破嘴呀。”

“那这是啥动静？”

“前边，杀年猪的。现杀现卖。”

人们这样说着，我已经被拥挤的人群送到了杀年猪现场。巨大的推力还想往里面送我，我用尽吃奶的力气，恨不得把脚心刨进地里，才站住了。我站的地方仍然是目睹杀猪最前线,四个杀猪大汉和我之间，仅剩下大约一米宽的一堆空气了。

那头嗷嗷喊救命的猪，完整又赤裸地呈现在我眼前。它躺在木头案子上，被四个身穿黑胶皮围裙的大汉抓住四只蹄子，仰面朝天，声嘶力竭，一副谁让我死我就让他先死的架势。

“小猪小猪你别怪，你是人间一盘菜。别叫了，老实的！”抓住蹄子的大汉嘴里念叨着。

第五个大汉捧着一堆绳子走上前去，要把猪蹄子绑起来。第六个大汉打开大铁锅的锅盖，里面的水已经滚开，哗哗冒泡。第七个大汉手里提着刚刚还在磨刀石上蹭来蹭去的杀猪刀，咧开嘴，龇着健壮的白牙，憨厚地笑着。

绑猪是个技术活，要把绳子打成一个“猪蹄子扣”才能绑牢。大汉卖力气绑，黑猪挣死命叫。

“不能秃噜扣，冲到人堆儿吧？”

看热闹的总是忍不住瞎起哄。其他看热闹的也总是忍不住揶揄：

“冲进来也先拱你。”

他们话音还没落地，眼看着四蹄就要绑在一起的黑猪，突然一跃而起，像人喝醉了，东倒西歪了几下，果真冲着人堆儿，同归于尽般扎了进来！

“妈呀！”

“这黑家伙红眼啦！”

“五六个大老爷们按不住一头猪，现眼啊！”

“瞎叫唤啥？赶紧抓啊！”

说话的人里没有我。注定没有我，一是因为我从来不爱说话，二是因为我站在观摩第一线，黑猪挣开绳套，愣眉愣眼地冲着我杀了过来！我想躲可是躲不彻底，黑猪脑袋擦着我的左腰——我感觉像擦着了一颗巨型火柴，左腰一块皮火烧火燎地给擦掉了！

我捂着腰，还没等站稳，被追赶的黑猪又没头没脑往回跑了。而我恰巧就在它奔向大铁锅的路上捂腰站着。就这样，我又被撞了第二下！这次撞的是我的右腿。扑通一声，我坐在了地上。那头黑猪跑着曲线，把铁锅里滚开的水撞在自己身上，踝躞着倒下了。

那七个大汉一阵儿手忙脚乱，割了一长条猪里脊，穿了根细铁丝，硬往我手里塞。

“妹子，用不用上医院？”

我站起来动了动，应该都是皮外伤，摇摇头说：“不用了，也不是故意的。”

“妹子，依我看，你跟猪挺有缘哪。”

“呵。”

“别生气呀，妹子，跟猪有缘就是跟财有缘，你要发财啦。”

“呵。”我苦笑着。

“养猪吧？不会的来问我，我住前进村。”

第三十三章　取　经

前进村这位养猪大户姓黄，名金铎，村里人都叫他黄金多。他家里的不动产包括三间瓦房、四亩地、二十头猪。

黄金多非常热情，我不知道是不是经济上宽裕的男人都这么容易热情，总之黄金多的热情随喊随到，见到我就尽心尽力地笑着。本来轮不到我接受这份热情，是房宝海太死性了，怎么跟他说，就是不去前进村。我已经对养猪起心动念，只好自己一人动身前往。

黄金多的三间瓦房盖在前进村的丁字路口，图的是运输便利，也图着邻村谁家有了红白喜事，过来买头现宰的猪，也有诸多便利。黄金多说他家是前进村的招牌，别说镇长，就连县长也在他家坐过，而且一坐就是两个时辰。镇上凡是创业有些名气的,没有黄金多不知道的。

“听说过脱贫之后又返贫吧？镇领导挠头的是脱贫，县领导闹心的是返贫，人一返贫就容易废。”

黄金多说这话，我立刻想到了何壮。何壮就是在城里扑腾了一溜十三遭，好不容易脱贫了，结果回到韩屯时不仅恢复了贫穷，人也彻底颓废了。好几年了，他游手好闲，啥也不干。

黄金多的猪舍就在他家房后，砌的水泥围栏，半人多高。前院有个苞米楼，四亩地自产的苞米都在里面。

“给猪吃的。”黄金多指着苞米告诉我。

“二十头猪，这些苞米够它们吃多长时间？”

“差不多一冬天吧，秸秆啥的，也拉回来当饲料。”

我看着眼前的猪舍，暗自感叹这些黑猪的住房比我们家人住的房子好多啦。我母亲一辈子都没住上红砖盖的房子，我父亲的一辈子，剩余也不是太多了，却还住着泥草房。我实在是太在乎房子了，于是问道：“黄大哥，盖这样一个猪舍，很多钱吧？”

“没有，没有，”黄金多摆着手，“几千块吧，一劳永逸的事。”

我到前进村，是来帮黄金多料理猪舍的，我主动申请过来料理一个礼拜。我想一个礼拜应该够我了解把猪养成规模是怎么回事了，也够我了解自己能不能把猪养成规模。来了之后我才发现，自己想得太简单了。

黄金多养的都是本地黑猪，从一百斤到三百多斤。一百斤的还处于成长发育期，三百斤的就离挨宰不远了。可它们傻吃傻乐，不知愁。已经融化在岁月里的短腿，借着它们憨头憨脑的样子，不声不响地回来了。

“黄大哥，从小给养到大，咋能横下心杀了卖钱啊？”

“养的时候当孩子养，杀的时候当猪杀。”

我迷惑不解。

“嘿嘿，”黄金多龇牙乐，“我杀第一头猪那个时候，那头猪死前死后一直给我托梦，结果咋样？一刀下去扎歪了，它还是得死，却遭了老多活洋罪。”

我不知道黄金多是不是跟谁都这么爱说话，但我等着他继续说下去。

“你是韩屯的，估计家里也跟我家以前差不多吧。咱县长有句话说得对，贫穷不就是把杀猪刀吗，谁穷谁就是刀下的猪。没啥，到了第二头、第三头，就好啦。”

我又想到了苟主任，想到了苟主任和多福之间的感情。想得很出神，竟然不知不觉地说道：“以前俺村有个村主任，他太喜欢他养那头猪了，那头猪死了，他也很快就走了。”

黄金多用不可思议的眼神看了我好几眼，我意识到自己说错话了，错得很离谱，就低头在地上找起了地缝。没想到，黄金多接下去说的话在我听起来更加离谱：

“你这样菩萨心肠的女人，不逼到份儿上，不会去看杀年猪吧？我一看你就知道，你心里有事，比养猪、杀猪更让你犯难的事。”

我被这话吓了一跳，其实我是被自己吓了一跳。跟这个黄金多非亲非故，不过是来跟他学学养猪，咋能说到苟主任和多福的深情往事呢？那是我跟房宝海在一起过了二十多年，从没说起过的话题。我为自己的失误懊悔，恨不得骂自己几声。

好在黄金多没有盯住我的话，也没盯住我，他脚穿黑色胶皮水靴，进了猪舍招呼我：“这是喷药的，这是扫地的，这是铲猪粪的，你看着用吧。”

黄金多才去了前院，一个四十多岁的女人，手里抓着一把瓜子，一边嗑着，一边把身子歪在猪舍的围墙上。

“新雇来的？”

我看看她，心想这一定是黄金多的媳妇，很不好意思地说道：“临时来帮忙的。”

说这话时我心里涌上新的悔意。我实在是挣钱心切呀，也实在是一根筋，光想着养猪、养猪，根本没想过黄金多那个年龄了，我一个女人家，过来向人家学习取经，人家媳妇会咋想？

“年前忙，可都是男的来帮。这年也过了，二月二也过了，你来帮的哪门子忙？”

这一下着实给我问住了，我的脸一路红到了脚后跟。

“我是，来学习。我是，也想养猪。”

“呵！你？养猪？你是指望黄金多养你吧！”

我真是又悔又恨又生气啊！这不是自我的侮辱吗？我放下了笤帚。

“对不起了，我没那么想。”我红头涨脸，憋回这么一句。

“黄金多外号你知道吧？”

见我不说话，女人又继续说：“一夜五次郎！他第一个媳妇，就因为受不了他这个，跳江自杀了。”

我真吓坏了。看样子，她说的不像假的，看样子，她应该是黄金多后娶的媳妇。

“他杀猪不眨眼，心理早变态啦！别看表面笑呵呵的，造害起他媳妇——叫得那是比杀猪都瘆人！”

我恨不得插上翅膀，扑棱棱飞回韩屯。房宝海呀房宝海，该你干的事，你为啥就是不来呀？黄金多啊黄金多，你咋还是个人面兽心的畜生呢？能怪谁呢？还不是怪你韩江月自己！四十多年白活啦，没听说过知人知面不知心吗！我差点摔了个跟头，蒙头转向往外走。

“干啥去？”迎面撞上了黄金多，他问完我，又问嗑瓜子的女人，“啥时候来的？我咋没看见你？”

女人说：“你眼大漏神。”

她说完，我对黄金多说：“家里有事，我回去了。”

黄金多说：“等一下，我把今天的工钱给你。”

我使劲摇头：“我来取经的，不要学费就很感谢了。”

“也行，明天你再来的时候，我一块儿给你结了。”

我还是摇头，嘴上吞吞吐吐地说：“不来了，不来了。”

黄金多没了笑容：“不来了？为啥？你还没学到啥呢。”

我扭身就走，我觉得自己该说的已经说完了。走出丁字路口我直接跑上了，五里地外才有公路车。我听见早春的风在我身后呜呜号叫，还听见黄金多呼哧带喘地在我身后呼喊：“你站住！你停一下！”

他越喊，我越恨自己跑得慢。这么个把前妻造害死的野兽，他一路追着我，想干啥呀？路上一个人都没有，身旁的树上一片叶子也没有，他要是对我撒野，连个听到我喊救命的活物都没有啊！我越想越怕，越怕越撒丫子跑。

好歹跑上公路，我跑不动了。我哈着腰，手拄在膝盖上，大口大口喘粗气。黄金多也喘着粗气，追上来了。我攥着拳头直起腰，瞪起眼睛对他说：“离我远点儿。”

黄金多像挨了一棍子，又像是对我这个人的精神状况产生了质疑。他很同情地说道：“江月妹子，我看得出你压力大——”

“不劳你费心。”我强迫自己做出最大限度地义正辞严，我要把他吓退。

“压力再大也要开解自己呀，只要活着，总会有法子。”

“不用你管。”

“我得看着你上车，江月妹子，咱可不能干傻事啊！”

我继续瞪着他，我要让他知道我可不是有缝的臭鸡蛋。

“这本《养猪三百问》你拿着，我一开始的时候，没少看它。”说完就把这本书塞到了我的手里。

就在这个节骨眼上，公路车吱嘎一声停在了我身边。黄金多从兜里掏出两块钱，塞给售票员。又比比画画地对售票员说：“帮忙盯住她，别让她干傻事。”

挤得密不透风的小公交上，售票员亲自给我让了座，又小心翼翼地观察了我一个小时，到我在韩屯下车时，她还先蹦到车下，伸手扶住我的胳膊，把我扶下车并对我温柔地说道：“姐，你慢点儿。”

第三十四章　无计可施

对前进村的这趟遭遇，我守口如瓶。缓了一天，我又去村部找彭有志了。

“村主任，我下决心了，我想养猪。”

彭有志半天没说话，而后直接问我：“真想好了？心理障碍克服了？”

我点了点头。

“你养螃蟹那时候我就建议你养猪，你说有障碍，以前养过一只小猪。”

“嗯。是不是我应该想，正因为养过那只小猪，我注定能把猪养明白。”

“有道理！我估摸着，你在养猪方面有天赋。”

“村主任，养猪就得有点规模，三头五头的，连还债都不够。”

“你想多大规模呀？”

“二十头吧，低于这个数，不行。”

“呵！有气魄啊，江月。养二十头猪，涉及的事可就多啦！”

“嗯，要盖猪舍，要买饲料，要日夜不离人。”

“江月呀，作为村主任呢，你有这个打算我非常高兴，非常支持。你想啊，咱村脱贫致富一直拿不出成绩，政策下来有几年了，咱村年年都打狼啊。不过——”

“怎么？”

“你刚说那个规模，可不是万八千能下来啊！这么大的——风险，你真想冒？”

我半天没说话。后来抬起眼睛，对彭有志说：“我想冒。”

彭有志点点头：“你爸能同意？房宝海同意吗？这可不是小钱啊。”

“村主任，我拜托你，养猪需要的钱数，先别告诉我爸。”

“多少钱啊？”

“我问明白了，连买猪崽儿带建猪舍、买饲料啥的，咋也得五万。”

“五万，那就得贷款啦！”

我知道这个钱彭有志是无论如何不会借给我的，我也没打算开口再借。这辈子往后，我是宁可死也不想再开口借钱了。

“村主任，我记着你说你有银行工作人员的电话，就是上咱村来宣传过整村授信那个。”

“对对对，好像叫什么春风。这儿呢，他的名片。”

我接过来，名片上印着兴盛镇农村信用社信贷部刘春风。第二天，我拿着名片来到镇上，穿过信用社空荡荡的大厅，敲了两下信贷部的门，来开门的正是刘春风。

看上去他好像刚吵完架，跟去我们村做宣传的时候不像一个人。

“找谁？啥事？”

“我想问问贷款的事。”

“不急的话，明天来吧。我们一会儿开会。”

我本想说，不急我就不来了。再看看他的脸色，铁青的，没准儿刚被领导训过，我只好改口说：“那我明天来。”

刚要走，刘春风的手机响了。他如临大敌般，咬着牙接了起来：“陈大爷，你就是真把我爷爷从祖坟里骂出来，你那牛钱也得由保险公司赔！和我们贷款没关系。”

电话里的声音特别大，我本没心思听，可还是一字不落地往我的耳朵里灌。原来是贷款户在向刘春风兴师问罪。一听这些，刚才敲门时还坚定不移的决心，此时突然成了钟摆，左一下右一下地摇晃起来。

贷款可真不是闹着玩儿的，一旦赔钱可真是赔大手笔的。我一转身，急匆匆地往外走。刘春风却追了出来："等一下，等一下。"

我只好站住了。

"你刚才说想贷款？"

"嗯，不是。"我支支吾吾、吞吞吐吐。

"那就去我办公室详细唠唠吧。"

再度来到刘春风办公室，他把我让到了沙发上，还给我倒了杯热水。

"大姐，我们信贷社是响应党的号召，积极支援乡村振兴的部门，你是想贷款致富吧？"

"那个……我又不咋想贷款了。"

"大姐，是不是刚才的电话让你有顾虑啦？贷款是有风险，但风险是可控的，你是什么项目？"

我心里那支钟摆又摇了起来。风险，干啥没有风险啊？想干就得承受。

"我如果想贷款养猪，需要啥手续？"

刘春风听到这话，面露喜悦，说道："养猪？好项目啊，手续老简单了。"

"简单？不用抵押吗？"

"不用，新政策早就下来了，小额贷款啥抵押也不用。"

"想贷五万，需要些啥？"

"只要能证明你有还款能力，就成。"

"还款能力，这个咋证明呢？"

刘春风给我拿了一沓资料，兴致勃勃地讲上了。讲着讲着，忽然又停住了。

"大姐，你今年，不到四十吧？"

"四十三了。"

“四十三？那不行了。”刘春风说完就开始收拾那些材料。

我怔住了：“怎么不行呢？”

“农村小额贷款全称是农村青年创业小额贷款，要求必须是四十周岁以下。”

“没别的办法啦？”

“这种无抵押的小额贷款是最合适的，只要考察你的创业项目，确认你能还款。别的方式贷款，就麻烦多了。”

本来我一直还在犹犹豫豫，一听说年龄不符合无抵押小额贷款条件，我贷款的决心反而坚定不移了。

“贷不来钱，我就养不了猪，养不了猪，家里的饥荒就还不上。小刘，你得帮我想想办法。”

“这样吧大姐，你回去问问村里能给你提供些什么证明，如果你得过什么荣誉、奖励，可就好了。”

“荣誉？奖励？我就是个农民，能有啥荣誉、啥奖励呢？”

“见义勇为、拾金不昧、村先进、优秀党员啥的，都算。”

刘春风的话让我倍受打击。我一直信着“离地三尺有神明”“人在做、天在看”类似这些话，从不昧着良心做事。可是我没机会见义勇为、拾金不昧，也没敢奢望过一个家贫如洗的农民能跟先进个人、优秀党员沾上边。

我回村就去找彭有志，希望村里能开个证明，证明我的人品没问题、还款能力也没问题。彭有志当时答应得很痛快，结果回家睡了一觉，第二天早上我再去村部，他就不是昨天那个态度了。

“江月呀，你的人品那是没得说，可是还款能力，这个让村里咋证明啊？”

我这个人，人家对我越好，我就越没脾气，反而谁对我阴阳怪气、吹胡子瞪眼，我就上来一股牛劲，既不服软也不害怕。彭有志一直对我很好，今天突然阴阳怪气，我的牛劲就开始悄悄往外冒。

“村里咋就不能给我开证明，一个村住了几十年，我啥样你还不知道吗？”

“江月呀，这其实哪是证明啊，这就是保证、担保，我给你出了这个证明，到时候你还不上贷款，就得我兜着，我还。你琢磨琢磨，是不是这个理。”

彭有志明摆着怕担责任，不给我打证明。我心里鼓得全是气，可是腰板却没法硬气。他之前不是没信任过我，那一万块可是人家的个人资产，我给赔光了，至今没还。现在又让他给银行证明我有还款能力，这不是让他瞪眼扒瞎吗？我心里一窝火，转身就往外走。

“哎哎哎，江月呀，你咋这个脾气？都说房宝海你俩老干仗，你咋这么蛮啊？”

我没说话。

“一句话不合心思就想撂挑子，我说江月呀，这哪行？”

“村主任，我是生自己的气。”

“咱这不是合计着咋办嘛！养猪是好事、是咱村脱贫的大事，有困难就不干啦？这哪行。”

“干也得干，不干也得干，村主任，我现在就是这个处境了。”

我心里一酸，眼圈红了。不想让彭有志见我抹眼泪，我开门跑了。一直跑到小石河边，刚解冻的河水从我眼前流过，那么天真无畏，那么无忧无虑，好像从没被冻僵过，好像每次见到春天，都是第一次相见。我呆呆地看了小石河很久，有人向我走来，我竟也毫无察觉。

“你坐这儿干吗？”

居然是房宝海。他衣服的胳膊肘那个地方磨破了，河边的风，飞舞着那处断裂的纤维，显得他又苍老，又寒酸。

“无抵押的小额贷款，咱俩都过岁数了。”

“要求多大呀？”

“四十周岁以下。”

“那就拉倒吧！”

“什么拉倒？”

“别他妈瞎折腾了，越折腾越他妈穷。”

“我穷够了。”

“你要是再犟，你就自己折腾去，咱俩分家，我种我的地。”

“又来了，你就会这套。”

“老娘们家家的，真他妈不消停。”

“房宝海，你咋连这点儿志气都没有？”

“韩江月，我问你，你这么折腾，挣钱给谁花？你死了，连个烧纸的都没有，你挣给谁花？”

“我不是跟你说了，咱俩领养个孩子。”

“爱养你自己养，我坚决不养。羊肉贴不到狗肉身上，我养那糟心玩意儿？”

“那我就自己养。”

“你他妈的——又跃跃欲试了，他说过，一看我上来犟牛那出，就恨不得一巴掌把我打服。

我从没躲闪过。这次也不例外。

“宝海呀！江月！”

巴掌还没举起来，彭有志连喊带叫着跑了过来。

“你俩别犯愁，我就说车到山前肯定有路嘛！”

彭有志说完，房宝海斜眼看着他，说道：“村主任，就你成天撺掇韩江月，她哪有你那挣钱的脑袋呀？俺们这都连着赔进去多少啦？”

彭有志面露难色，想说都是我主动张罗的挣钱、创业，主动管他借的钱，又怕惹我们俩口子打仗，只好接着他自己的话头说：“告诉你俩个好事！”

房宝海说：“什么狗屁好事！都是坑！”

彭有志看着我说：“还记得邹天明不？邹校长他儿子？”

一听这三个字，我一下就愣了。房宝海一听，却来了精神头：“那小子啊！上学时那个窝囊！敢做不敢当的主儿。”

房宝海的话让我想起初中时那一幕。邹天明被刘天鹰义正辞严那副样子惹出了一声笑，是房宝海直接站起来，扛到了自己身上。那时的房宝海，可真是人狠话少，敢做敢当。

“宝海呀，可不敢这么说话。邹校长那是多好的人哪，邹天明也是你们这茬孩子里最出息的！”

“龙生龙凤生凤，谁让人家有个好爹。他咋出息啦？”

“刚才我往镇里打电话，老郭接的，我想问问贷款担保的事，没问出新东西来，却听到一个好消息——邹天明调回镇里啦！眼下是民政助理，实际是下一届副镇长的人选。这还不是出息啦？”

房宝海一下一下揪扯着胳膊肘的破线头，瞄了我两眼，对彭有志说：“呵，出息个爆啊。”

彭有志又对我说：“江月，这下好了，你去找邹天明，贷款的事他肯定有办法。”

不等我说话，房宝海先瞪起了眼珠子：“她敢！”

彭有志一下子尴尬在春风里。“那——你们两口子慢慢商量，宝海呀，可不兴动不动就五马长枪啊，这可是你亲媳妇。”

说完，彭有志循着来路回去了。我也不想在河边站下去，对房宝海说：“你下地吧，我回家，我爸离不了人。”

房宝海却来了不依不饶的劲儿：“着急找个地方偷着想那小子吧？”

“胡说啥呀？”

“他那时候，可不是一般地惦记过你呀！别以为我不知道。”

“根本没有的事，别瞎说。”

“这下好了，你快攀高枝儿啦。”

我不想再跟他废半句话，埋头往家走。房宝海追上来，一把薅住我。

“要是这小子没出现，我还真想跟你一起贷款，一起养猪。他他妈回来了，我告诉你，没门儿了！你消停在家待着，有粥喝粥，没粥就他妈一块儿喝西北风！”

“这日子我过够了，我不喝西北风。”

“再犟？今儿我非得给你打老实！”

我一下子耸开他，往后站了一步，说：“我就不喝西北风。”

一个嘴巴甩在了我脸上，我的左耳又开始嗡嗡响。想起母亲去世那天的情景，房宝海也是这样一个大嘴巴，我的眼泪刷地掉下来。

“打够了吗？我要回家给我爸做饭了。”

说完，我把房宝海留在寒凉的春风里，头也不回地回家了。

第三十五章　重　逢

第二天一大早，房宝海亲自去邻院，把我父亲托付给邻居，他和我一起，坐上了去镇里的小客运。

我和房宝海过了二十多年，他打了我多少次，他就后悔过多少次。打我的时候他控制不住，后悔起来他也控制不住。打我的时候他诅咒我们家。打完我，他就会毫无怨言地在我们家当牛做马，一直到下一次暴跳如雷，或者酒入愁肠之时。

这没什么新鲜的，这已经成为规律了。所以他从地里回来，主动跟我说要去镇上找邹天明，我也没感觉多么意外，反倒是我滞滞扭扭地不想去。

“二十多年没见，啥来往也没有，张不开嘴啊。”

“又不管他借钱，是让他帮着想办法贷款，有啥张不开口？”

“那也是求人啊。”

“求别人，咱能够得上吗？谁搭理咱哪。”

家里什么值钱东西也没有，在兴盛镇下了车，我和房宝海先去路边那家“柳屯小米营销处”买了两包柳屯小米，才来到镇政府大门前。

那天闷热得要命，连镇政府院里的蝉，也在一声声喊着热。老乡们在路边顶着烈日摆小摊儿。男的光着膀子戴着草帽，女的有的戴防晒帽，有的蒙块儿湿头巾，各种颜色配上黑褐色的脸，滚汗珠的脊背，视觉效果非但不清凉，反而又黏又热。

“来上访啊？是一家的不？”门卫指了指我和房宝海。

“我媳妇。”房宝海说道。

“咋？跟别家掐架啦？”没等房宝海再出声，门卫自顾自叨咕着：“通常来这院的，都是掐了架、打了仗来找调解的。”

房宝海跟着嘿嘿笑，说：“俺们是找人。”

门卫说：“找谁呀？”

“那个——那个——邹天明，晓得吧？”

门卫脸上露出一丝狡黠，说道：“邹助理啊？呵，我就说你俩准是来调解的，来找邹助理的都是这事。”

房宝海的脸色白了一下。我小声说：“咱回去吧。”

房宝海瞪起眼珠子：“废什么话。邹助理在哪屋？”

“二楼，上楼梯左拐第四个门。”

门卫的目光让我越发不自在，好像自己跟房宝海真是过不下去来找调解的。到了二楼，往左数了四个门，房宝海刚要敲门，里面出来个女的。

“喂，你干什么？”女的面露愠色，吃惊地质问道。

“我、我找邹助理。”

女的竖起手指使劲往前一指：“往那边走！这是卫生间！”

“这不是左拐第四个屋吗？”

“左右都不分，真是的！”女的甩上卫生间的门，进了隔壁。我已经彻底不想去找邹天明了。

“咱们回去吧。”

“要回自己回。我倒要看看，那小子到底出息成啥样了。”

来到左拐第四个房间，房宝海只敲了三下，门就开了。隔着轰隆隆的时光，我看到邹校长逆光站在门里。他还是我记忆里的样子，不高不矮，不胖不瘦，白白净净，慈眉善目，眉眼带笑。

“你们找谁呀？”连这平和的声音，也没有丝毫改变。

“打听个人——邹天明、邹助理。”房宝海犹疑地问道。

“我就是。”

“你就是？”房宝海有些故作惊讶，不过他的手足无措倒是真的。

“我房宝海呀！”

房宝海的话，让门里的人更是吃惊不小。他的脸飞快变着颜色，他的眼睛同样飞快地闪过心中的疑问：你是房宝海？你怎么能是房宝海啊？邹天明怎么也不愿相信，眼前这个干瘦的男人，竟然是他记忆中的“链轨拖拉机”。

“宝……海？”

“是我，是我——哎呀，一晃这么多年啦，嘿嘿，天明——”房宝海语无伦次，紧接着改口道，“邹助理，邹助理——”

邹天明的眼睛已经有些湿润了，他在犹豫该不该看向房宝海身后的女人。

我只感到前所未有的悲伤和狼狈。已经消散于二十多年时光中的遗憾、伤痛、悲欢离合、死生契阔，在邹校长的面孔出现在门里的一瞬间，突然天崩地裂般涌向我。我的心中狂奔着那一次次失去，如果当年我能有机会继续读书，如果我不顾一切地走在邹校长为我指明的人生路上，是不是我今日便不会带着贫穷、落魄和满身负债出现在他面前。

当然是啊——就在我恨不得转身离去的时刻，门里的声音带着一丝不易觉察的颤抖轻声询问我：

“你是——江月？”

无处可逃了。我只能硬着头皮迎着那个声音说：“您好——”

这两个字对于他，无异于一九七六年那块巨大的陨石。他彻底愣住了，他的喉咙被什么东西哽咽住了。直到此时我才终于看清楚，他不是邹校长，他是小时候每天蹲在院门口“吃土”的邹天明，是曾经为了我跟最好的朋友何壮大打出手的邹天明。

他用疼痛的眼神看向我，看着面目全非的我。我过早地衰老了。我的头发白了一半，身子有当年一个半那么粗。经历过的那些痛苦都变成了黝黑的皮肤和芜杂的皱纹，它们让我沧桑，让我又黑又壮。我的酒窝因为不想把盛放的困苦和负债暴露在脸上，已经悄悄变成嘴角的褶皱。奇怪的是，在漫长的艰辛岁月，从没有一面真实的镜子向我禀报我的变化。而此刻，邹天明的眼神却比任何镜子都诚实，这是多么令我自觉卑微的诚实啊！

貌似不可能的事一旦发生，就会沿着它的方向发生下去。像受惊的大青马只要抬起蹄子跑出第一步，天知道它接下去要跑多少步。

接下去，像梦游一般，我看到邹天明招呼着、比画着、礼让着。我和房宝海呆坐在那个三人位的人造革沙发上。敞开的窗户没有一丝微风吹进来，屋里的氛围热情亲近又局促尴尬。邹天明一会儿说着“坐，坐，我沏茶”，一会儿又说“好，好，白水，白水”。我和房宝海一会儿说“不用，不用”，一会儿又说“啥都行，啥都行”。一直到邹天明稍微恢复正常，搬过椅子，隔着茶几与我们斜对面坐下时，我和房宝海的手里既没有茶也不见白水。

邹天明再次起身，再次张罗着倒水。房宝海赶忙从沙发上弹起来，坚定地拒绝着：“不喝，不喝，俺俩真不会喝。”

看得出邹天明在暗暗命令自己坐下，命令自己尽快、马上像个正常人。他已经把房宝海弄得不会喝水了，再张罗下去，他担心房宝海会说出“俺俩真不会坐着”。

“邹校长——上七十了吧？挺好吧？”房宝海问道。

“没啦。”

“没啦？没了！这扯不扯，咋不知道哇——”

“总念叨大伙儿，他那时候。”

“捎个信就好啦——邹校长，大好人哪！”

“唉，生老病死，谁也躲不过呀——”

房宝海跟邹天明，你一言我一语地说着。同窗九年，他们说的话加一块儿不到五句。那时候班里的男生不管谁，看房宝海，咋看都不顺眼。总感觉他随时都准备为了我跟男生干上一仗。眼前的房宝海却走到另一个极端，想找他别扭都找不到。他往前欠着身子，屁股只挨上沙发一个边儿，像监狱里的老犯见到管教，谨小慎微，生怕哪句话说错的样子。

“还愣着干啥？快拿给邹助理呀——”房宝海扭头对身旁的我说。我答应着，从手拎兜里摸出那两包四四方方的白小米。

“这是干啥？老同学咋兴这事？”邹天明慌忙站了起来，紧紧握住我的双手，脸上是一副接过的是金砖的表情。

“快拿着，俺们才好说话。”房宝海说完，这才把屁股坐进沙发里面，两只手往上一提搂，裤腿儿就皱在了膝盖上边。他腿很精干，腿毛黑长，像林子里瘦肉型带毛野兽。

我的手抓在邹天明手里，想抽又没法抽回来。那是一双跟邹校长一样干净、细腻的知识分子的手，那双手握住的，却满是痊愈的冻疮和开裂的口子。我真担心自己老锉一样的手会把对方的手划伤。

“江月，你看你——坐，坐，快坐。”听得出，邹天明在努力让自己的语气听起来亲近和蔼，毫无架子。他知道，这两包微薄的小米对他不足挂齿，却是我和房宝海不擎给他就不敢开口说话的敲门砖。

我的下巴颏开始不争气地哆嗦，还没等哆嗦出半个字，房宝海那边就跟进来时变了个人似的，呲哒（呵斥）上了。

“娘们唧唧的，号啥？见到咱邹镇长了，你还愁啥？”

一听这话，邹天明像挨了颗流弹，急忙摆手制止。

“宝海，这玩笑可开不得。”

“嘿，邹助理，谁还不知道你是未来副镇长啊？”房宝海一跟邹天明说话，就谄媚谦卑上了。

“别别，老同学了，还是叫天明吧，天明多亲。”

争了半天，邹天明坚决不同意叫他邹镇长，房宝海也坚决不同意再直呼天明，最后勉强同意叫邹助理。

“邹助理，看在老同学面上，你得伸伸手，这五万块钱我死活也得贷来！”房宝海说出了我们来找邹天明的目的，想要办贷款，养猪。

“别介呀，再缺钱也还是命要紧，上有老下有小的。几个孩儿？多大了？”

最普通的一句寒暄，却成为邹天明万万没想到的一颗流弹。

“俺俩没孩子！”

房宝海的回答让邹天明惊诧不已，他在暗暗问自己：怎么会这样？当年看到的韩江月那大肚子，难道是假的？那是个即将临盆的肚子，生活常识告诉他，那里面是个至少七斤重的小韩江月，或者小房宝海。

“生过一个，没站住。”房宝海解释道。说这话的房宝海，周身上下满是饱受摧残的落魄。我的眼泪到底冲出了眼眶。

“哭啥哭？不够你丧气的！”房宝海旁若无人地损哒（贬斥）我。邹天明的眼神再次爬满疼痛。我知道他在疑惑什么。当年那个风雨不误默默保护韩江月的人，那个他最嫉妒的人，居然能改头换面成这副模样。当着他的面尚且如此，人后得是什么样呢？

我把眼泪硬生生地憋了回去——每对夫妻都有自己的相处之道，我们不是来找人家调解的。

房宝海开始跟邹天明细说为什么要贷款、贷款对我们的重要。他说这老天要是想让谁穷，咋蹦跶都白扯。那年赶上大蒜贵得离谱，他也跟风赶紧种，收成也凑合，可蒜价却跳崖似的，掉得稀里哗啦。大葱又紧俏了，到转年我们种出来，烂地里都没人要了。眼瞅着柳屯小米都要走向世界了（他说出口朝鲜也算走向世界），可韩屯落在个山坳子里，照量了好几年都白费劲，没人认。这两年韩屯有几个人，按房宝海话说，利欲熏心，用韩屯小米冒充柳屯小米搞营销，结果偷鸡不成蚀把米，让柳屯给告了，弄得那叫一个灰溜溜。人家柳屯这边叫打假维权，理直气壮。

“咱屯也能种小米？”邹天明打断房宝海。

“扯淡！在山坡子种，光照根本不够，长出来那玩意儿瘪瘪瞎瞎，跟柳屯小米，咋能比？”

房宝海又接着讲他自己：“寻思着咱也搞养殖，别的养不起，先从鸡养起吧。小时候家家都养鸡，没觉得那么好死啊。我养的鸡，傻呆呆两眼朝天，栽歪，倒地儿，死去一半儿。剩下那一半儿，又差不多被鸡瘟全给灭了。个别几只勉强撑到成年，前仆后继专往村路上溜达，被路过的汽车碾成肉饼，还他妈大义凛然的样儿。他总结道：不行，鸡那东西智商太低，养它不够糟心的了。还有她老韩家！”房宝海说到自己倒插门的我们家，几乎咬牙切齿。

“真的，老鼠都不爱在她家拉屎，她家那破房子就占一个风水:穷！尤其她那个爹，歪三拉四，横不讲理，谁挨上谁他妈倒血霉了。”

那天直到告辞，我一句话都没说。毫不夸张，就是哭也没哭出一点儿动静。

第三十六章　时间太瘦，指缝太宽

从镇上回来，房宝海开始四处打听跟邹天明有关的一切。为这个，他主动去找彭有志，喝了个颠三倒四。

邹天明是去年从县里某委调到兴盛镇的，安排给他的职位是民政助理，后边还有个缀——副科级。民政助理的工作很杂，辖区内五保供养、最低生活保障、慈善救助、医疗救助、临时生活救助、制止乱葬和违规治丧……除去这些，还有一项最难也最耗费精力却也最能体现工作能力的，那就是调解纠纷。事关乡村文明建设，调解纠纷就成了邹天明工作的重中之重。

“有人的地方就有矛盾，有矛盾就需要有解决矛盾的人。”邹校长在邹天明三岁时就对他说过这样的话。难道他当时就知道他的儿子日后将以调解人和人的矛盾为生吗？邹校长看人一向精准，他的儿子确实是个解决矛盾的人才。据说他刚刚出任民政助理，就遇到了一对奇葩的离婚夫妇。这俩人把婚离完，回柳屯家里拿东西。房子归男方，女的搬不动，抽冷子连撕带踹。最后导致动手的是个肥皂盒，按协议，一人一半。女的就要盒底儿，把盒盖儿留给男的。男的一看，盒盖儿是鼓溜的，放哪儿都放不住，就不干。打到村主任郝永力那儿，郝永力跟俩人都相熟，劝哪个都劝不住。只好把邹天明找去，美其名曰，刺儿头就得找领导，给俺打个样儿，提高提高水平。

柳屯当时正走在全民致富的道路上。柳屯小米做成了品牌，价格一截一截涨。这确实是郝永力的功劳。人的名树的影，郝主任在镇里很受待见。领导们都知道致富之难,尤其带领全村致富是何等难上加难。回看这些年，郝永力在其位谋其政，可说是全县都有名的脱贫攻坚带头人、乡村振兴的身体力行者。他在镇政府是很有面子的。

邹天明先给那俩人说了番一日夫妻百日恩、千年修得共枕眠、结婚证不在了孩子还在，他们的反应竟比孙悟空听到紧箍咒还难受。邹天明又接着说，你们现在日子好了，肥皂盒块八毛钱的小物件，大的都分了，这么个小东西，互相谦让一步。女的不干，男的也不干。这让邹天明特别下不来台。手在裤兜里焦躁地抓着，窗外一个看热闹的村民隔空来了句，抓阄呗!

“也是个办法，郝主任，写俩字条。”

女的抓到了盒盖儿，男的抓到盒底儿，消停了，像两个泄气的瘪球，连肩膀、连耳朵都耷拉了。轮到邹天明给自己找面子，就对郝永力说：“看来，光物质脱贫，远远不够啊！”

郝永力说:“邹助理，到底有高度，我这脑子里就两样，挣钱、拉架。”

“那也对。那哪儿够？”邹天明沿着找面子的方向又前行了几步。

自从那次以后，邹助理的名声和威望就建立起来了。他有了口碑，也有了即将被提拔为副镇长的口风。这可绝不是空穴来风。眼下兴盛镇一把镇长范秉义再有半年就要退休，副镇长老边成为第一接班人。而老边的位置，最沸沸扬扬的说法就是：将由邹天明助理接任。

上一轮，老边没提拔上去。对此人们也有一番沸沸扬扬的议论。主要集中在两件事上。一个发生在他五六岁，一个是他将近五十岁。

五六岁的老边据说是浑淘小子一个，别说鸟窝，老鼠窟窿都要掏一掏。有一回在自家院子，围追堵截一只大黑蚂蚁，眼看要抓到，蚂蚁就地一钻，进了洞。老边不认输，先用二齿沟后用铁锹，几乎掘地三尺，就是不见蚂蚁踪迹。再挖挖不动了，绝望之际上手去掏，竟然掏出个壶样的东西。老边看着像尿壶，正好有尿，就没客气。他爸妈从地里回来，没问青红皂白，对着院里的坑和装着尿的壶，扑通一声，跪下了。老边记得爸妈一宿没睡，老实巴交的两口子坐炕头合计到天亮，到镇上派出所报了案。没几天，老边家院子被掘了个底儿朝上，除了几片碎瓦再没掘出啥。又过了些天，镇政府给老边家送去张奖状，并告知他们全家：根据《文物保护法》规定，我国地下、水下和领海中遗存的一切文物，属于国家所有。发现文物及时上报或上交，使文物得到保护的，由国家给予精神鼓励或物质奖励。末了又特意强调一句：主要是精神奖励。奖状是老边亲手接过来的，他爸妈一个劲儿推他，一个劲儿往后躲，老边只能舍我其谁了。后来，老边小时候住过那块儿圈定为XX遗址，说是地下有座两千年前的城池。这么一算，老边居然是第一个发现埋藏了两千多年线索的人。他爸妈不让说这事，可般般儿大的淘小子都对老边很佩服，尤其是那泡尿。"真尿性！"小孩儿不懂拍马屁，小孩儿眼里老边是货真价实的这三个字。

第二个是年近五十，老边完成了人生两项重大决定，离婚、再婚。都说离婚容易，可事实绝不是那么回事。这就像两个品种的树，种在一个坑里，几十年过去，虽然树梢时不时互相抽打，可根早都结结实实长成一团了，不想嫁接也嫁接上了。老边虽是净身出户，那也是抽刀断骨，生生辜负了原配。更绝的是他的再婚紧跟其后，哪怕装模作样隔上一两年呢。那一阵儿，关于老边的说法接二连三，应接不暇。一会儿说，老边很色，抛妻弃子，不是东西；一会儿说，老边糊涂，看着吧，过不上两年准得后悔。其实大伙儿真正关心的不是这个，大伙儿关心的是什么女人能让年近半百的男人这样。人们对此可谓津津乐道——据说老边这位新太太，只比老边小三岁，现在长什么样儿没见过，年轻时倒是全县公认第一美。那时她是县吉剧团台柱子，唱二人转出的名。艺名叫燕秋，可静可动的身段，可娇娥可飒爽的扮相，雌雄莫辨，神秘可人。当年跟评剧团在一个楼时，大她将近二十岁的评剧团团长，不但为她离了婚，还吃过安眠药。可她后来嫁的却是京剧团团长。老边只离了婚，并没吃什么药，却跟她领了证。众人判断：这是人老珠黄遇上了官运亨通，老边要不是副镇长、不是一把镇长候选人，你试试会啥样儿。

人们的话结合一些是是非非的实际，总是显得很有道理。上届镇政府换届时，他就列好了架子，打算跟另一个副镇长老范，一决胜负。老范何许人呢？当年第一大乡绅范大地主，正是范镇长的亲爷爷。

范、边二人各有一帮拥趸，两帮人表面老张小赵、点头哈腰，实际楚河汉界，拎的门儿清。有段时间，都疯传老边是一把镇长，铁定无疑。原因就是老范的家庭出身，大伙儿怎么都觉得会是个问题。到红头文件下来，老范板上钉钉当了一把手，话锋才转了，人家老范有海外关系，镇里招商引资靠着他呢！老边再根红苗壮又咋的？这一个离婚、一个再婚，是把他自个儿耽误喽！

这些耽误前程的问题，邹天明一个都没有。他的婚姻很稳定，两口子都是“吃卡片儿”的，独生女儿也很聪明优秀。“人家四平八稳的，老爹又有口碑，不提拔他，提拔谁呀？”

邹天明让他母亲的期望变成了现实，大专毕业后进入体制内工作。经人介绍，他认识了乡村姑娘胡莉莉。姑娘平实的长相和简单的眼神让他自信这是他的女人。姑娘小学老师的工作让他替他妈满意。他们跟所有适龄男女一样，到点就结婚了。有过短暂的耳鬓厮磨，清晨或黄昏时分，他抚摸着趴在自己肚子上的那颗头颅，突然意识到这就是与他共度一生的人。他为此自我感动，暗暗发誓要护她一辈子周全。不久之后，他们开始为孩子的奶粉和尿布时有争吵。孩子断奶前后，胡莉莉得了乳腺炎，开始厌恶夫妻生活。他们的争吵上升到一个层次，睡觉时背对背成为常态。随着女儿邹菲儿冒话、会走、上幼儿园，“爱”这个字眼，就像那个狼来了的故事，不声不响地退出了他和胡莉莉的生活。邹菲儿会写作文后，语文老师留给孩子一篇奇葩的题目：什么什么之爱。邹菲儿作为没有兄弟姐妹也没有固定玩伴的独生子女、楼房囚民，只能就地取材，写了篇《父母之爱》。她虚构故事的能力引起了邹天明的重视——在她笔下，母亲胡莉莉是个有产后抑郁症的女性，一次要跳楼前，她笔下的父亲不顾一切地抱住这位抑郁的母亲，痛哭着保证，要死咱俩一起死。正是父亲的忘我之爱，彻底拯救了母亲。这个故事也引起了老师的重视，为此特意把邹天明找到学校，小心翼翼地询问邹菲儿同学的家庭情况。邹天明费了很多口舌，让老师相信那是邹菲儿的编造，也叫杜撰。老师的表情代表她会继续持观望态度。就这样，这个故事让邹天明不敢掉以轻心，并严令禁止胡莉莉再看肥皂剧。从那开始，他们家的吵架再次升级，从一对一变为二对一。无果之果是一顿肯德基，而后是一趟商场，胡莉莉从一楼转悠到三楼，顶多买件二折的衣服。

他们就这么过着。中间还有胡莉莉多嘴多舌爱掺和的妈、一棍子打不出半个动静的爸，月月按点还的房贷、按下葫芦起了瓢的装修，家庭关系、单位人际关系、楼上楼下总互相指责对方制造噪声的邻里关系。邹校长在胡莉莉心中就是个普通的退休老头。邹校长也没对她讲过半句知识改变命运。邹菲儿六岁时，邹校长的人生结束于一种常见的不治之症——肺癌。胡莉莉没表现出夸张的伤心，但还是出于善良本性，面对一个生命的离去，洒下了她的眼泪。她说她最敬重的是邹校长一直没找后老伴儿，没无端给她整出个后婆婆伺候。邹天明想说她小瞧了邹校长，又一想，这话一出口，就要列举出一系列她不该小瞧邹校长的理由。一想就累，于是作罢了。唯一给长眠的邹校长磕头的人是邹菲儿，还是邹天明打样在先，并用好孩子的头衔加以哄劝。

调回兴盛镇后，邹天明不止一次去过柳屯、北岚、天岗，辖区里的村屯少说也去过三分之二。可他不回韩屯。不是没机会，而是不想回去。在别人眼里他混得不错，虽然还没达到呼风唤雨的地步，可是有地位、有前途（大家的原话）。在他自己眼里，却自觉庸常得像粒尘埃。“四十多了才是个带括号的副科级。”这是他治不好的心病。陌生的村屯里都是陌生人，彼此不知道过去的样子，不用惋惜啧叹，不用动心动念。可是假如——这世上有个地方，在回忆中裹满了温暖的包浆，它就成了软肋、痈疖、一颗永远在发炎的青春痘，他连碰一碰的勇气都没有。时间不会让东山荒秃，不会让小石河干枯，可它会改变每个人的模样。大概率，每个人也都跟他一样，看着时间打磨出来的这个中年人，都不会打心眼儿喜欢——跟当初设想的未来的自己，相差太悬殊了。

眼下邹天明和胡莉莉做着周末夫妻，据说是胡莉莉节省惯了，不让邹天明每天往返几十公里浪费汽油钱。胡莉莉带着女儿住在县里那套百十来平的两居室，邹天明周一到周五住单位宿舍。

“你俩这个事，就盯住邹助理，准能成！”彭有志拍胸脯跟房宝海保证。

“彭主任，还指望你给帮帮忙，说点儿好话。”房宝海的脸上一会儿艳羡、一会儿妒忌，临了还是在现实面前垂头丧脑，恳请彭有志帮着说好话。

“你说巧不巧？昨儿个，邹助理还给我打电话呢，你猜啥事？打听你俩这些年的事！”

“呵呵，人家打听我，和我打听他，那能一样吗？官升脾气长啊，毕竟那可不是当年的天明啦，那是未来镇长啊！”房宝海终于在酒精的催化下，彻底认清了现实，承认了在他眼里已经如同天地般的差距。

第三十七章　贷　款

进了二伏，每天都像在澡堂子里蒸着，潮湿溽热。

房宝海给邹天明打了好几次电话，人家不是在开会就是在出庭，帮我们担保贷款的事，一直在电话这端卡着，说不过去。眼看着一年又没了一大半，身上的债一分钱也没减少，我使劲咬了咬牙，下决心给邹天明打个电话。

也许这个电话从一开始就应该我打——邹天明这次既没开会，也没出庭。他只是犹疑着在电话那端说："喂——"

"邹助理，是我。"

"江月？是你吗，江月？"

没有官腔，没有漫长时光堆积的陌生，只有真切的亲近，仿佛他从没离开过韩屯的大山和小河。

"是我，邹助理。"我又应了一声。

"你好，江月。"顷刻间，时光堆积如山了，只需要语气的轻微改变，漫长的离别就变成了遥远的距离。我能感到两声江月之间，邹天明的心里有过什么样的翻腾。前一瞬他看到了韩屯最美丽的少女，后一瞬，他想起了少女的如今，想起了她充满争吵和家暴的婚姻。前一瞬他想起了自己愁肠百结的初恋，后一瞬他提醒自己一定要远离麻烦。

可我必须说下去。

"邹助理……我也知道，张口求人是给人添麻烦，可我只有你一个人可求，求天求地不管用啊……"

“贷款的事吧？”邹天明直接说到了问题的关键，说实话，这出乎我的预料。

“本来我寻思，这辈子就这么地了。可我爹瘫了后，白天黑夜我一个人伺候，我就越来越怕。我怕老了身边连个拿药的都没有，宝海也怕，俺俩都怕最后成个老绝户。”

“……”

“不瞒你说，我就动了领养个孩子的心思。可你看看俺俩，拿啥领拿啥养啊？”

我说了越想还债越欠债，说了小额贷款已超龄。我说自己现在面临的不是仅仅解决温饱就行，而是必须挣钱还债。我还说，债不还上，领养孩子就是个美梦，是个注定破碎的肥皂泡。我用从没有过的流利诉说困境，居然一滴眼泪都没流，甚至说到最后也没对电话那端的邹天明说声谢谢，或者，跟谢谢近义的话。

电话几乎是在他的静默中，挂断了。

晚上，房宝海从地里回来，边擦身子边问我：“咋样？联系上邹助理了？”

“没有。”我想了想，对他撒谎了。

“赶明儿我再给他打。”

“别打了，宝海，人家还做着周末夫妻呢，估计也不是那么宽裕。都有难处，别添麻烦了。”

“就是个担保，钱又不用他还。”

“再想别的法子吧。”

房宝海愣眉愣眼地看着我，他心里清楚，我们没有别的法子。他和我一样清楚。

第二天上午，村里的广播喇叭传来彭有志的声音：“韩江月！韩江月！赶紧到村部接电话！赶紧过来！”

我赶到村部时，彭有志手里擎着老式座机，忙不迭告诉我：“邹助理，邹助理！”

我明白了，是邹天明把电话打到了村部。也难怪，我和房宝海前几次都是在村部给他打的电话。我们俩都没有手机。

“江月，你记一下，办理贷款需要你提供的一些材料。”

“邹助理，你？”

“剩下的都由我这边提供。你带着需要你提供的，后天上午过来，争取一次就办完。”

没等我说谢谢，邹天明带着嘴角的笑意，那和邹校长如出一辙的笑意，轻轻挂断了电话。

隔了一天，我和邹天明一起出现在兴盛镇农村信用社信贷部。刘春风没在，办公室里坐着几个女同志，其中一个喷了很多香水，看上去四十出头，文着已经晕开的眼线。

银行担保需要提供一些材料，除去身份证、银行流水、单位出具的工资证明，还有一份担保承诺书，承诺愿意为借款人提供担保，并履行相应义务。这些几乎都是邹天明出具的。我这边只提供了身份证和土地证明。

邹天明把材料装在一个文件袋里，正要交给那位年轻一点儿的女同志，另一个文了眼线的，突然盯着他来了声亲爱的！邹天明没受宠若惊，而是跟我一样，着实吓了一跳。他环顾着左右——不会叫我吧？

“邹天明！这不是我亲爱的邹天明同学吗？”正是叫他。

“你是——刘天鹰？”

“呵呵呵，呵呵呵——”刘天鹰夹着嗓子的笑声立刻浪了过来，“还行啊老同学，还没贵人多忘事——呵呵呵——”

“忘了谁也不能忘了你呀，堂堂班长、团支书哇！”这种打趣好像邹天明很擅长，“你咋在这儿？”

“这是我们新来的刘主任。”信贷员向邹天明介绍道。

“哎呀呀！有眼不识金镶玉呀，刘主任好！”邹天明伸出手，热情而程式化地握手。刘天鹰的笑声确实很浪，与当年的她相比，单论笑声可真是脱胎换骨了。

“天明同学，拿我取笑了不是？不会怪我没去你那拜山吧？”说完两只热情的手就握了过去。

“这位是——？”

刘天鹰看到了站在邹天明身后的我。我知道她一定会看到，但是想不出她看到后会是什么表现。邹天明的脸上倒是闪过几分不自然，毕竟我们一块儿来的，毕竟他在帮我办理贷款，尤其是——在遥远的初中时光里，刘天鹰曾经认定邹天明喜欢我，并且曾为邹天明和何壮打仗的事，让我写思想汇报！

“这就是你贵人多忘事了吧？来来来，介绍一下，这是咱班韩江月——”邹天明到底是见过世面，到底是机关干部，反应就是敏捷。他已经变被动为主动了。

“这是——咱班——韩江月？”刘天鹰瞪大了眼睛，原本黝黑的肤色透过被惊讶挣裂的粉底，变成七扭八拐的纹理暴露出来。她那种黑不是晒的，再厚的粉底也只能盖标不盖本。她的语气极尽夸张之能事，谁都听得出来。

“对！我和江月来办贷款，多多关照呗，老同学？”邹天明显然是想把她的夸张和我的尴尬都岔过去，他做这种事是那么游刃有余。

“哎呀呀！我的老天爷，认不出、认不出、绝对不敢认啦！江月呀，你咋变这样了？”说着，她还伸手来拥抱我。我愈发手足无措了。

“啊——天鹰——呃——”

“哎！你们是不知道哇，这是我们全校当年最漂亮的人啊！天明，是你说的吧，江月的眼睛像关之琳，是不你说的。哎呀呀，白瞎啦！”刘天鹰像旧社会老鸨子附体，左右逢源，搂着我向那几个信贷员介绍。众目睽睽之下，我感觉自己像动物园里揽客的大熊猫，脸腾地憋出了紫红色。我把两只手使劲握在一起，递不出半句话。

邹天明眼里划过些许义愤。那眼神在说：至于这么大张旗鼓让大伙儿都知道韩江月过得不如你刘天鹰吗？

“天鹰，你想哪儿去了？江月一心想着致富，没空打扮。”

“白瞎了！白瞎了！当年咱校唯一的优秀毕业生，真是被家给拖累啦！”

即便再笨拙，我也听得出刘天鹰的用意。她嘴里说的听上去没有半句不是好话，可我了解她，正如同她了解我的痛处。她在拿刀子扎我，刀刀都在要害。不过我不想有任何回应。随便她吧，人生的切肤之痛已经数不胜数，这些嘴上胜负实在不值一提。我定定地站着，没有笑容，没有眼神，就是定定地站着。

“哟！邹助理？”刘天鹰看着邹天明的工资证明，“不知不怪哈！我上个月才从天北镇调到这边，两眼一抹黑呀！”

“调回来好哇，调回来正好江月这次贷款就借你光啦！”

磨叽了半天，啥也不缺的情况下，刘天鹰又跑了两趟领导办公室，回来说：“这回行了，要不你们少说还得再跑两趟。”

我知道这都多亏了邹天明。如果不是他为我做担保，何止两趟，再跑十趟我也未必能办下来。刚想对邹天明道个谢，他的手机响了。

“行，行，边镇长，我马上回去。”

“江月，单位等我开会，我就不送你了。你先回吧，钱到账了咱们马上进行下一步。”

第三十八章　一波三折

整个九月份，我和房宝海忙得脚不沾地，邹天明也没好哪儿去，跟着左一趟右一趟，干的都是往外花钱的事。

太平镇有养殖场，邹天明带我和房宝海去学习取经。我相中了纯种大白母猪，打听从哪儿能买到这样的猪苗。猪苗太小不容易养，大的价格又贵。好歹联系上外地的一家猪场，规模够大，信誉也好。价是邹天明给讲的，连运费带二十头猪苗，将近两万块。贷款的五分之二一炮就进去了。

剩下的，一些投给了猪饲料，那家猪场给推荐的牌子，价格贵一点儿，但配比好、质量好。另一些拉电线，买粉碎机，盖猪舍，支起锅灶，用木障子围起猪的活动场地，外加一个地窨子，钱也就花得差不多了。那个地窨子是傍山坡盖起来的，有个小窗户，里面有铺小火炕，能睡两个人，我和房宝海好歹也有个能歇一会儿的地方。

本来猪舍可以盖在村子边上，可房宝海死乞白赖要把猪舍盖在东山脚下，说割猪草近便，二十头猪，动静大，也埋汰，在这地方养就省得影响村里人。一琢磨，他这说法也入情入理，邹天明就让彭有志打了个申请，自己再动动关系，一路绿灯，很快就给批下来了。地窨子一半在地下，一半在地上，冬天烧着火炕，便把猪食烀熟了。夏天就在猪圈旁边架口大铁锅，烀猪食的热气腾云驾雾满山飞舞。邹天明逗房宝海，忘了山上诸位神仙了？房宝海真信了，一脸正经地说，那哪能忘，地窨子后面半山坡上，单抠出一小块儿地方供着吃喝呢。

这些日子，东山脚下一直热闹。地窨子得先挖个坑，屯里好几个爷们过来搭了把手。房宝海说，现在没钱，等猪养成了请酒。老少爷们就更有了积极性，一个劲儿往这送东西。拎几根木棍过来的最多，再就是掉漆漏洞的破脸盆。其实都是些该扔的破烂儿，可他们自家也没啥值钱的东西，我心里就感激得不行。

小猪都在圈里，粉白的，笑眯眯的。见到谁都像见到了亲妈，嘟着嘴，倒腾着小短腿、扭着圆圆的一团胖屁股跑过来，媚憨憨地往裤腿上拱。我正踩着凳子往木障子上绑铁丝，看见邹天明，手往旁边抹布上蹭了蹭，赶紧下来了。

“江月，你绑那东西做啥用？”邹天明指着绑到一半的蓝色电线，问道。

“一个灯泡不够用，我寻思，再安两个。”

“别别别，”邹天明摆着手，“可别瞎鼓捣！电这东西可不是闹着玩的！”

房宝海在往地窨子上苫房草，听邹天明一说，扭头就骂了句：“瞎他妈整！”我没还嘴，又悄没声地踩上凳子，用钳子拧下铁丝，把电线撤了下来。房宝海那边还来劲儿了：“也他妈不问仔细，一个电字多钱？你他妈值几个电字？”我不出声也不看他，把钳子挂在一根粗木桩子上。

“那个牌儿的饲料，小猪爱吃？”邹天明见状赶紧把话岔开了。

“嗯，挺爱吃。”我一直对他客客气气的。

“那就好——这回都妥当了吧？”

我点点头。邹天明回身对房宝海说：“宝海，财神爷可喜欢笑面，喜欢听好听的，你这脾气，可得搂着点儿！”

房宝海闭了嘴，算是给了邹天明面子。而后就地坐下，拿起身边的烟袋锅磕了磕，火一擦，嘴像烟筒一样冒起了烟。听他唱道：

“一只孤雁往南飞，一阵凄凉一阵悲。雁飞南北知寒暑，亲人遥遥不知归。”

悲凉的歌声像找不到根的山风，绕着东山逡巡，飘摇。唱歌的人嗓子喑哑，声音断续，好似世界只他一人。不经意看去，恍惚当年守在鱼塘边的房姥爷，瘦如刀削，眼大如球。唯独少了脖子上的瘿袋。

邹天明咳了一声，说道：“那个啥——宝海、江月，你们现在是韩屯脱贫带头人，全屯人都看着你们，好好干，干出个样儿来，山上我房姥爷、我韩婶，都跟着高兴——”

房宝海愣了神儿，缓过来忙不迭向邹天明保证：“邹助理，多亏你！多亏你！我好好干，又给俺贷款，又给一路绿灯，指定好好干！”

“这就对了，这唠的是爷们嗑儿。”

我正在打扫猪食槽子，听到这话，回过身擦了把汗，用力点了点头。邹天明又绕着弯儿说了些话，实际就是为了让我们平平安安把猪养起来，把钱赚到。

“那先这样，得空我再过来。有事随时打我手机。”

房宝海要送，邹天明没让，说小猪离不了人。我那会儿刚好要回家给父亲做饭，就一起走了一道。

这些日子一起忙活，夏天乍一见面时那种不自在已经不治而愈了。只是我这些年一直不爱说话，木讷惯了，找不出什么话头打破沉默，于是也就默默地只管走路。

脚踩在山上山下没声响，一踏上小木桥，脚下就会响起吱嘎声。这桥是木头的，并排能走两三个人。当年每到放学，我总是走在最前面，总是急着回家做晚饭。现在邹天明走在我前面，离我大约四五步。我看到了他头发稀薄的后脑勺，属于中年人的健壮腰身。这是重逢以来，我第一次真正看到岁月加身的邹天明，而不是穿越时光的邹校长。我的心也咯噔了一声。

“哎哟！”邹天明的左脚踩了他的右脚，把自己踩了个趔趄，差点摔倒。我蹬蹬几步冲过去，一把扯住了他。

“没事吧？”

“没事——笨的我！”

“桥很旧了，你不常走。”

“没，没那么矫情。咱们小时候天天走。”

“脚生了。太久啦。”

话音才落，一只燕子傍着桥面飞过去，尖尖的翅膀像把剪刀，剪掉了我扶在邹天明胳膊上的手。我的脸一下子又红又烫，好像邹天明也是，又恢复成一前一后往屯里走，各自搜刮半天，却都没找出半句话。这滋味真是尴尬。

邹天明的车停在村口。路过我家和从前的他家时，我们不约而同地站住了。

“屋里坐会儿吧，吃了饭再走。”我对他说。

“不了，不麻烦了。”他说着，眼睛看向我家的院子。

这个院子一点儿都没变，还跟当年一样破。泥草房破旧苍老，房梁下那椽子就像支棱在皮肤外的肋条骨，怕是也快支撑不住了。每有微风吹过，房梁下挂着的那个铜铃铛就把自己摇出悠悠的叮当声。房宝海说他当年没少偷着来给短腿送吃的，还说他不止一次窥伺到另一个给短腿送食的家伙。那家伙不是别人，正是文文明明、老实巴交的邹天明。他喝醉后为这个骂过我，打过我，他说邹天明从头到脚都写着稀罕你！我一直说房宝海胡说八道，越说他越暴躁。现在我终于不用说了，我知道自从那天在镇政府看到邹天明，房宝海心里那个名叫嫉妒的恶魔就被封印了。他知道现在的邹天明绝不会喜欢现在的韩江月，他知道被生活摧残得面目全非的，不光是他房宝海，还有他的女人韩江月。

“不麻烦。吃了再走吧。”我缓过神来，继续挽留邹天明。还没等他继续谢绝，屋里传来我父亲的声音。

“还蹽回来干啥？这不还有个馒头嘛。”父亲边说边咳嗽。咳嗽声很是苍老，却不知怎么，这苍老听在邹天明耳朵里竟好似一种亲切。他微微探着身子，支起耳朵仔细听着。我反应过来，他是在苍老的咳声里悄悄感知着他父母的老年啊！他的父母都没有机会变这么老，他们都已故去了。我心里一阵儿酸楚。

“爸，来贵客了。”

“谁呀？”

“帮我贷款的邹助理。”

父亲霎时没了声响。邹天明对着窗子说了声：“韩叔，我是——”没等说完，狭小的窗口飞出来一团破布，噗的一声，落在了地上。邹天明弯腰捡起，打开一看，里面裹的全是去痛片。屋里传出的不再是苍老羸弱的声音，而是响亮的吼骂：“不要脸的野汉子！快滚，别撩骚我姑娘！”

邹天明怔住了，呆若木鸡。我却如遭雷击。

“邹助理，我爸糊涂，对不住——”我向邹天明解释道。

“要脸不要？自己有汉子还跟个花花肠子勾搭！”这可真是典型的我父亲的吼骂啊！韩屯人都知道，韩兴旺是有名的眼里不揉沙子，总说自己一辈子最恶心男盗女娼。

“爸！是、是——邹校长的儿子！”

屋里又传来咳嗽声，跟刚才迥异的咳嗽声。傻子都听得出是故意的。

“我不知什么走校长来校长！你问问那家伙想干啥！帮你贷款养猪，妈的就是他想要政绩，拿你做实验！”

邹天明肯定从没挨过骂，他脸上的肌肉都委屈得直抽筋。

我捂不上父亲的嘴，只能用手背捶着泥墙，朝屋里喊：“有手有脚的，难不成活活穷死？”

“缺心眼儿的笨蛋！猪那是口口不咬空的玩意儿，能把人活活累死！他们管你猪瘟猪死呢！我那低保，是他妈肯定泡汤了！”

我父亲为了低保，跟彭有志磨碎了嘴皮子。第一次拿到全年三千四百块低保，还被我拿去还债了。

“邹助理，千万别跟我爸一般见识——”心里纵有千难万难，也不知道怎么对挨骂的邹天明解释。他帮了我这么多，每次要说句感谢，就被一股子莫名的力量给堵在了嘴里。今天更是离谱,原想留他吃口便饭，原想吃饭时能把那两个字说出去，谁承想，那两个字竟直接变成了我父亲的一顿辱骂。

离村口那么远，我似乎还是听到了油门被狠狠踹上一脚，继而扬长而去的声响。那是委屈和愤懑混合出的声响，那声响扬起一团土黄色的烟尘，徐徐飘在落后的韩屯上空，又在月亮初升时，徐徐落在韩屯凹凸不平的村路上……

我成了韩屯第一个养猪大户。妹妹们都在城里，自从养了猪，我们家最缺的就是人手。猪离不了人，我父亲下不了地，也离不了人，于是我只能每天山上家里来回跑。这样一来，白天多数时间，山脚下只有房宝海和猪，晚上就只剩猪和房宝海了。

房宝海这阵子非但没抱怨，没吊儿郎当，反而兴致一天比一天高，干着活儿还哼哼呀呀唱起了二人转——

“人生在世不容易呀，一场风来一场雨。

几番潮落潮又起，几番坎坷和崎岖。

人生在世真的不容易呀，一场悲来一场喜。”

房宝海随了房姥爷，唱起小调儿又粗粝又婉转，尤其悲调，他拿捏得如泣如诉，还能拐带出几分缠绵悱恻的味道。

“哎！房宝海，跟猪对歌哪？你家猪都叫刘三姐吧？”

“宝海，哪儿惹的骚情，喂那么些猪还不够你累的，撩骚谁呢？”

屯里人故意拿房宝海打趣，房宝海像听不到，自顾自哼哼呀呀。唱罢了才回骂：“回去问问你妈，我撩骚她，她干不干。”

自打没了儿子，房宝海一直是我们屯里数一数二的馕人。他虽然不知道“若敖之鬼馁而”这种话，可“不孝有三，无后为大”，那是不识字的人也晓得的。那话说起来轻飘飘的，却能压人于无形。如今二人转小调儿一扬，房宝海自己也有感觉：这是猪的力量，绝对是猪的力量。

碰上我，屯里人不打趣，说的是："江月呀，你家那个房宝海，只要离了你家甩了你爸，又是秧歌又是戏，累那熊样儿还连哼带唱呢！"

我没有闲心也没有精力理会闲话。我跟房宝海比不了，他一门心思奔猪使劲就行了，我却要一心顾两头。房宝海能为离开我父亲欢唱，我可不行。父亲骂我时我也气得不行，可一想到把猪喂饱了把父亲饿瘪了、饿昏了，我就不由自主撒开腿使劲往家里跑。

二十头猪苗都长得挺好，能吃能睡。一到猪的饭口，猪高兴，养猪人自然也高兴。猪把拱嘴埋在猪食槽子里，吃出吧唧吧唧的动静，喂猪的听着，那才是天籁呢。猪们吧唧够了，开始用晃晃悠悠、拧拧嗒嗒赞美刚刚那顿美食，圆滚滚的肚子袒露着它们此刻的心满意足。招摇了一会儿，没啥正经事可干，困劲儿就开始上头。猪之所以能膘肥体胖，吃嘛嘛香是一条，倒头就睡又是一条。这些家伙也不挑拣，互相更是不嫌弃，这个脑袋挨着那个屁股也照样呼呼大睡。它们梦了些啥不知道，就知道它们一睡，我就有了空闲乐滋滋地瞅着它们练算数。从一数到二十，再把二十乘以八，那将是一百六十只猪崽儿。就算是笨养，要一年出栏，就算猪肉价上下浮动，取个不太高也不算低的大约值，以每只价值三千起算，妈呀！得数太大了，第一次算出来时我都不敢接了。不过人都一样，习以为常，多算几次，那个得数也就平易近人了。我一遍遍看着那得数，起初只想着一件事，还债、还贷款，人家邹助理的钱在那押着呢！不知不觉的，脑子里又涌现出一些别的念头、别的事。顺着那些念头想下去，我眼前出现了一个活蹦乱跳的胖小子，嘴里喊着妈妈，大大的张开手臂和嘴巴跑向我。还有跟我吃苦的房宝海、不再靠叫骂支撑活着的老爹、可怜的金珠、孤零零的带娣……还有好多个乡里乡亲，家里那本经实在太难念的乡亲……要是真能有这么多钱，猪也能不白跟我一回，住上个好些的猪舍，该上的设备慢慢置备上……

那阵子我和房宝海连打仗的功夫都没有了。打仗得先留意到对方，留意到对方才知道瞅哪不顺眼，不顺眼不顺心了才能对着干。猪把我们两口子对彼此的心思全都霸占了。

那天傍晚，我嘱咐房宝海，夜里别把自己睡太死，万一出点儿啥事都不知道。房宝海听的遍数太多了，随口应了句叨叨个屁呀，他根本就没当回事。第二天一大早，我跑到猪圈趴上一看，嗷的一声就炸了庙。

是真的炸了庙，那一刻我就像魔鬼附体，彻底变了个人。这么多年，打不还手骂不还口，人前人后我从不说房宝海一句不是。可那会儿我却趴在猪圈上发疯一样喊着——死的咋不是你呀？

怪不得我啊，那圈里实在是太惨啦。

昨天还活蹦乱跳的一圈猪，一夜间躺成了白花花一片。一个堆一个，像死前巴不得互相壮个胆。有的眼睛半闭，有的嘴角涎着，一二三四五，总共十四只，咽完白菜帮就把气咽了。那锅白菜帮偏不是别人烀的，是我昨天傍晚亲自放在大铁锅里，烧了个大开，正要起锅，心口突然一抽，只感觉是父亲饿出事了。顺手盖上锅盖，脚上往家里跑着，我扭头对房宝海喊："别忘起锅，再一个开儿就起，千万别忘了！"房宝海正佝偻着腰起猪粪，不耐烦地应了句，"要不你起？闲人废屁多！"话音没落，他嘴里的"闲人"早已跑没影了。房宝海把锹立在地窨子门口，进去找他那烟袋锅。屁股沾在炕上，烟在嘴上冒着，心里刚嘀咕着猪能把人累熊，人就睡死过去了。这一睡就是一宿，梦都没做半个。那些白猪本事不小，饿大劲儿了自己能拱开猪圈门，找吃的填肚子。那锅变成了亚硝酸盐的白菜帮子，很快就见了底。除去六头没抢上槽的小母猪，那头能争会抢的种公猪和十三头种母猪，都心满意足地把自己吃死了。

东山脚下，小石河边，朦胧的晨曦里，只有我在撕心裂肺地号哭，嘴里就那一句："死的咋不是你呀？"

房宝海没见过这样的我，谁也没见过。这么多年，我早把自己隐忍成了受气包，任何事，房宝海一见我那萎懦的样子就戾气暴涨。搁在以往，即便猪死了，他也会扬起巴掌证明都是我的错。世间事果真是此消彼长啊，如今我这样一咒骂一号哭，房宝海的心却虚了一大截——猪死了？真死啦？丧模鬼气！好着呢就死啦？

屯里人脚麻溜，嘴也快，说上来就上来了。从后面一看，脑袋黑的白的都有，家雀啄食一样往一块儿箍着。"撞了鬼了！这一下，韩江月还不得疯？孩子没了时，也没听她这么号一声哪！""人善人欺，连鬼也欺！江月这霉的呀！"说完又纷纷上前劝。人们看不见我的脸，只见我蹲在猪圈里，头埋着，搂住死透的白猪，不分脑袋屁股地摩挲。我已经骂不动了，只剩下呜呜的哭泣声，像北风在提前扫荡着韩屯。

房宝海缓过神儿紧接着疯了一阵子。他不像我那般号哭，反而扯开嗓子破口大骂。骂山神，骂土地，骂白菜帮子，骂他的女人韩江月，骂我们老韩家，骂声狂放不羁。这中年汉子看上去怕是也要撑不住了，老天挨样给拿走，让他不知抓住哪一根稻草才能活下去。焦瘦的汉子只有用骂撒气，气越鼓越旺。只见他不由分说举起铁铲，向铁锅死命砸去。"晦气娘们！晦气命！"平时，在人前吼骂我，他还带着一星半点的表演成分，再贫苦，自己的女人还可供自己呼来喝去。在空无一人的山脚下绝不是表演，总要把恨懑栽赃出去，大概这是骨子里大男子主义最后那点儿支柱吧。砸完铁锅后，身上最后那丝力气就近要给了地窨子，只用了几下，地窨子就翻盖儿了。

韩屯人都看在眼里，心里暗暗庆幸：这何苦来？咱也不养那玩意儿，咱也不把自个儿整成魔怔！

房宝海这个样子，却把我逼得挣扎着站了起来。我对自己说，不能就此倒下，不能前功尽弃，不能让邹助理替我搭上五万块。我还对自己说，哪怕这就是这辈子最末路的悬崖边儿上，哪怕身上挨了狠实实一鞭子，哪怕血肉模糊，只要不死，就要用尽最后一丝力气站起来。

我知道这样死去的猪，洗干净了是不药人的。十四头猪，每头都五六十斤，怎么也能换回点钱。这念头支撑我吃下两个馒头一大碗茄子炖土豆，它们一定会变成我的力气。只要浑身有了劲儿，我便能就着小石河水，把死猪洗上八个来回，五脏下水都扔掉，只留好肉，重新支上大锅，先烧个大开，再换水，加上好几斤辣椒，几个五味子藤圈儿，烀成了香喷喷的熟肉。那香味儿幽幽飘荡，穿过晚秋的荒草落叶弥漫了大半个韩屯。屯里大人孩子都蹙起鼻孔贪婪地吞吸着暖烘烘的肉香，不用喝酒也纷纷醉了。那可真是让人欲罢不能的气味，让人闻到就会忘掉心事沉疴的人间美味。尽管心事像山上锈石一般沉重，我也要先搁在一旁，跑出去借了辆手推车，推着整整一车亲手炮制的美味，在屯子里叫卖了一整天。

我的嘴上全是水灵灵的火泡，嘴唇干裂出横一道竖一道的口子。我的头发被风抓得乱糟糟的，又让不停冒出的汗水浸泡出一股汗馊味儿。我什么也顾不上了，哪怕能少卖回一些钱，总归少赔了一点点。可是人们虽然知道我那猪肉不药人，却还是眼睁睁看着我推车路过家门口，宁可让眼睛和鼻子被香味牵着走，也不愿掏钱买个肘子或猪耳朵回去大快朵颐。直到此时我终于明白过来，毕竟我的猪不是好死，人们胃口未必嫌弃可是心里都一样膈应。我停了下来，瘫坐在村头老榆树下，一口接一口喘着粗气。

我把散了架的后背靠在榆树干上，指望榆树干能撑一撑自己的筋骨和五脏六腑。那些部件就是铁铸的此刻也在身子里散落了。累到这个份儿上，连眼泪都不听使唤，顺着鼻沟流，逆着心坎流。想在爹妈的心疼里猫一会儿，也想把脸埋在百顺的脖颈里贴一会儿。人在软弱悲伤的时候总是有着惊人的记忆力。可这些催生软弱的记忆在我脑袋里出现几次，便只能硬生生推出去几次。钱还没挣到，却又背了一身债。一想到一层叠一层的债，一切对温情的追忆和向往就自动清醒为奢望了。

我咬了咬牙，把后背挺起来，让身子里的部件尽量按次序铆合上。就指望着它们和我一起还债呢。

眼前的生产队大院早就变成了村委会。那还是很多年前，我父亲还能下地，铁匠爷爷和房姥爷都活着，为了个铜铃铛，我父亲和何宝廷他们在这里大声吵嚷。如今都不在了，连笑眯眯解劝着众人的邹校长，也天人两隔再也没法见到了。我想着他们，每个人的面目都是那么清晰。我想，这也许正是因为他们离我太远了，太远了。刚把眼泪抹掉，彭有志从村委会走了出来。

“卖出多少了，江月？”彭有志脸上也忧心忡忡，哪见过我这样倒霉的，连带着把全屯人想脱贫致富的信心都给浇了盆冰水。

“一斤也没卖出去。”

“啥事都没有一帆风顺。我带个头吧！一整只，我要囫囵个的！”彭有志说着扒拉出一块连皮带肉，塞进嘴里吧唧吧唧嚼着，手就伸进衣兜里往外掏钱。

“这肉！嫩死个人，香死个人！”彭有志大声啧叹着，嗓子里发出咕噜咕噜的吞咽声。

“个个都那么惜命！瞧瞧，我这不好好的！江月，别犯愁，我去广播里吵一吵，动员大伙儿过来。”

我一直愣着，这时反应了过来。“彭主任，你——”本想感激，却说不出话。这样卡了一会儿，我把彭有志塞进我手里的钱又给塞了回去：“不要了，我不要了。”彭有志糊涂了：“什么不要了？”我说：“这一车肉，咱屯人，谁不嫌弃谁拿回去吃吧。”彭有志还是搞不明白：“什么拿回去？”我已经转身要走了。

“彭主任，你去广播吧，让大伙儿尝尝咱东山脚下的笨猪肉。”

彭有志这才彻底回过味儿来。他心里的百感交集一股脑写在了脸上，带着毫无保留的赞许点着头，嘴里说道，“江月，你行啊！你能成大事！”我无奈地笑了笑，彭有志看出我那笑容是苦涩的，就发自内心地解劝道：“江月，车到山前必有路，人活一口气，别泄劲儿。”我闷不作声地走了。

晚上，正给父亲做饭，彭有志站在院门口喊我。

“彭主任，有事？”

彭有志掏出一沓钱，笑吟吟地说：“就这些，拿着！”我一下愣住了。

“卖肉钱，快拿着！”

“我都说了，那些肉不要钱了。”我为难地搓着手，嘴里念叨着。

彭有志抓过我一只手掰开，把钱塞进去又把手给团上：“一人帮大家难，大家帮一个人，容易。再说乳猪肉哪是这个价能买到的？你只管拿着。”撕扯半天，我攥紧了那沓钱，对彭有志说：“当是咱村人借我的，人人有份儿，我先借着。”

“都一个屯的，甭那么外道。”

“大伙儿口袋里也不鼓溜……彭主任，我记着了。”说着，我扭头把不争气的眼泪拭掉了。

第三十九章　林深草密

圈里只剩下六头猪，还没怎么结膘，皮肉紧实。这时候的猪叫架子猪，最灵活，圈门一开就急吼吼地往外钻。钻出去还了得，那是我和房宝海最后一线希望了。

这笔账我们俩都一清二楚：我们脱贫致富的梦想，原先摊在二十头猪身上，二十头猪能生出一百多头小猪，这么庞大的队伍，唱着歌跳着舞就能奔向梦想，再超越梦想。可现在只能靠这六头幸存猪了。我每天都一声不吭，只跟那六头猪大眼望小眼。对望了好几天，我又算明白了另一笔账：这六头猪必须多吃多产，不仅要多下崽儿，还要下格外值钱的崽儿，才有望把损失降到最小。

原本买回来一头纯种约克夏大白公猪，可那只公猪也因贪吃白菜中毒死了，再去买新的公种猪，我实在是掏不出钱了。配当地公猪无论肉质还是成长期都不行。思来想去，我的脑袋里蹦出一个大胆又荒谬的新想法：任由这六头母猪痛苦地发情，让声音和气味翻山越岭，穿过满山的蒿草和树棵子，传到后山野公猪的耳畔，让那野家伙来给这宝贵的六头猪种上几窝“混血儿”。

这也并非我的异想天开。东山过去有狼有熊，有黄皮子、傻狍子也有狐狸和野獾，都被屯里人统一唤作野兽。如今野兽没那么多品种了，可野猪却一直盘踞在此，近几年还经常会闯进屯里糟蹋田地和家禽。野猪虽是猛兽，跟家猪有血亲，可是那黑皮下的肉又粗又硬，一口下去满嘴土腥。不过，也是这几年来的新鲜事，城里现在流行吃野猪和家猪的杂交肉，据说既有野味之鲜又不失家猪的滑嫩，单斤价格又翻了倍。如同灵光乍现，我循着这线索，又是打电话咨询又是蹽去镇上查材料，才恍然大悟：这不仅不荒谬，而且是真正能致富的好道道！

那几天我像吃了灵芝草，疲惫不堪的身子里又鼓动出一股劲儿来，多少日子攒下的腰酸背痛一时没了踪影。材料上说得仔仔细细：

“野猪和家猪是同属同种，都属于偶蹄目真兽亚纲的动物，而且野猪是家猪的祖先，它们是可以杂交并且具有繁殖功能的。实践证明，经过野猪杂交过后，生下的猪仔抗病力强，而且肉质鲜美。”

“野猪体型较大，性格比较凶猛，因为长期在山林中活动，肉质会非常紧凑；家猪体型较小，性格比较懒惰知足，行动迟缓，因为长期喂养，肉质便肥一些。所以如果能够把野猪和家猪杂交的话，那生下来的猪崽就非常有灵性了。”

“杂交的小野猪生长发育快，适应性强，对环境要求不高，无论是山川地区还是平原地区，无论有好的猪舍还是没有好的猪舍，都可以进行养殖。”

我死死盯着那六头白母猪，自己都能感觉到眼睛里冒着虎视眈眈的光。如果这圈里是满满一圈黄褐色的杂毛猪，那十四头白猪就没有白死，贷款就一定能还上！我咬了咬嘴，暗暗下着决心：没有退路，就这么办吧！

不知感动了山神还是感动了野猪，再不就是剩那六头猪发愤图强，使出了浑身解数，后山一头大野猪，当真在某天半夜冲进猪圈，对母猪做了激情澎湃的情感抚慰，更重要的是——无私的生殖贡献。一夜欢愉，三头母猪就怀上了。不是一头，是三头！

活了大半辈子，我从没体验过这种高兴。我以为心想事成、苍天垂顾不过是当年课本上的成语，认得也就算了。我的生活里不存在那么梦幻的美事，有的都是贫病和生死。箍着生铁的大木轮子牛车总是吱嘎吱嘎地碾过辙印深陷的土路，从车上卸给我的全是沉重的春夏秋冬。

我逆来顺受惯了，从不拂逆，从不哼呀疼和累。那两个字也是给有人疼的女子的，哪怕自己疼自己呢。我没有那个精力，也不指望房宝海还能变回当年的痴心汉。我倒是经常忍不住怜惜宝海的遭际，孤儿一个，又没个能得继的后人。倘若不是到了我们老韩家，或许还不至于。人人都说我怕房宝海，给打得服帖了。我没争辩过，怕或不怕，又有什么区别。就像一天和另一天，除了阴晴雨雪，也就没有别的区别了。可母猪怀孕却让我自里到外地高兴了，我们老韩家的天，真要亮了吧？

这股子高兴劲儿持续了三天，我又开始犯愁：剩下那三头，咋办？正在发情期，是找公猪把崽儿配上，还是守着空闺，等野猪再次临幸？

“得啦！见好就收了吧！”房宝海打起了破锣。“哪有回回那么寸的事，瞎猫也只能碰上一回死耗子。”他这些年也早就变得败兴，东山坳不管有怎样的热闹，只要他一到，就算收场了。

“那也不能！”

“咋叫不能？”

“不能找咱当地的公猪配种！就等着，等野猪再来！”我是豁出去了。

“瞎他妈整！”房宝海口头总挂着这句。

“习性不一样——家猪崽儿得让那野猪崽儿欺负死！”我说得头头是道，房宝海心知论起这些他是草包，只好不再犟了。

母猪的性欲被我给生生地镇压了。每天不分日夜，房宝海要一波接一波地忍耐三头母猪那浓烈而孤寂的春情——不吃不喝、打转儿、拱圈、焦躁地号叫。房宝海听着听着只感觉到一股怪异，蔫了足有一千天的裆下死物像蠢蠢欲动的种子要发芽破土。他按了两按，越按那东西越拔高了个子。他心想，这下糟了，它怎么活泛过来了？又想，才四十多岁，它不活过来还总死着？倒真是死寂好几年啦，一进老韩家那破屋，一躺上那终日横着腐尸般老丈人的火炕，人就被阉割了。手一碰到自己女人那肉腾腾的身子，就阉割得连蛋都没了，跟二姐夫一样。当初多好，杨柳细腰细皮嫩肉，第一回光听着喘气就一泄如注。一千天前他喝多了还说过，除非是个细腰的女人，让他搂一搂、摸一摸，除非是对袖珍的小奶在他眼前晃上一晃，不然他可真要把那东西判死刑啦！可韩屯这地方，哪儿有？都是些解开怀就奶孩子的主儿，都是五大三粗的大奶牛。今儿这是咋了？连想着那副肉腾腾的败兴身子都不管用了，越想越虎实，涨得生疼！

不到四个月，怀上的三头母猪下了二十一只黄棕色的杂毛猪崽儿。这些猪崽儿为了证明自己跟家猪不一样，展示了一系列没被管束过的天性——生下不长时间就活蹦乱跳，乱拱乱蹿，三天两头就从圈里跳出来，怎么吆喝也当耳旁风。养猪的我和房宝海，弯腰驼背地调教这些猪崽儿，又怕把它们归拢得过头，长大了油头粉面、木讷呆傻。为保持杂毛猪的野性，最主要是肉里的野味儿，我们决定扩大猪圈，任由这些猪尽情疯闹，让它们在猪生结束前，撒着欢儿自由成长。这个想法把我们俩累得蓬头垢面，老远就能闻到熏人的酸汗味儿。我们得把猪圈加高加固、一个劲儿打扫猪粪，用猪食堵住那些猪嘴。好在猪崽儿们没让我俩白挨累，每天都用更多的天性博取着养猪人的欢心——淘气皮实，不爱生病还生龙活虎。

这让我们俩稀罕不够地围着它们团团转。越转，就越勾起更大的指望——那三头母猪也怀上该多好！可眼看着两个发情期过去，野猪还是没来。我忍不住当着房宝海抱怨：那野猪，咋不是猪中色鬼呢？

一句无心的话，又把房宝海活泛成了男人。他扯住我结实的臂膀，不由分说就往重修的地窨子里拽。我一愣，随即反应过来，嘴里推脱着，不行，不行。房宝海却越发起劲儿，手抓住我裤子就往下扯。我下意识抓紧裤腰，脸上腾一下布满的不是红晕，却是为难甚至还有抗拒。太突然了，我的身体和我一样没准备。上一次都像上辈子的事啦，家里成天骂骂嚷嚷的，满脑子春种、秋收、一冬的吃喝拉撒，满脑子病危老妈、瘫巴老爹，人就像绝了那根念想，带发修行一般。此时我只想着给猪配种的脑子不得不拐到眼前的男人身上。房宝海既不瘫也没老，整天只能守着山根与猪为伴，也实在是太苦行僧了。这么想着，我迟疑着松开了抓裤子的手。才要就着房宝海的劲儿进了地窨子，圈里的猪就像存心跟房宝海争夺我一般，突然一股脑嗷嗷地乱叫。我就像挨了电击，一把搡开房宝海，回身就往猪圈里跑。给猪这么一冲，想满足自己男人一回的心思，又没影了。

被掐断了念想的男人又开始骂骂咧咧：“你连女的都他妈不是了！”

他坐在地窨子旁边，烟袋空着，敲在地上听响。小曲儿大概都在心里憋着，一个字也不唱。“你比母猪都不如！”

这种骂对我没什么杀伤力，我又变成半聋半哑似的，身子像被野猪施了魔法，蹲下起来、起来蹲下，一门心思向那些杂毛猪崽儿献殷勤。

不光如此，我还夜夜睡不实，总是梦见野猪下山了。

那天半夜，睡着睡着我一个激灵就醒了，耳朵里全是刺耳的猪叫——嗷嗷嗷！往四下看，哪里有野猪，只看到老爹呼呼地睡着，间或把槽牙咬出个声响。我套上衣服，蹑手蹑脚走出房门。大笨狗看见我，迷迷糊糊就要贴过来。我竖起指头对它嘘着，万万别出声！多年的老伙计了，会了意就乖乖趴下了。轻轻关上院门，抬腿就往山上跑。

凉月当顶，也不圆，也不扁，跟大豆一个形状。房山头杨树干被毛驴啃掉了皮，闪着一块白印子。村头马奶奶寿衣店多日未开门了，她那两个店，一个小超市、一个寿衣店，常常只有超市开着。这会儿寿衣店里面亮着昏黄的光，影绰看见马奶奶和儿媳妇守着一大沓锡箔，在折元宝。怕是村里又有老人故去了，那店里今夜才有人影。看月亮的位置，该是已过了子时，白森森地照着寿衣店招牌下那串岁数钱。凉风吹过，岁数钱像抽了骨头的身子，踉跄地扭摆，好似对屯里挥别似的。我的心头不禁涌起一股寒战，女人家家的，真不该深更半夜往山里跑啊。

心里抖着，脚下却继续跑着。边跑又边想到梦里那猪叫——野猪真来了？它是惦记着没配上那三头呢，还是要把给它生了崽儿的母猪勾搭到山上去？一这样想，心里的害怕又不见了。

过了村头，韩屯里外漆黑一片，只有远处小石河在隐约泛着星光。我继续使劲跑，恨不得手脚合着飞奔过桥。等我总算过了河，跑到山脚下，扑在猪圈上，一看，大猪小猪都睡得呼哧呼哧，那个香甜样儿，好像月亮砸屁股上都不会醒。眼泪就像忽然来了场急雨，哗哗往下掉。

我想起小学时苟大爷送我那只“短腿”，刚抱回家时红鲜鲜的，又瘦又蔫，都说活不长。我想起起早去割猪草、烀猪食的日子，金珠在身边跟着，带娣在后背趴着。想起和短腿的最后一面，我和短腿竟然都傻乎乎地笑着。想起突然就空了的院子，卖猪钱用来给母亲续命。在后院不敢哭出声，心里却发誓，再也不养猪了，我这辈子！

没想到人的发誓却是过期无效的。没想到我这辈子和猪的缘分大概像吊着木桶的老井那么深。好像冥冥中能为我改命的，早就注定是猪。

眼泪掉了一阵子，我耳朵里还是猪叫，嗷嗷的。我以为这是突然癔症了，要么是被打穿过的耳膜又漏了，我抬起手，先左后右，冲着耳朵拍了好几下。也怪，忽然就听清了——地窨子！

我屏住呼吸，像个幽灵一样朝地窨子摸过去。我知道房宝海打呼噜，更知道房宝海的呼噜是怎么个调调。忽高忽低，时粗时细，有时像野牛，有时又像逗鸟的哨子。可这哪里是呼噜声啊，分明是女人发情的嗲叫！跟猪“倒圈子”一样，嗷嗷的！我伸手扒开门，冲了进去。

里面那像猪一样叫的女人终于发出人的动静，“妈呀”一声，抓起衣服，摸黑就往外跑。我也不知哪来的邪劲，比母猪发情还暴躁，房宝海抓住我的胳膊就丢了手脚，怎么都拦不住我。我们俩摔跤的这个当口，那女人已经跑到了门外。我啥也顾不上了，一口咬开房宝海的手，趔趄着往门外追。野女人狗急跳墙，先是一脚踢翻了猪食桶，又一把拔掉了猪圈的挡板。

小猪本就是野猪的种，又能跳高又能翻墙，猪圈围墙因为它们，又是加高又是加固的。这下子城门大开，它们可得了自由，像比赛一样，眨眼就跑没影了。野女人趁着混乱，奔向小石河对岸，一溜烟儿没了影。

我扯开嗓子，声嘶力竭地喊猪，猪连头也不回一下。我又声嘶力竭地骂那女人，人家更是没搭茬。黑夜笼罩的东山脚下，我感觉自己像头绝望的母兽，冲着养育我的韩屯疯狂呐喊：骚货！我要杀了你！夜色中的韩屯无声无息。我又扭头朝向深不可测的东山，大声呼喊："我的猪，我的猪啊！"可惜啊，我韩江月非神非仙，分身无术，披头散发满山里钻，喊声响彻了东山每个枯树洞、每个蚂蚁窝，却喊不回一头我的小猪。

天蒙蒙亮了，我盯着猪圈里剩下的三头"处女"猪，像瘪了气的鱼鳔，瘫在山脚下，彻底呆了。跟野猪交配过的那三头母猪，也跟杂交崽儿一窝蜂跑掉了。天光大亮，房宝海从山坡上走下来，光着腚，两只胳膊夹着两只小猪，赶着一头母猪，跟头把式地走下来。远远看着，像扭在一起的怪兽。

"我的猪，我的猪啊！"一见他，我不仅又疯了，而且疯得更厉害了。不光喊着，还抄起烧柴棍子冲房宝海抡了过去。房宝海硬生生地挺住了这一下，把两只猪崽儿关进了圈。我心里的怨恨怂恿我又把棍子高高抡起。房宝海也急了，一把抓住棍子，口里叫喊着："那几只母猪，白日黑夜发情，嗷嗷叫唤，没切蛋的，谁受得了？"我啥也听不见了，只管抡着手里不长眼的棍子。房宝海不再喊了，他撒开腿跑了，是朝着河对岸跑的，不知跟夜里跑掉的野女人脚印重合了多少，只看见光着精干的屁股，也是一溜烟儿就没了影。

房宝海是真没了影，据我父亲说，扑进屋里抓了身衣服，胡乱套上，就跑了。

第四十章　他人之苦

我深深体会到什么是万念俱灰，活着对于我，变成了时时刻刻硬着头皮的煎熬。还债几乎成了泡影，而我自己，又沦为韩屯最大的笑柄。

有那么几天，我真想把猪圈门拆掉，剩下那几只猪，爱往哪儿跑就往哪儿跑吧。我甚至想点一把火，让我们家那破旧的泥草房连同几代人沉重的生活，都在大火中变为灰烬——也包括父亲和我。

越想越执迷的时候，铜铃铛在房檐下悠悠地被风吹响了。带娣稚嫩的声音朝着那铃铛发问：铃铛你为什么出卖我，让我爸打我？你不知道我饿吗？跟在她声音后面的，是母亲趴在小木桥上焦急的呼唤——江月呀，你跑哪儿去啦？妈要急死啦！母亲的喊声搅拌着金珠的眼泪，一下一下捶在我绝望的心口，直到捶出父亲的一声长叹："唉！江月，给爸弄包耗子药吧！"

我回头看着自己的父亲，活木乃伊一样的父亲。装过他低保钱的牛皮纸信封，和他一样瘪瘪的平躺在炕上。他一直像宝贝一样留着这个空信封，小心翼翼地压在枕头下。现在他连空信封都不在意了，任凭它从枕头下钻出来，横在火炕最醒目的地方。

"别瞎说了，爸。"

"我先咽了气，你才能横下心。"

我吃了一惊。父亲把我看得透透的。

"横下什么心啊，别瞎说了。"

"活下去，要横下一条心。不想活了，要横下两条心。"

我没出声。父亲继续自顾自地说道："一条送你亲爹上西天的心，一条让你自己脱离苦海的心。"

我的眼泪被父亲这句话一把抓了出来，扑簌簌地往下掉。窗外忽然传来彭有志的声音："江月，你出来一下。"

跟彭有志一起走到了东山脚下，走到了我养猪的地方。

"这两天都是三民在这儿盯着。有件事他不讲，我还真就不知道。"

"三民哥？他讲了什么事？"

彭有志坐在猪圈门口一个木墩子上，说起了丁三民讲的那件事——

丁三民既不像丁大民那么躁，也不像二民那么窝囊，哥仨数他性格最好。丁全盛在世时，最得意老儿子三民，三民跟老爹感情也最深。万没想到丁全盛会是那么个死法，三民不光当时哭得最悲切，过了好几年也还是缓不过劲儿。他几乎天天要进山一趟，不为别的，专为去丁全盛的坟上看看。坐一会儿，夏天拔一拔野草，冬天把雪清理到一边去。

那年夏天，还没等走到丁全盛坟头，一阵儿低低的啜泣让三民不由站住了脚。

"丁大爷……我怎么感觉你并不怪大青呢……我感觉，不是别人说的那样……可大青自己怪自己，你不知道它后来都啥样了……"

"丁大爷，我没办法让你活过来，我也没法替你管大青……"

"丁大爷，一定是你冲到马背上，把大青拉住了……我知道一定是你救了我，丁大爷……"

三民彻底愣住了。透过茂密的树林，他看到老爹坟前跪着个女孩儿，乌黑的辫子垂在背上。不知怎么，女孩儿的话让三民心头猛的一酸，那滋味甚至比埋葬丁全盛时还要酸楚。自打丁全盛过世，大青一直被视作晦气物，没少挨三个东家的打，被全屯人嫌弃更是家常便饭。他没想过大青心里的痛苦，没想过死在大青铁蹄下的丁全盛，大概是唯一不怪罪大青的人。死去的和留下的，到底哪个更痛苦？三民又联想到自己。自己虽然活着，可是没有一天不想念有老爹的那些时光，没有一天不痛苦。女孩跪在坟前说的话，三民从没听别人说过，这些话给他心里注入了一股暖流。他才知道，想着自己老爹不怪大青，心里有块大石头才能搬开。心里宽敞了，整个东山才又有阳光照进来。他顺着那温暖的阳光看去，看到的不再是老爹丁全盛满脸怒气恨怪大青的神态，那张脸又恢复成笑眯眯，柔和的目光摩挲着英武的大青，说不出的慈祥和安宁……

那天以后，三民心里住了个小菩萨，这小菩萨不是别人，正是韩江月。在三民心里，韩江月不光模样好看，她那颗心才最金贵。可他从不靠前。三民就这性格，越是在意的，越是搁心里装着。他对自己老爹也这样。

韩江月和房宝海的儿子百顺，后来放在了石砬子的大缝里，身上用石子儿压着，盖了几片树叶。好一阵子，三民天天去看看，把吹落的叶子再给盖上。除了山上的风，谁也不知道三民来过。直到有一天，石砬子缝里空了，连树叶也没了。三民看着那空荡，拿手背抹了把眼泪，跪在石头上，对着西面的天磕了三个头，而后颤声说道："老天爷，求你保佑江月那娃托生到好人家，有副好身板吧！老天爷呀，我求求你，保佑江月别再受难了，那是菩萨心肠的好姑娘啊！"

那时三民已有媳妇和自己的小日子，三民媳妇又凌厉又泼辣。他能为韩江月做的，也只能这么多了……

"江月呀，三民说了，钱他是没有，帮不上你，可是只要能帮上你的，你就尽管说一声。"

我极力控制着眼泪，轻轻嗯了一声。

"江月呀，你在咱韩屯，口碑好着呢！可不能因为眼下遇到困难，就琢磨些没用的。"

彭有志说话了，我没出声。

"江月呀，只要是个人，他就有难处。咱就说邹助理，看着溜光水滑、又体面又滋润，对吧？其实他那难处，也不比你少哇！”

我愣住了，抬起眼睛盯住彭有志。

“你知道为了拿出五万块存单给你做担保，他和他媳妇吵成啥样啊？那是又写保证书又打仗，你也知道你俩上学时候就有传闻，那你想想，他给你担保，不管家里还是单位，那得顶住多大误解呀？”

“邹助理不让我跟你说，我原先也真没想跟你说，现在我觉得不说不行，你呀，江月，我看得明明白白，你打退堂鼓啦！”

彭有志这番苦心很管用，到他的身影消失在小木桥那端，我耳边仍然回响着他那番讲述——

抵押给银行那五万，邹天明得想办法还给胡莉莉——可他拿啥还啊？他媳妇省吃俭用攒下的五万块真的打了水漂，邹天明也终于知道没脸面对老婆孩子对于男人是什么样的痛苦。

即使这样，他还是坚定地想当个男人。他不能让自己的女人承受赔钱的痛苦，他想到了借。

最先想到的还是向银行借，想用信用卡透支五万。可是银行比谁都精，信贷员态度和蔼地告知他，上一笔借款没还，不符合透支条件。邹天明说难道不可以拆东墙补西墙吗？银行说，额度有个上限，您的收入决定了您已超过上限。无奈，他只能调头向亲朋好友借。

邹天明有个亲叔，太平镇财政所退休的。他叔有两个姑娘，没儿子。那两个姑娘管他叫哥，平时来往不多。他去找他叔的时候，他叔在养老院，他婶十年前就没了。

到了养老院才知道，他叔去年中风了，现在勉强能下地，不过大小便失禁，随时尿裤子。养老院的院里有一帮老头老太太，见到他先是送给轮椅上的他叔一阵儿艳羡：这大儿子，开着车、夹着包，一脸官相！他叔说话费劲，咧开没戴假牙的嘴，真诚地笑着。邹天明一想，让这些人以为他是他叔的儿子也挺好，父以子贵，免得平时欺负他叔。他就没反对，可也没管他叔叫爸。

把他叔往屋里推的时候，遇见个女护工，五十多岁，很壮实。女护工指着他叔对他说：“看看看，说尿就尿，正好赶上了，当儿子的给换吧！”邹天明于是给他叔里里外外洗了三条浸满了尿的裤子。算裤衩的话，是三条半。女护工给别的老头倒便盆，看到他又说道：“头回来吧？你那两个妹妹心也贼大，半年了，一人来一回。”他不好说他妹妹啥，不是一个爹也不是一个妈生的。刚把裤子晾上，光着屁股的他叔放了个屁，他一看，褥子上一小撮排泄物。

邹校长没这样过，邹校长最后只住了三天院，最后那点排泄物是胡莉莉给撤下去直接扔掉的。邹天明他叔的排泄物让他再也不敢往那家养老院深走了。后来再去，都是把拎的吃喝放门卫就走了。

叔叔的钱，邹天明就没好意思借。他觉得只要张口，他简直就不是人了。

邹天明只好在他同学身上想办法。大学以前的同学就免了，他的收入基本上算是最高的。大学同学他第一个想到了勇敢裸辞下海卖汽车的孟柏宏。

为显出诚意，更为确保成功，邹天明开车跑了趟市里，张罗请孟柏宏吃顿饭，唠唠嗑，叙叙旧。孟柏宏来了，开的是宝马 X6。邹天明一看，信心就奔涌了。五万，也就是孟柏宏打麻将一晚上的输赢吧？

孟柏宏夸邹天明在镇里干得不错，问他有没有希望挺进市里，邹天明照实说，没有。孟柏宏哈哈一笑，用 zippo 打火机点了支烟，黄鹤楼——流金岁月，自己没抽，先递给邹天明，说：“尝尝。”他俩住过上下铺，互相闻过臭脚丫子味儿，邹天明就接过流金岁月，很不见外地狠吸一口。

扯了会儿淡，然后邹天明说：“你得帮帮我。”孟柏宏说：“有难事，找柏宏，说吧。”邹天明就真的说了：“借五万给我。”

孟柏宏就把他批评了。“能不能整点儿新颖的？咱同学只要找我都这事。创新这词儿别人不懂，你是乡镇干部，你还不懂？”

邹天明说："新颖的？那你给我换个媳妇吧，换个大户人家出来的，别他妈管钱叫祖宗。"

孟柏宏说："俗套，更俗套了。"

邹天明说："你整个新颖的，我学学。"

孟柏宏说："譬如你找我是要送给我一块市里的地皮，让我把4S店挪过去，是税不用交，是活动不用赞助，挣的钱一分是一分，都他妈是老子的。"

和孟柏宏这一面，除去重新认识了一个全新的孟柏宏，邹天明是一分钱也没借着。孟柏宏说自己的资金链都是一骨碌一骨碌的，前后连不上，账上回来点儿钱都不够给销售员开支提成的。不管是不是真的，人家这么说，邹天明也只能这么听。生意人有生意人的难处，这道理他倒是也清楚，可就是心里不是滋味。

邹天明又把手机里外翻了个遍，即将放弃之时却看到一个久违的名字——付强。这家伙也是他大学同学，虽然不像跟孟柏宏那样住着上下铺，可当时付强家挺困难，邹天明的饭票总是一分为二，给付强一半。那些饭票放到现在根本不算什么了，当时却解了付强的燃眉之急。毕业后他们很少联系，却也时不时能听到付强的消息，有好有坏。

实在没辙，邹天明拨了付强的电话。里面的女声告诉他，此号码是空号。

接下来那几天邹天明又有事干了——可哪翻付强，有一丝线索就顺藤摸瓜，结果并无悬念：他大失所望。付强前些年发达过，干房地产搂了票大的，结果卷着自己家老邻居的购房款和扩大面积的钱，直接跑国外去了。

借钱路上一波三折，连着碰了好几次壁，邹天明反而更深理解了媳妇胡莉莉对钱的在意。矛盾的是，他同时也愈发赞成你韩江月挣钱的决心。穷在闹市无人问，单看这句也不能说那些不理不问的人都一样无情。他觉得也有一些是没法理也没法问吧，自己都泥菩萨过河呢！

胡莉莉没错，你韩江月更没错，那就是他邹天明错了？他给不出答案，也不敢回家。只有宿舍那张单人床，任他骨碌。总会有办法的——他在每个夜晚都这样为自己催眠一番。直到他的手机突然收到胡莉莉的微信。

“你明天回家一趟。”

第二天回家，等待邹天明的是两个重磅炸弹。一个是胡莉莉她爸，就是邹天明的老丈人，刚刚被查出胃癌，手术和治疗需要源源不断的人民币。另一个是，他媳妇胡莉莉在这段跟他分居的日子里，做了人工流产，流掉的孩子据胡莉莉说，指定是个男孩。

唉！江月你想想，当时邹天明心情得啥样？哪个男的不想有香火可续啊？何况他邹天明还是根独苗。他说他当时都懵啦，只觉得自己欠胡莉莉的可不止那五万块了，这又加上了他们儿子的一条命。偏偏这个节骨眼老丈人还得了病，胡莉莉手里就剩下那点存款，邹天明死活也张不开口说押给银行那五万已经拿不回来啦。

这些事他不可能告诉你，他也叮嘱我嘴上有个把门的，别跟你透露。可我今儿个觉得不说不行，养猪这事就是真不干了，你也得知道能把猪养上、哪怕就是把猪丢了，都是你这位老同学用啥给你换来的。我以前也对邹天明有看法，觉得他喝了泉水就摔瓢——忘了本，一趟韩屯都不回。听他一唠借钱这些事，我不那么看了。江月你说，其实这世上，谁比谁容易呀？

第四十一章　辗转反侧

该不该给邹天明打个电话？这问题像指甲带钩的老猫，在我心里挠了一宿。和房宝海的恩怨输给了债务，也输给了邹天明。我连恨他的心思都没了，更没心思去究查那天夜里的骚女人到底是谁。当务之急是邹天明那五万块，他该怎么跟媳妇交代啊？

前半夜，我寻思着，必须给邹天明打个电话，先补句谢，再道个过。谢他帮我担保，贷来那五万块，让我把猪养上了。这也都好说，可是那个过又该怎么道呢？说我把猪养死、养丢了，把他抵押的钱赔了个溜干净？

不不不，这话怎么开口？除非道完过紧接着请他别上火，我能想法子借来钱，补上他的损失。这不简直是痴人说梦。

眨眼就到了后半夜。我把决心翻了个面，决定不给他打电话了。带娣手里怎么也能有些钱吧？如果不能借来五万块，我给邹天明打电话就没意义。

一大早，我连跑带颠地去村部给带娣打电话。电话通了，带娣迟疑的声音传了过来："谁呀？"

"带娣，是我。"

"姐？咋啦？咱爸——"

"咱爸没事。"

"你吓死我了。那是你咋了呀？"

"我、我也没事。"

带娣的嗓子哑哑的，像是抽烟熏坏了，又像心里有事。

“带娣，你咋样？”自从母亲去世，我就没再见到妹妹。

“我还能咋样，我挺好的。”说完这句，电话里传过来呜咽声。我知道带娣一定是遇到了什么事。我没问，静静等着她哭完。

“姐，你是不跟我有啥心灵感应啊？”带娣说我这个电话打得不早不晚，就像我在韩屯透过天眼看到了她。我还是没问她到底遇到了什么事，以她的性格，她会自己说出来的。

“姐，我子宫没啦。”

“啊？带娣？别哭，慢慢说。”

“宫外孕，大出血，全切啦。”

带娣像被砍掉尾巴的母狼，发出绝望的呜呜咽咽的哭声。

“姐，我完啦，别说孩子，我连男人也找不到啦——”

“带娣，你现在在哪儿？谁在照顾你？”

“还得一周才出院，我自己照顾自己。”

“手术很贵吧？你手上钱够吗？”

带娣说，本来钱是够的，刚把她抛弃的那个男人上个月忽悠她买了辆红色高尔夫，里里外外花了将近十七万，她现在只剩下不到七千块。

“车子已经提回来了，转手卖掉至少赔进去三万块，唉，那还得是有人买。”

“带娣，你别犯愁，我给金珠打电话，想想办法。”

“姐，千万别打。”

“为啥？”

“金珠哪天不是累个半死，她有没有钱，我还能不知道。”

“你在哪个医院？姐赶过去。”

带娣笑了两声，笑完又哭了。

“姐，你就当我死了，千万别来。”

我的眼泪忍到这里，再也忍不回去。带娣从小好吃懒做嘴巴馋，长大了也没做什么正经事，可她是我的小妹，她罪不至死。

“咱姐仨，眼下就剩你一个还有个完整的家，还有个丈夫——”带娣又哭了一气儿，接着说：“好好管咱爸吧，我这儿有护士管着呢。”

带娣突然变得懂事，我的心就更痛了。我倒情愿她还是那么任性那么混，至少那样的她是健全的，生命力像小母狼一样旺盛。

挂断电话，我想着先去猪圈把剩下那两头猪安顿好，再回家找人帮着照顾我父亲，然后才能去城里看看带娣。我的心像在油锅里煎着，嗓子急得直冒烟却不能说走就走。捆绑我腿脚的绳子太粗、太结实了，我不知道该怎么把它们砍断。

三民哥在经管猪圈，听我说到一半，手一个劲儿往外挥着撵我：“走你的，赶紧走。”跑回家进了屋，一股尿骚味儿直扑鼻孔。父亲尿了满炕，整个人像漂在尿里。我捞啊，洗啊，晾啊，一个上午哧溜一下就没了。

好不容易找来邻居，正要往外走，邻居又一把扯住我：“江月呀，你快看看，你爸不是拉裤子了吧？”

父亲真的拉裤子了。一会儿一拉，拉了整整一下午。天擦黑时泻立停好像上了药劲儿，可是去镇上的最后一班小客运也早就开走了。

“江月，快，接个电话。”彭有志一手擎着手机，急三火四进了院儿。我心里咯噔一下——一定是带娣，带娣出什么情况了？

“喂——”我的声音直打战。

“江月，是我。”不是带娣，是邹天明。

“邹助理——”我的声音继续打着战。

“邹助理，我——我正在想办法——”

“想什么办法？”

“还钱的办法。我——”

“就此打住了？”

“猪都丢啦。”

“我知道。那——你的意思是，不想养猪了？不想致富了？”邹天明说完，电话沉默了好一会儿。

“我想——我想——”那边继续沉默着。

“我想第二次贷款——想——继续养猪。”我说完，电话里传来扑通一声，好像一屁股坐在了地上，又马上弹了起来。

“好样儿的！江月，我就知道你有这个韧劲儿，你要给咱屯人打个样儿。”

我的眼泪悄无声息地流下来。我唯一的退路就是往前走，债滚债地往前走。我唯一能偿还邹天明那五万块钱的办法，就是继续借钱、继续养猪。现在停下来，意味着我将永远亏欠邹天明，意味着我就是跑去医院，也会成为妹妹的负担。

“江月，困难都是给人克服的，你骨子里有这股魄力——想想上学那会儿，我连跟你说句话都不敢，连大青马都能被你镇住——其实最难的阶段都挨过去了，最难是开头那段，两眼一抹黑，你想是不是？”

邹天明还在咬紧牙关给我描绘蓝图。他一句也没提平白无故搭上五万块的事，没提四处张罗钱那些尴尬，没提心里对他媳妇的愧疚。我又悄悄抹了把眼泪。

“我有经验了，再养猪，肯定不会交学费了。”除了尽量平静，尽量语气坚定，别的话都不是我能说出口的。

“想得对，江月。”

“再次贷款，还得再拿东西作为抵押吧？”

“这个——由我来想办法。”

“邹助理，你——”

“你忘啦？我可是挣工资‘吃卡片儿’的，哈哈！”

电话挂断了。那句如鲠在喉的谢谢，还是没说上。

第四十二章　父女养猪

又一次借给邹天明五万块的，不是别人，正是他的老债主，他媳妇胡莉莉。

据彭有志讲，邹天明给胡莉莉讲了我和房宝海的儿子，说我现在是在拿最后一点儿本钱和命赌。我的本钱是我比当年壮实几倍的身体。房宝海原来和我一块儿赌，可现在跑了。他讲了我没有退路，什么都讲了。讲完他以为胡莉莉会骂他多管闲事、瘦驴拉硬屎——瞎他妈逞能，或者干脆质问他，靠几个死工资辛辛苦苦攒下的钱，为什么一而再地拿出去给韩江月打水漂？

可是，没有，胡莉莉一句这样的话也没说。她说的是："儿子给扔在后山乱石丛里，唉，韩江月是咋活过来的呢？"说着她捂住肚子，哭了。她一定是想起了自己流产的儿子。

第二天，胡莉莉给邹天明打语音电话，告诉他刚刚给他转账两笔，每笔五万。叮嘱他专款专用，赶紧去把银行窟窿堵上。"万一上了老赖榜，姑娘上大学备不住都受影响。另一笔，赶紧帮韩江月再贷一次款吧，她太难了，可别干啥傻事。"说完胡莉莉就挂断了，一丁点儿感激涕零的机会都没给邹天明留。

老话说，一分钱难倒英雄汉。邹天明对着手机屏幕行了半天注目礼，伸手点了接收。

跟所有这些波折比起来，再次贷款刘天鹰制造的那点儿麻烦，就小得不值一提了。

刘天鹰说我的身份证即将到期，让我去办个新的，否则不能贷款。她说话态度很不好，好像吃了枪药。我根本没有心思在意她的态度了，再刁难的态度跟生活的刁难比，都是小巫见大巫。是邹天明看在眼里，替我感到不舒服。出了银行的门他跟我说："江月，别往心里去，刘天鹰前阵子刚动了手术。"

我怔住了。

"乳腺癌。大概跟她丈夫和她离婚有关。"邹天明的声音也很低沉，"她是挺烦人，那也不希望她得这个病啊。"

我说不出话来，就像乍一听到带娣手术我说不出话一样。人没能耐，连同情别人的资格都没有。我对同情的理解，还是从邹校长身上悟出来的。他觉得谁的境遇可怜，就用他的工资、他的能力去做实事，嘴上除了打气的话，不会说些廉价的同情嗑儿。我知道带娣需要的是什么，也知道刘天鹰需要的不是一句"你真可怜，真不容易"。所以我除了在心里难受，实在说不出话。邹天明的手机又响了，刚好来了小客运，我对他示意一下，上了车。

车上的人不算太多，中间位置有个空座，我坐下了。然后我就听到一声饱含热情和惊喜的召唤："江月妹子！"

转脸一看，是前进村养猪大户，黄金多。

我心里跑起了兔子。"黄、黄大哥。"世界可真小，遇不见离家出走的房宝海，却偏偏遇见这个把前妻祸害死的禽兽。我记得他有辆面包车，怎么不开车，坐起小公交啦？

"真巧啊，江月妹子，你挺好吧？"

也不知道是我先前没注意，还是这几个月黄金多真的老了，他鬓角白花花的。

"脚上长了个痈，溃烂发炎，我刚去镇医院换完药。"怪不得没开车，原来是脚坏了。我暗暗往左面挪着屁股，尽量离他远点儿。

"江月妹子，咋样？猪养上了吗？上次你急着走，好些事都没来得及教你嘞。”

我不想跟他说养猪的事，只好敷衍一句：“上次让你媳妇误会了。”

“我媳妇？哦——”他恍然大悟的样子，“那哪是我媳妇，那是我们村宋寡妇，有事没事就往我那跑。”

小客运一个急刹车，我心里也跟着忽悠一下。

“江月妹子，我看你这副性子，不那么矫情，有点爷们的劲头，搞养殖还真就得这样。需要啥助力，你别客气，尽管去找我。”

韩屯比前进村先到，我急忙抬起屁股，三步两步就下了车。黄金多龇着牙，冲车下摆着手，一副自顾自热情的憨样子。

第二个五万落实到位，我马上又买了猪苗。也算是轻车熟路了，这次就没再麻烦邹天明。

猪圈是现成的，地窨子里驻扎上了我的老父亲。这回是他主动要来的，不同意都不行，说爬也得爬来。他说不能再让他大闺女一个身子扯八瓣了，时时想着跑回家给他整饭吃，累也累死了。我也实在分身无术，就把父亲背来了。可养猪毕竟不是一般的活儿，稍微一松懈，就会看到那一圈已经干成橛子的猪粪、听到饿了就尖锐刺耳的猪叫。二十多头猪，我就是长出三头六臂也养不过来，只好在屯子里雇了个帮手，讲好了，等猪卖出钱来再结工钱。这人二话不说就来了。不是别人，是这阵子没少帮我的三民哥。

三民哥跟丁大爷一样，踏踏实实种地，没别的心思。韩屯由于地势问题，可耕地有限，家家分到的地就更有限，即便再勤劳，三民哥家的日子也是清汤寡水。我雇他过来帮忙养猪，说暂时付不起工钱，三民哥啥话都没说，第二天就来了。

刚安置妥当，就来了个不速之客。

这人头发焗得红不红、黄不黄，敞怀儿穿了件碎花薄棉袄，棉袄有两个明兜，里面总揣着盒敞口的香烟。说着话就捏出一根，再从另一个兜里摸出打火机，啪一声点着。

"我说韩江月，在这里养猪你是鼓溜了腰包，勾搭的野猪直往山下跑，你想没想过别人咋活呀？"

这拿腔作调的动静全韩屯找不出第二个。没错，正是何壮的女人，伍丽娜。

"我日夜在这儿盯着，放心吧小伍子，野猪要想进村，我就跟它拼命。"

"呵！那还由得你？哟，不会就你自己吧？你老爷们呢？"

除了上次去鹿场，我跟小伍子几乎没啥接触。她四下张望一圈儿，又说了几句天天提心吊胆的话，就妖娆多姿地走了。

没过两天，三民哥跟我说，小伍子家院里多了头杂毛猪，是野猪家猪的杂交种。我浑身一个激灵，杂毛猪？哪来的？

"说是从后山捡回来的。"还没等三民哥说完，我像挨了鞭子抽一样往村里跑。到了小伍子家门口，隔着门就听到杂毛猪特有的欢叫声。门没插，我轻轻一推就开了。一头半大的杂毛猪卡巴着眯蒙眼，先用拱嘴努向我，眨眼又掉过身子用紧实的屁股跟我打招呼。

它这么一招呼不要紧，我连自己是谁、身在何处都忘了。扑过去就要抱住那调皮的拱嘴和屁股。

"你想干啥？"屋门开了，迎面一声断喝。我抬头一看，是满脸怒气的小伍子。

"我的猪，这是我养的杂毛猪。"

"呵，韩江月，这话你咋寻思说的？"

"我说这是我的猪，咋了？"

"你叫它，它应吗？它身上盖戳了还是绣字儿啦？哪儿写着是你的猪哇？"

"你——"

"你急什么呀？动脑子想想，我说得对不？"

我感觉全身的血都涌上了脑袋，脸涨成两倍那么大。可是嘴里的话却跟不上血流的方向，全都卡成了一个字：你——

“这是我在后山捡的，那个埋汰呀，回来这顿洗。啰啰啰，来，猪儿子，到妈这儿来！”

敢情她都跟杂毛猪成母子啦！更可气的是，这杂毛猪居然有奶就是娘，真的拱起了小伍子的腿脚。此情此景，让说不出话的我浑身冒火，还让不知从哪儿跑来的一头野兽，直接扎进了我的身子。我腾一下站起来，像用的不是自己的腿脚，朝着身后就是一脚。哐的一声，我只觉得自己的心给踹碎了。

小伍子已经和她的猪儿子一块儿躲进了屋里，房门关得死死的。左邻右舍赶过来，一人只需伸出一只手，就把我拽出了那个院子。大伙儿抱的抱、拦的拦，齐心协力压制我，好像我是个寻衅滋事的刺儿头。

这形势直到小伍子去东山脚下找我算账，才算有了改观。她不是自己去的，她是带着录好骂我八辈儿祖宗的小喇叭一块儿去的。她还对看热闹的乡亲说，我把她家院门和院障子都踹坏了，她家日子没法过了。

“江月哪是那样人啊，咱屯最老实最没说道的就是江月呀。”

乡亲们都在为我争理。小伍子气不过，把喇叭放到最大声。我听到喇叭里骂：孙尽美是个老破鞋，生了韩带娣你们三个小破鞋。“咯嘣”一声，搅拌猪食的棍子在我手里断成了两截。

“江月，压住火，不能中她圈套啊。”三民哥苦口婆心地劝我。

“她是生怕你把猪养好，把日子过好，你动了气，可就如了她的愿。”

那天起，小伍子每天都来猪圈报到，每回都不空手。有时候是四处捡来的破鞋、烂袜子，有时候是血糊连天的例假纸、卫生巾。彭有志怎么训她、吓唬她，都不管用，她就是像上了劲儿的闹表一样，每天到点就来。

就为这事，这阵子彭有志没少来地窨子。我父亲以前一见彭有志就发牢骚，说些不着四六的话。张口闭口就是他老彭家坟茔地比我们老韩家好，要不这辈子他彭有志怎么就滋润得冒泡，我们老韩家没完没了地吃瘪。彭有志也不跟他争辩，估计心里也得叨咕一万遍：再怎么一手好牌摊上你也是稀烂啊。别管心里怎么想，彭有志嘴里却一直说着安抚我父亲的话："老韩头，三穷三富活到老，你的好日子在后头呢。"有时我父亲又一副没精打采灰心丧气的样儿，说自己活着已经不光是累赘了，简直就是个祸害，早该替好人死了。我父亲一这样，彭有志就更难答对了，还不如听他虚张声势吼两嗓子、斗斗嘴来得轻松。

自从来了地窨子，有时候我父亲也变得神神叨叨。见到彭有志，紧起鼻子龇着结满牙石的大牙，玄乎乎地吹嘘自己能驱邪除魔、降妖捉怪。他比比画画地说，有我老韩头在这镇着，天上飞的，地上跑的，只要是活物就甭想来打猪的主意。彭有志肯定是当笑话听了，嘴里还一个劲儿应承着："敢情了！你韩兴旺是谁呀！"没等嘀咕完，我父亲那边又忽然"嗷"了一嗓子，把彭有志吓得脸都黄了。见他这样，我父亲又诡异地笑笑，斜了一眼。

"别小瞧我这老瘫巴，这个熊样儿了——喇叭，咱也有。"

彭有志一看，那枕头边还真有个喇叭，安电池的。这是父亲死乞白赖让我买的。

"老韩头，你这嗓门儿再加上两节电池，这东山不用请山神啦！"

"你寻思呢！再敢来欺负江月试试！"

彭有志肯定想说，小伍子不是该咋来还咋来吗？你这威风劲儿咋不灵光了？闹得都惊动镇里了，这还吹牛吹得震天响。可一扫见被子里那干干巴巴一小堆儿，又变了心思：就让这瘫巴老头痛快痛快嘴儿吧。

彭有志确实把小伍子来闹事、破坏我养猪，上报给镇里了。我也弄不明白他是不是小题大做，可我和小伍子的仗，真打不明白了。彭有志说我一开始多余去捅马蜂窝，说我能请神不能送神。我没跟他犟，养猪才是头等大事，冷静下来一看，真有些得不偿失呢——杂毛猪要不回来，又给了小伍子天天来闹事的由头。

除了我父亲和喇叭，猪圈旁边还有几个摞在一起的破脸盆。都是早年铁皮刷搪瓷的，搪瓷没了，铁皮也烂出了洞。可摆放在一起，临时还能当破锣敲敲。废纸和纸壳也堆了不少，都用塑料布苫着。这些都是给后山的野兽预备的，万一半夜来瞎霍霍，就把破脸盆敲上，再把火堆点着，用我父亲的话说，那是砰砰响，呼呼地着！

“可别胡来啊，老韩头！脸盆子可以敲，点火坚决不行，违反森林防火条例，出事可就是大事！”彭有志给我父亲晓以利害，“整不好，咱们都要吃不了兜着走。”

这话管用。第二天他再来，东山挨着小石头河这一侧的山脚下，除了猪圈、猪崽儿和地窨子，就剩下了破脸盆、几根圆木棍子还有我们爷俩。三民哥没法天天来，自家的活也要他忙活。

前一阵儿除了早晚各照一面儿，我们爷俩没时间朝夕相处，我有一阵子没听到父亲的吵骂了。这会儿天天在一块儿，我和那些猪又都成了一无是处。猪不叫，我父亲说是撑的，苞米粒掺多了，胀肚。猪一个劲儿叫，又说遭受我虐待了，这么给饿着不带贴膘的。我给他做面条，他说稀汤寡水像从猪食槽里蒯出来舍给他的。给他下了疙瘩汤，又说面块太大，简直一嚼一口烟，像吃了生土坷垃。我不搭理他，他就吵吵，丧良心的！赶明儿别说你有老子！

健全人都是嘴是嘴，腿是腿，互相挨不上，各干各的事。可我父亲的嘴不光是嘴，还要用来当腿当脚。腿不能站，脚不能走，只好拧麻绳一样拧成怨气和焦躁，顺着一张嘴喊叫出来。我知道，父亲哪天不吵了，不说反话了，哪天就不会再醒来了。吵吧，能活着就好，我也早就习惯了。

养猪真累，每天都累得身上像散了架，干起活儿不敢停下，一停下就像一时半会儿站不起来了。有时把后背靠在木桩上，一下一下撞着，解解乏。又不敢真正懈怠，连伤风感冒都怕沾上。以前有房宝海在，一根扁担两人挑，还能分分肩，如今老爹在，只给我肩上又压了块大秤砣。每到这时候，风就把房宝海三个字吹进我的脑袋里。我使劲晃啊晃，使不得，使不得。我男人睡了别的女人，我把自己男人打跑啦！那根棍子现在就立在地窨子门口。我不想扔了它，又不愿意看到它。要不是它，我还不知道自己和房宝海竟然互相恨得那么深。每次想到这里我就不敢往下想了，就会使劲咬住嘴，用大白猪的身子把眼泪蹭一蹭。嘴里紧跟着开始吆喝："啰啰啰——啰啰啰——"

我每天上顿下顿地喂猪，猪除了摇头晃脑，眯着眼嗷嗷叫，别的不会表达。我每天也上顿下顿地给父亲做饭、擦洗、端屎端尿，可我们爷俩还总是怄气，打仗。这给了我一个结论，猪比人好伺候，没说道。我就巴不得一天二十四小时盯着猪，我觉得猪的眼神比人有感情，不挑剔，又不像神仙那么遥远，让人看不透。总结下来就是，猪比神仙和人离我都近啊。

我的腰经常勾着，背经常弯着，每次都要好半天才能直起来。我越来越不爱说话了，攒下的力气还得打扫猪粪，归拢到一块儿，能当肥料卖点钱呢。

那个冬天，不知怎么，雪迟迟不下来，搞的人和猪都心烦意乱。马奶奶拄着拐棍过来跟我父亲唠嗑，坐在小火炕上抽了会儿老旱烟丝。马奶奶说话声比锉还粗，腔子里总拉着风箱。

"老兴旺，身子那个样儿了，活一天少一天，可别闹腾闺女了。"

父亲看了眼马奶奶，想说什么，咽了下去。马奶奶看他这个样子，心又软了："老兴旺，你婆娘走了快三年了？"

"她是享福去了，两眼一闭，再没啥可愁了。"

"她的罪是遭够了。"

"来这一趟，净遭罪了——到我那天，万一眼闭不上，你可给我多合一会儿。"父亲一跟马奶奶说话，就没了大嗓门儿。他的连喊带骂早就成了韩屯一件带点娱乐性质的事，没人在乎。他这样不吵不嚷说话，反倒有点惹人不放心，怎么听都只听到绝望。

“谁走谁前头，指不定呢——怎知你合不上眼？”

“搁你，摊上这样三个，你能合上？”

“我那大儿，不也没了。谁比谁省心？”马大叔前些年上山采山货，爬到二十多米高的松树尖儿上打松塔，腰间绳子折了，掉了下来。马奶奶那会儿像得了失心疯，满嘴胡话。清醒后就做起了走阴人，专门帮人办后事。再后来开了她那家殡葬店。屯里上了岁数的都爱跟她套近乎，死后一堆事，都想交给她这个明白人办，还有指望来世托生好人家的，也要在活着的时候巴结马奶奶，我母亲的后事也没例外，炕上抬走一个，还剩一个。剩那个死死攥住走的那个的手不放，嘴里还狠实实念着：“早走早好！”

“你看江月累的——钱哪是那么好挣？唉！得有那命！那个姓伍的，臭养汉老婆，还成天来糟践她——”

“老兴旺，也甭那样讲——女人家有掐架撑着，反而倒不下。”

马奶奶走后，父亲就感冒了，喉咙里像塞了火炭，别说吼骂，说话声都很难听见了。一见他这样，我心里又急又疼，一股火也跟着蹿上来了。我去抓了几服中药，一服药熬三回，一勺一勺哄着父亲喝了。剩的药渣我又熬了熬，自己喝了。感冒倒是躲过去了，可那些日子身上不知怎么回事，就像有块石头坠在肚子里，疼着疼着，竟然出血了。

起初我并没发现，扫猪舍的时候，看到有只猪在地上拱，拱完鼻子就是红的。我以为猪鼻子受伤了，搂过来看。这才发现地上是自己出的血。我算了算，前不着村后不着店，日子根本不对。又一想，又能咋样？农村女人，备不住乱经早，也就没当回事。

到了第三天，血出得越来越多，只要我一蹲一站，裤子就透了。我眼前发黑，头沉沉的，喝了两缸子浓糖水也不管用。我就有点怕了，怕万一昏过去，万一醒不来，父亲怎么办，这些离不了人的小猪怎么办。一想到这些，心里清楚，不去看看不行了。

去趟镇上，怎么也要半天的时间。三民哥一再叮嘱我千万别着急，一定把病看好，我不回来他就一步不离开猪舍。我也不放心猪舍，叮嘱了半天，才惴惴不安地走了。我特意穿了件能盖住屁股的棉袄，口袋里揣着一大包纸。村里的小客运，是彭有志亲侄儿开的，我一下都不敢坐，怕把车座弄脏了。到了镇医院，又是彩超又是内诊，大夫说我子宫内膜异常增厚，不刮宫止不了血。

“那就刮，现在刮！”

“你想得容易，要抽血化验，还要各项检查。最早也得明天。”

一听这话，我心里登时着了一把火。这一宿把猪扔给三民哥，万一再出点闪失，我可就撑不住了。这念头越滚越大，越想越怕，趁着去交款，我就从医院大门溜出去了。打听了一路，好不容易找到一家私人诊所。一进屋，我就捂着肚子说要刮宫。大夫六十多岁，是从县医院退下来的老大夫，女的，说什么也不给我做，怕出事，就是往镇医院推。我跟她说着家里的情形，一个爹、几十头猪，又把在医院做完的检查单子、诊断书都拿了出来，说自己身体好着呢，没啥毛病。可大夫还是不肯。我叹了口气，无奈地说：“那只能先回去了。”走出十几步，听后面喊我：“回来，韩什么月，你回来！”

刮宫用不上十几分钟，我却起不来了，感觉自己身上轻飘飘的，总像要飞起来。心想，那就躺会儿吧，一会儿就会有力气了。谁想到这样想着就睡了过去，更没想到睡得比什么时候都沉实。不知睡了多久，只听房宝海叫我：“醒醒，醒醒，猪上房啦！”这才扑棱一下惊醒了。四下里看看，没有房宝海，也不知道这是在哪儿。

女大夫见我醒了，走了过来，解开我手腕上的带子。“怎么样？肚子疼不疼？”我动动腰身：“不疼。”说着往窗外看。只看了一眼，一下子就坐了起来，“天哪！几点了？天咋黑成这样啦？”

“才八点，你这情况，应该观察一天一宿。”

“我不行，真不行啊！”边说着，心里边琢磨着从这儿打出租车回韩屯要多少钱。我问大夫：“咱这儿的费用是多少？”大夫说：“刮宫，打了针安定，又挂了瓶消炎药，收你二百吧。”我使劲掏着衣兜，里外掏个遍，身上也不足二百块。

“大夫，我只能先给你一百，剩下的——我还得打车回去，能不能——先写个欠条？”

女大夫的脸色变得很难看：“不给做，偏要做。”

“明天我一定来，一定把钱送来。”

女大夫皱了半天眉头，说：“写个欠条吧。”

回韩屯的出租车一路颠簸着，我紧紧按住肚子，生怕再被颠簸出毛病来。活着活着反而娇气上了，这是什么道理。可是心里的怕又那么真切，千万不能再出毛病了，钱遭殃人遭罪不说，那一大摊子实在扔不起。“房宝海，你可真是个丧良心的！”心里不由自主地这样骂着。

整个冬天，我都跟猪滚在一起，我的样子要多寒碜就有多寒碜。头发，十天半个月也洗不上一次，油腻腻的，打着绺儿，花白的发根沾着明晃晃的头皮屑。手上除了裂出的口子、黝黑的胶布，还终日糊着猪食和猪粪。身上穿的棉袄是过去房宝海穿过的，外面挂着油亮亮一层泥壳，里面全是酸哄哄的汗馊味儿。棉鞋穿不进猪圈，天再冷也要换上那双大了好几码的黑色胶皮水靴。水靴有年头了，缓了冻、冻了缓，鞋底先是裂了小缝，后来干脆张开嘴，合不上了。穿着这样的水靴干活儿，没几天就生了满脚冻疮。每天入夜第一件事，就是烧盆热水，放上秋天晒的辣椒，一边烫，一边拿辣椒揉搓。那也痒得钻心，嘴里忍不住嘶嘶哈哈。父亲终日躺着，却好似时时醒着。经常会听见他长叹一口气，嘴里骂道：“你个笨货，这是要把自个儿活活累死！”

我怕把猪吵醒，一声不吭。父亲每每此时便会自顾自地又说道：“我韩兴旺替那好人死了吧！死了你能少挨点累！”然后就是一串诅咒自己的话，话里包含着各种各样的死法：睡觉睡死、喘气噎死、放不出屁憋死。总得我冷冷地来上一句：“你消停点，大半夜的，别吓着猪。”才能堵住父亲喋喋不休的嘴。

大雪那天，猪们突然咳嗽起来，一个传一个，猪圈里都是猪的咳嗽声。我又一次被吓住了，顾不上雪大路滑，跟头把式地去找兽医。兽医来了，搂过一头猪，手放到猪耳朵后面摸了摸，锁紧的眉头打开了不少，嘴里说道："有眼眦，耳后拔凉，感冒了。光是感冒，问题倒是不大。"我的心却还在紧紧揪着，一个劲儿问着兽医耳朵里的"废话"。

"见吃的都不馋了，就这么没精打采的，不会有别的事吧？"

"人感冒了不也不爱吃、不爱动啊？猪也一样。"

"我就担心有别的事——"

"你好像信不着我呀。"

"唉，我就是担心——"

好在兽医人不错，没跟我一根筋一般见识。挨个给打了针，安乃近、青霉素。猪不老实，打针时扭着身子嗷嗷叫。兽医不理会，还是一针一针往那耳朵根子的皮下扎进去，拔出来。临走时看着四下漏风的简易猪舍，兽医对我说道："你这猪要想长久养下去，猪舍这个样，可不行。"我指着圈里垫的那些稻草，说："现在的猪也娇气了，不抗冻。"

"弄严实了，能好不少。不过夏天还是事，不通风更得病。"

"宁可我得病，也别让猪得病。"

兽医闻听此话，无奈地笑笑，揣了钱，冒雪回去了。

兽医走后，我对三民哥说："三哥，你照顾着它们，我弄些草垫子去。"三民哥心里并不赞成苫猪舍，却也知道我是个什么性子，便点头应承了。我又借了手推车，像个收破烂的，满屯搜罗。还就是走到了彭有志家门口，有志媳妇从仓房掏出两张旧棉花套、修房顶撤下来的油毡纸，我才算没白跑一遭。这些东西都没过宿，回去全堵在了猪舍上。

过了几天，猪的咳嗽声渐渐听不见了，我的心才算平稳下来。

这就是我的生活，苦的、辣的、酸的，独独没有什么甜味儿。除了小伍子来捣乱，我每天都那么过。房宝海一直没回来，不知道还能不能回来……

第四十三章　战　事

彭有志陪邹天明和边镇长来到东山脚下那天，四月的春风从山上跑到山下，把小石河弹拨得哗哗作响。小石河里都是些大大小小的石头，河虾泥鳅还没露头。在韩屯人眼里，东山总也不老，不管韩屯人咋变，它总是那一个样儿。越往山里走，林子越密，山风越飒爽。没有什么特殊事，韩屯没人去后山找飒爽，神仙都在那边打坐呢。这还不说，过去山里有狼有熊，也下山来咬死过牛，叼走过羊，后来狼熊渐渐隐没，大家都说，那是被神仙劝走了。神仙是吃了咱韩屯人的供果才给韩屯人办的事。不过韩屯人很知足，口口相传的是：不怕神仙要供果，只要给咱办事，那就是好神仙。

那会儿我正一手拿着猪食瓢，一手握着锅铲，蹲下起来地炩猪食。抬头看到已经走到近前的三个人，还把自己吓了一跳。

“来啦。”这两个字是跟邹天明说的。说完马上反应过来，他们一定是为我和小伍子打仗的事来的，我的脸倏地红了。

邹天明正打量着我的脸，眼神里全是探寻。这是我棒打房宝海后和邹天明第一次在韩屯碰面。他看上去有些困惑不解，我甚至觉得，他大概要开口问我关于恨、怨、艰难。还没等他张口，他身旁的边镇长已经把话接了过去：“韩江月吧？来是特意慰问你家老人的。”说完就主动伸出了手。我一下子慌了，急忙摆手说：“边镇长，我这手太埋汰了。”边镇长要跟我了解打仗的情况，看看邹天明，说：“去把水果给江月她老父亲送过去。”我看得出邹天明迟疑了一下，还是很痛快地答应了：

“好。”自从上次挨了我父亲一顿骂，邹天明没再来韩屯。去给我父亲送水果，我估计他心里一定七上八下，担心守着领导的面，又被我父亲骂难听话。

“边镇长，别——不用了。”我阻拦着。

“快去。”边镇长对邹天明一挥手。邹天明二话没说，拎着果篮，猫腰往地窨子里钻。那个果篮可真不小，里面有苹果橙子香蕉，中间还立着一个黄绿相间的大菠萝。

我的心跑起了两只野兔子，扑腾扑腾乱跳。我竖起耳朵听着，汗从我脑门往外渗。求求你了，爸，你可千万别再骂人家了！我心里默念着，边镇长说了什么，我一句也没听见。

“镇长啊，亲镇长，听说你来了，你可给做个主吧！”

地窨子里没传出骂声，我身后倒传来小伍子娇嗲的抱屈声。我回头一看，她正扭着水蛇腰，把边镇长的手往自己手里扯。

“亲镇长啊，您给评评理，这东山是韩屯的山，咋就成了她姓韩的养猪场了？我捡的是东山的猪，山里神仙赏的，凭啥让我把卖猪钱给她？镇长你说，凭啥呀？”一听这话，边镇长像被蜂子蛰了，一把甩掉小伍子的手。

“你就是——小伍子？”

“咋啦？我小伍子是聊斋里出来的呀？”

“就是你往人家猪圈里甩这倒那的？”

“亲镇长哟，这可是血口喷人哪！你没见她是怎么踹我家门的呀！”

她正说着，只见何壮踩着小木桥一踮一颤地跑过来了。他头戴红色鸭舌帽，隐约可见某某旅行团字样。帽子褪色很厉害，四周一圈儿油泥很厚。谁都知道捡来这样一顶帽子有多容易。他脚步很拖沓，这与他的急切跑姿形成奇怪的对比。他那两个肩膀一高一低，像四四方方的长方形被扯变了形。还没等跑过来，嘴里的咒骂就把小木桥骂出了吱嘎声。

“小伍子你个贱货，又出来丢人现眼！”话音没落，一块石子就奔小伍子撇了过去。

小伍子惊得把身子扭了个麻花，嘴里“妈呀”一声，像拉响了警笛。

这一声“妈呀”，引起两个人的剧烈反应：小伍子一下子把正脸对上了跑出地窨子的邹天明，那只明显的“玻璃花”眼睛，几乎让邹天明目瞪口呆；而我，就像被当年的大惊马附了体，浑身散发着无法控制的腾腾怒气，大声喊道：“原来是你！小伍子，那天半夜，是你！”

我抄惯了圆木棍子，眨眼就抓在了手里，冲着小伍子就奔了过去。“姓伍的，我听出来了，那晚上是你！你把我男人睡了，把猪放跑了，我跟你拼了！”

我是个多么愚笨的人啊！在那一刻我想，要不是这声“妈呀”，不管跟小伍子因为猪打成什么样儿，我都没把她跟那天夜里联系一块儿。这种大梦初醒让我更加怒不可遏！

四月的小河流淌，山风荡漾，草在拔高它的身子，树在怂恿它的叶子。小石河对岸站了不少人，都因为镇长的到来汇集到小河边，像是结帮去赶个大集。这情形我还是小时候见过，那时小河中间有沙洲，两岸生着茂密的柳树。何婶去山上捡蘑菇，被邻屯一个二流子盯上，给扯烂了衣服。何婶丰满健壮，一边跟二流子撕打，一边喊来了她家大狗。大狗本来贪玩，早就不知野哪去了，又不知怎么感应到的召唤，只见它气势汹汹，野狼般飞来，一口咬住了二流子一条胳膊。那天屯里屯外好多人都在小石河对岸站着，说不清是想看男人的血肉模糊还是看女人的衣冠不整，只听他们嘴里念叨：那二流子看上老何家的啥了？壮得跟头老母牛！我和邹天明都在看热闹的人堆里，我踮起脚尖儿巴望热闹。那时我怎么也想不到，若干年后自己也会抄着最原始的武器，杀气腾腾，不顾一切。我也变得跟当年何壮他妈一样健壮。我心里又悲哀又疼痛，只想一棒子把所有痛苦打碎，越碎越好，碎成泥，碎成灰，碎成一股风，永远消失在韩屯。

何壮又捡了块石头，正奔着自己女人边骂边冲过来。这样一来，就形成了他和我一男一女夹攻小伍子的阵势。小伍子手无寸铁，却灵巧非常，倏地一下就闪到边镇长身后，躲避着石头、棍棒。

“江月，住手！江月，听我一句，快住手！”彭有志不敢迎面挡我的棍子，从后面把我拦腰抱住了。这就把何壮剩给了邹天明。邹天明死死抱住了他曾经的同学、最知心的发小。

我气急败坏，拼命挣脱彭有志。小伍子在边镇长身后躲来躲去，装出一副柔弱的样子。我跺着脚，棍子不时敲上无辜的彭有志。小伍子吓得直卡巴“玻璃花”，嘴里妈呀妈呀娇滴滴地乱叫。可这叫声听在我耳朵里，却全是那个难忘的夜晚回荡在风中的刺痛。我手中的棍子愈发失去了准星。这场景任谁看着,都一定觉得我韩江月就是一匹疯马，拉架的一个不留神，小伍子随时会被铁蹄践踏。

可我管不了那么多了。丢的猪至今下落不明,房宝海至今下落不明，这都是眼前这贱女人造的孽！

何壮扔了石头，正好扔在邹天明脚面上。邹天明一撒手，何壮就接替了边镇长，拦在了小伍子前面。别说棍子，就连子弹也打不到小伍子身上了。随时都可能挨棍子的何壮，一边舞弄两只胳膊抵挡我的棍子，一边回头骂小伍子：“丢人现眼！”

“姓伍的，姓何的！你两个不是人揍的，一唱一和坑俺老韩家！”

喇叭里传来的声音盖过人喊和猪叫，自地窨子里喷了出来。“何壮，王八犊子！我那老三就是让你勾搭坏的！姓伍的，你个破烂儿货，撬走带娣的男人又睡江月的爷们，我非撕烂你不可！”喇叭就像在播放骂人课，字字铿锵。河对岸“听课”的人群，笑声把四月的小石河翻起一圈圈水浪。

正是我父亲在叫骂。边镇长对邹天明命令道：“邹天明，还不去把喇叭拿过来！”

正和我对峙的何壮猛一回头盯住邹天明：“天明？你是天明？”

对方无比尴尬地应了一声。

看来，他们自从那年分别后，再也没见过。看来，何壮那扁平的后脑勺告别邹天明正脸的一瞬，就是他和他正式重逢的一刻。

第四十四章　怨　偶

何壮自从和韩带娣分开，越来越变成了四不像。其实他自己并不清楚，这样的他也不全是拜韩带娣所赐。离开韩屯前，他骨子里的不安分是他逃不掉的何宝廷的基因，他内心深处对安稳家庭的憧憬，则来自他妈，我何婶。可他的男性荷尔蒙选择了韩带娣，这种选择无异于某种自戕，注定他关于家庭的理想会像肥皂泡一样破碎。

当年在人们眼里，他和韩带娣虽然男未婚女未嫁，怪的是，没人把他们在一起说成正常的男女恋爱，只要说起他们，总像在议论不正当的男女关系，也叫偷情。那时的何壮不在乎，他觉得以韩屯人的见识，根本不可能理解真正的男女。他的心态来自对韩屯外面的世界那种踌躇满志，甚至他想，除了他，没人理解韩带娣那蓬勃的内心和灵魂。躺在破败的小房子里夜不能寐时他还想，韩屯人啊，一辈一辈也结婚，也睡觉，可那不过是最蒙昧的传宗接代，他找不出屯子里哪一对男女真正有过恋爱才结婚。真正的恋爱是什么？何壮惊讶地发现并不是喜欢上对方的优点，而是想把对方的缺点据为己有。韩带娣爱钱、虚荣，可他就是得意她那副嘴馋的样儿，见到好吃的和见到钱一样嬉皮笑脸，嘴巴登时就抹了蜜的德行。韩带娣的胳膊上有树杈划开皮肉留下的一道疤，韩带娣自己嫌丑，可何壮偏偏最爱这个地方。每次都会亲吻抚摸，甚至觉得那道疤比韩带娣还韩带娣。

可韩带娣还是决绝地走了，为了尽快抽身，不惜用最锋利的刀子去刺痛一个男人的自尊。何壮当时在工地已并非啥也不是，他能套近乎会来事，往上很得包工头的心，往下又跟民工们拉扯成一片。一来二去，手里就攒下了两种资源——需要找人干活儿的包工头、需要找活儿干的农民工。

韩带娣的离开，一度让何壮心灰意冷。偌大的城市，两个外来人抱成团跟只剩一个游魂般的自己相比，那种感觉真是从天上掉进了地狱。他想过再次逃跑，却不知能逃到哪儿去。从韩屯到市里，他感觉自己是从人变成了鸟，这种改变并不是人们看起来那么简单，离经叛道也好，荒诞不经也罢，都靠勇气撑着。从市里还能逃到哪儿去？去再大点、再远点的城市，仅有勇气又根本不够了。

思来想去，除了硬着头皮在这地方撑下去，再找不到第二条路。何壮像故事里吞鸦片膏的人一样，硬把冷冰冰的现实吞进了肚子里。他自认这城市对他已经足够大了，假如能在这里有一页户口、有一个钢筋水泥盖起来的房子——哪怕只能放一张床呢，也是老何家在他何壮这辈儿彻底改了风水。祖上也不知多少代了，都是韩屯生韩屯死，都是面朝黄土背朝天，如果到他这儿真变了那是不是也就光宗耀祖了——何壮被这念头支撑着，从他和韩带娣租的小房搬到了工地。

当时的老板姓张，名叫张猛，原来是城乡接合部的菜农。后来修桥修路挣到了钱，手里也就不缺活儿了。那年他通过竞标从市政揽过一个修路项目，规模不小，毛利能达到二三百万。去掉工人工资、租借设备款，最后能净赚个小百万。前提是活儿干得漂亮，该进户的钱能乖乖落袋。可是偏偏让钱落袋从没有“乖乖”的时候，张猛最挠头就是这一环。手底下农民工倒是都老实得跟什么似的，跟财神爷市政公司闹翻可万万不敢。眼看工程都要结尾了，可首付款才到账一半。那些天，张猛也是心烦意乱，成天叽叽歪歪骂人。何壮那阵子正颓唐，也被一块儿骂了进去。

“都伸个黑爪子管我要钱，妈了个巴子的，都他妈这点能水儿。”

何壮看大伙儿挨完骂，还都低头红脸，局促得像傻子，像呆子，像做了多大的错事，他心里忽然涌起一股说不清的滋味。这滋味让他张口就来了句："不管你要管谁要？"

张猛脸一紧，老板的面子碎了一地。给他下不来台的不是别人，正是平时最会笑脸相迎、点头哈腰的何壮。

"跟谁说话呢，姓何的？"

"太拿俺们农民工不当蒜了！"

张猛一腔子苦闷没处发泄，叽歪几句还换来这样的质问。何壮小时候的毛病又犯了，为一封信跟我大打出手的虎劲显然又迸发出来了。张猛并不了解他，更不知道他眼下过不去的不是一封信而是个活生生的女人，这女人决绝地抛弃了他。

"反了你了，能干干、不能干赶紧滚！"

这话像扣动了扳机，何壮立即化身成一发子弹，朝着张老板就要扑上去。一霎时，两个男人内心的压力、对现实的无奈、憋屈和不满眼看着就要变成拳打脚踢。民工们心态百样，看到有人为自己出头，很多都兴奋起来。有的也担心打仗，吓得大声喊叫。

还是几个老点的能扛事，见到这势头急忙上前拉住何壮，也挡住了张老板。就在这时，只见张猛把手捂在胸口，大口大口喘起了粗气，脸上汗珠如豆，噗噗滚落。紧接着那魁梧的身子往后一挺，躺倒在地。

这么不禁吓唬？这就死了？何壮和拉架众人都吓得瞠目结舌。偏偏拉架的人里又传出抱怨声："何壮，你嘚瑟啥？他要死了，俺们跟谁要工钱去？"

这话让何壮的腿肚子立马就转了筋。摸着张猛还有气，背起来就往医院跑。到了医院，张猛醒了，看到医生，有气无力地说："我有糖尿病，低血糖了。"

世上的事总是荒谬。这一场仗下来，何壮不但和张猛不打不相识，还在民工们心里留下了仗义的口碑。管市政要钱变成了他和张猛共同的事，两人分工合作，双管齐下——明着的，张猛负责；暗里的，何壮操办。明着的事明着办，张猛天天围在财务处长身边，递烟送水说好话。暗里可就得下点狠功夫了。何壮四处打听，跟梢定位，终于摸到那个财务处长的家，仗着自来熟，围前围后给人家当起了勤杂工。扛煤气罐、背秋菜、楼上楼下照顾处长年迈的老妈。那笔钱一回来，何壮就成了万元户。

张猛说，以后只要有活儿，他就找何壮。民工们说，大壮只要是你揽的活儿，俺们准跟着干。众星捧月一般，何壮就成了工地里那个特殊角色——四处揽活，招兵买马，当起了不大不小的包工头。好的时候，他一年能赚上个大几万，那时候的何壮，真尝到了被钱追赶的滋味。

何壮收获的还不止这些，民工中几个有点姿色的女人也围上了他，其中一个就是伍丽娜。伍丽娜是张猛的远房表妹，刚来时在张猛的工地做饭，后来也帮着表哥管点小事。这女人也被何壮和张猛那一仗给征服了，有事没事就给何壮送上妩媚的秋波。

何壮感觉到了几个女人对自己的围拢，也不反感伍丽娜送上来的秋波，只是还没想通，自己究竟哪里特别，居然总能吸引这类货色。他想到了鱼找鱼、虾找虾，想到了臭味相投，想到了苍蝇不叮无缝的蛋，越想也就越沮丧。那岂不说明自己真是何宝廷转世？也一肚子花花肠子？于是他就抗拒，就不想在一块石头上摔几个跟头。跟韩带娣还知根知底呢，结果不照样翻脸不认人？那种女人，那种女人——何壮恨恨地想着，却不忍心骂出什么恶毒的话。他怕自己再想下去，想出什么韩带娣回来找他重归于好的情景，他会臣服在自己的想象里，最要命的是，还会没出息地应承下来！

“怎么就忘不了那贱货呢？”

偏这伍丽娜也不是个轻易善罢甘休的角色。在工地，她勤快、热心，对每个人都表现出关爱。嘴里经常挂着的都是些自以为很文化、很高端的词，像心怀感恩啦、与人为善啦、不能娶了媳妇就忘了娘啦，听起来十分靠谱。她还一改以往跟男人打情骂俏那一套，闲下来就坐在工棚里打毛衣。民工们都觉得她变得很诡异，其实是感觉她做作，却找不到准确的词。知道是表演给何壮看，又只能私下里议论几声：老娘们一旦相中哪个老爷们，恨不得屁股上都擦粉儿。

可何壮那会儿不缺女人。都是些风月场里的女人，你情我愿，花钱买醉，两不赊欠。何壮觉得跟她们在一起轻松，不用说实话，说了她们也不想听。更不用有真心，她们只需要纸钞，那是她们判断一个男人有用无用的唯一标准。何壮很蔑视她们，有时会故意把钱弄脏再戏弄般撇给她们。每当这时他的快感才会油然而生，他侮辱了无数个韩带娣，这无数个韩带娣都是那一个韩带娣。

伍丽娜如果不那么假，以她的腰条，再加上是张猛表妹，给她增加一份青春的体验也不是不行。可那娘们总整酸词，看样子早不是处女了还动不动给他耳朵上刑，什么别辜负青春的岁月，什么青春就这一次，有去无回。听得何壮浑身起鸡皮疙瘩，心想，这是他妈啥地方？都是些最没文化的大老粗，你个满身骚气的娘们念叨青春，这不是潘金莲上庵堂，假装正经吗？又想想，不对，应该是潘金莲给武松敬酒，别有用心嘛！

转机出现在一个活儿干完、工地散伙那天。

那次修的是市郊的一座桥，那座桥连着桥北的繁华桥南的荒寂。桥北是城市，万家灯火。桥南当时还是大片的荒地，荒地远处有一些长势不那么茁壮的庄稼，隔着奇形怪状、披头散发的野生老柳树向北面张望。秋天的夜晚，星星离人很近，像蒙雾的玻璃被擦拭得锃亮。民工们坐在星光里，嚼着花生米，撕咬着烧鸡、五香干豆腐卷，还有一些毛葱蘸酱、南瓜玉米炖茄子。项目结束了，大家都拿到了钱。一些人将要转到别的工地，一些人则要回家收秋。分手之时意味着离别在即可也是收割情感的时候，一杯接一杯的小烧和啤酒，让几个月的相处变得难舍难分。不知不觉就从天边薄暮喝到月上柳梢，杯子空了再满，衣服脱了再穿，脸上哭了再笑。

伍丽娜一直坐在何壮旁边。她已经喝多了，连夜色都罩不住眉眼的红紫色。偏要跟何壮干一杯，何壮要滑头，装作把嘴喝木了，找不到杯口。伍丽娜直勾勾地看着他，看了半天，忽然把脸一捂，嘤嘤嘤地哭上了。

“大壮……我知道你看不上我……我知道自己咋做也配不上你……”

“哪儿的话呀？喝酒吧，来！喝！”

“我不喝……我知道你瞧不起我，不想跟我喝。”

“哪有哇，来！”何壮快冒汗了。

“我个子小，不起眼，没啥能耐，还——还——”

何壮这下真的发蒙了。应付纯粹的风尘女他不在乎，而且有一套，应付这种明明很风骚却深谙用清纯无辜包装自己的女人，他是真的没经验。

“没有……工地上谁不说你小伍子俊俏——”

伍丽娜低下头，咬咬嘴唇又轻轻抹着眼泪，看上去愈发楚楚可怜。“我还——我还——有只玻璃花……”说完这句，哭声更连贯了。

何壮知道伍丽娜一只眼睛有毛病，终日灰蒙蒙的，真像罩了层磨砂玻璃。

“那又能咋样？耽误吃还是耽误喝呀？不知道的还以为你有一半是外国人呢，哈——”说完，见伍丽娜更加伤心，只好严肃下来，认真地问了句，“说真的，咋弄的？”

伍丽娜又抹了抹眼泪，幽幽地说：“不知道你做没做过傻事，反正我——做过傻事。”

何壮心想，傻事？跟韩带娣之间，算不算自己做的傻事？除了这个以外，离开韩屯绝对算不上傻事。他看了眼伍丽娜，没言语。

“早先，我们村里人都没啥文化，我爸妈那辈儿都没几个认字的。就是我这辈儿，多数也就是认几个字的水平。这样一群人里，突然有一个能写会画、见到啥都能变成诗的人，你想会啥样儿？”

何壮被问住了。他想到了邹校长。虽然邹校长不写诗不作画，可那是全韩屯最有文化的人了。

“受待见呗！”他张口说道。邹校长确实是韩屯最受尊敬的人。

“如果再眉清目秀，尤其是——再一孤独——”

“孤独？”

“对，跟谁也没话说，谁也不理解他——”

“你就去理解了？”

“那时候我十六，他二十，他考上大学了，让我等他。我就真等了，等到第三年，他才回去一次。我可真跟过年似的，那个高兴啊！他说想跟我到山上去，有话跟我说——”

“什么话呀？非得山上才能说？”

“我也是这么问他的，他说，对，只有俯瞰大地才能感到大地的博大，我们自身的渺小。到了山上——是山顶，山不高，一百多米吧，他跟我说的是分手。他说我连李白、杜甫的诗都背不上几首，别说雪莱和什么托夫了。他说他需要的不是简单的崇拜，他需要心灵的对话，甚至是心灵的降服。他说不是一类人勉强在一起，两个人都会痛苦死。”

伍丽娜说话声音很黏细，自带几分妩媚动人。这些话由这副嗓音说出来，像长了钩子，谁要是认真听，谁就会被钩进去。何壮栽歪在一根木桩上，故意保持着平时的痞劲儿，吊儿郎当。

“要是我同意了，也就不傻了。偏偏我嘴上同意了，心里却恨得要死。再恨也不能把他杀了，那会儿我只会作践自己。”

“那可真够傻的——”何壮说这几个字时，嗓子有些沙哑。作践自己，谁还不是呢？韩带娣走后，他三天不吃不喝，后来又报复性地暴饮劣质酒，喝到一直腰就狂吐，足足两个月啊！差点没吐死。

“也没别的作践法，那山也没崖子，想跳个崖都不行。干脆，我就地躺下，顺着那个陡坡往下骨碌。”

“嗬！”

“骨碌到一半，一截干树枝戳进了我眼睛——我差点疼死！你知道我当时咋想？我想，都说老天有眼，眼在哪儿？”

何壮吊儿郎当不起来了。对伍丽娜说：“你这是何苦来？犯上犯不上？”

“犯不上，现在真觉得一万个犯不上！可当时也真是死的心都有……大壮你说，当时也是我，眼下也是我，想法咋就这么不一样了？”

伍丽娜说着，似乎忘了要在何壮面前装出一副正派纯情，从衣兜里掏出一支烟，默默点上了。烟雾随着秋夜的风蜿蜒飘荡，把凛冽的空气变得温暖暧昧起来。城市在桥的北面闪烁着尚未熄灭的几窗灯火，对面而坐的两个人像是城市以外的两簇夜火，光亮正好够对方看到自己的脸。

他们搀扶着去了江边。那里有一片正在荒芜的草地，有潮湿的鹅卵石。何壮进入的一瞬间，听见伍丽娜黏细的声音在身下说：“大壮，我跟定你了！”何壮有几秒的踯躅，为这话。他不想背负起一个女人，更没想过要背负起伍丽娜这样的女人，他不愿相信她——她的人，她的话。可那个冰凉的秋天的夜晚让他舍不得从近在咫尺的温暖中抽离，伍丽娜抽烟时落寞的样子是他唯一相信的东西。那个黏细的声音发出激烈的喘息：“我就是跟定你了！”何壮被这话惹得一个激灵。还没人对他说过这话，这话在这个背井离乡的夜晚，像把锥子，猛的一刺，他的愤懑失意便如瀑布飞泻，狂奔着冲向另一具肉体。

伍丽娜说到做到，跟定了何壮。何壮事后却没那么坚定，好多次想方设法挣脱伍丽娜这根绳索。他不知道自己能不能遇到所谓的好女人，只是男人的本能告诉他，伍丽娜不是他想结婚成家的对象。他们时常吵架，有时在工地，当着大伙儿的面，他就对伍丽娜动粗。可第二天一早，伍丽娜就坐在他后来租的屋子门口，圆睁着那只灰蒙蒙的眼睛，像无家可归的流浪猫。何壮心又软了。这样重复了很多次，他有些倦怠了。加上后来何壮受伤，伍丽娜像伺候亲爹一样伺候了半年，何壮的心在倦怠中又掺杂了太多说不清的东西——就这样吧，不就是混日子嘛，谁跟谁不是过。两个人搬到了一起。

伍丽娜怀过一次孕，两个多月小产了。后来就像绝收的地，一次也没再怀上。伍丽娜三十几岁那年还得了场大病，高烧不退，胡话连篇，醒来后就变得神神叨叨了。都说她那场病是替何壮扛的，何壮那年在工地出了事故，丢了两根脚趾头，要不是伍丽娜病那一场，说不定还有什么祸事等着何壮呢。众说纷纭，结果却只有一个：伍丽娜变成了挣钱的主力，尽管与没负伤时的何壮相比，她挣的都是些零碎的小钱。不过自那以后，两人的生活幸亏有那些小钱支撑着。

工地出事故是常事，从没赶上过的可真是祖上积了厚德，烧了高香。何壮是被小翻斗子车砸掉了两个脚趾头，如果砸在腿上，腿是指定保不住的。为了要赔偿，他断断续续在医院住了半年，出院后打官司又耗时一年多，他的上家下家就被这一年半的时间都冲散了。两根脚趾获赔四万，竟然成了在外打拼这么多年唯一留在兜里的现钱。无路可走，无处可去，暂时能接纳自己的，只有韩屯，家里那破败的老房子。

回去那天，何壮恨不得变成老鼠，神不知鬼不觉溜进屋子，再也不出来见风见雨见太阳。可惜，这不过是幻想。

回去那天，全韩屯人，除了不能下地的，都眼巴巴的看着他。这情形与几年前简直一模一样。那次他开着桑坦纳，后面跟着辆大卡车，拉的全是砖头水泥、沙子木料。那时的何壮在韩屯人眼里是大老板，兴师动众地回来，就为了把破屋子翻盖成二层小别墅。大伙儿列道参观着何大老板，眼里的羡慕像不断涨潮的江水，一波波把他淹没。如今小别墅早就成了泡影，他何壮像个落寇，丢盔卸甲地逃回来了。

屋门虚掩着，像个老家伙挂了件满是窟窿的破褂子。外屋地的锅灶糊着厚厚的油泥，上面覆盖着从门窗钻进来的泥灰。窗台上横躺着不知多少年前的玻璃奶瓶。一小块儿曾经抽芽的生姜，皱巴成一粒干巴“石头”，瑟缩在水缸盖子上。炕上有个放针线的簸箕，线轴上绕着一骨碌一骨碌的白线，看样子是拆完棉被特意把线拆下来绕上去的。大概还没来得及把被绗上，何婶就一病不起了。

何壮打开炕柜，掏出过去盖的那张旧花被，一头攮了进去……

再怎么没脸见乡亲，人总得活下去。原来直直溜溜的何壮变成了村路上的跛脚汉，刚回来那半年，谁迎面看见他，都会露出一副往肚子里咽牙的表情，把惋惜写在脸上。慢慢地，习惯成了乡亲们最熟悉的表情，跛脚何壮也取代了直直溜溜的何壮。何壮凑热闹很有一套。不管谁家有事他都是先凑上去打听，打听完就慢条斯理地议论，然后再给支招。跟韩屯人比，他见多识广，不管大小好坏，只要是热闹他就能掺和出门道来。这么一来，何壮几乎成了韩屯的万能表。

“咋样？劝住了？”

“不听！咋劝也不听！”

“大壮都劝不住，俺们就别照量了！”

一来二去，何壮有了些新的“口碑”。谁家有事都去找他，他也就一跛一跛地赶过去。完事通常能给他张罗二两小酒，要么就着煮毛豆，要么蘸酱菜，算是答谢了他。红白喜事是何壮最爱参与的，最多随五块钱，甚至有时不随钱，只要那张巧嘴张弓拉箭，白吃一顿席还皆大欢喜。再后来，何壮就成了“待客（读 qiě）”的，靠嘴皮子给自己混吃喝。

伍丽娜可不是省油的灯，只要他俩一发生口角，甭管门开着关着，左一声“瘸鬼”右一声“废物”就从破屋子里往外飞。屋里连着南炕北炕有两个木头箱子，有年月了，不值钱却是何壮爹妈唯一留下的那点财产。箱子上并排摆着何宝廷和何婶的黑白照，是有一年镇照相馆派人下到屯里，免费给全屯人拍的标准照。何婶不知死于啥病，说是染上了风寒，迟迟不好，就找来邻屯一个大仙儿给跳一跳。跳的时候把人横在当院儿，大风口里。等到唱完了，跳完了，何婶也僵硬了。何壮回韩屯时，家里只有这两张照片等着他，他亏心，怕那两张照片像怕什么似的，毕恭毕敬，一下都不敢碰。那天伍丽娜又骂他废物，借着酒劲儿，何壮扬了一巴掌。伍丽娜像发了羊痫风，抄起那两张照片，连着玻璃和框子，一块儿扔到了后窗户外面。

那一仗之后，家里箱盖上光光溜溜，啥也没了。没过几天，上面多了块红布蒙着的牌位，说是伍家大仙在此。伍丽娜算是正式出道了，仙号小伍子。小伍子自称会看邪病，还会看风水。谁家搬家盖房，迁坟下葬她就拿个罗盘过去，东方角、亢、氐、房、心、尾、箕;西方奎、娄、胃、昴、毕、觜、参地念叨着，手上指指点点。屯里人都是宁信其有不信其无，一来二去，小伍子也算有了点名声。给人看病时坐在南炕，要烟酒伺候。每回要半瓶白酒一口气灌进去，才能翻白儿抽筋，大仙儿附体，“哈苏哈那，尼玛查哈，标拉顿格”地念叨几十遍才返阳。看完病，来人要往牌位前的香炉下面压些香火钱，钱数全凭自觉。小伍子说那钱跟她没关,她连一眼都看不到。病人走时她还在冥界虚脱着，阳间的事阳间的人，统统跟她没关系。

话这东西，落到想信的人耳朵里，怎么听都是真的。屯里人几乎从不怀疑，大伙儿背后合计：“瞧老何家穷得那样儿！钱要是落到她手里，哪还至于！”也有人说：“一年到头，一共做不上十次八次法，里外里闹不上千八百块，就是都揣进兜里，又宽裕到哪儿去？”

何壮就指望着小伍子每年这千八百块呢！他爹妈的照片，他给拿到坟前烧成了灰。看看坟上有个洞，不知是獾子扒的还是野兔子打窝，他把照片灰塞了进去，又捡块石头给堵上了。心里似乎平静了许多，却又好像更亏空了。他跪下，磕三个头，直起身，拄着后腰，对那坟说：“妈，獾子扒洞，兔子打窝，不就为活着。你儿子跟它们没啥两样，呵，活着就得寻思活着的事，呵——”何壮说着，咧开嘴苦笑。东山的风像铁匠爷爷当年打出的铁剪刀，剪的树叶遍地。

第四十五章　停　战

“你是——大壮？”邹天明一边弄出满脸惊讶，一边再次往地窖子里跑。喇叭里又传来一声：“不要脸的野汉子，过来我掰折你的腿！”邹天明心虚的脚步差点把他自己绊倒。

“小心点，天明！”他身后传来何壮关切的声音，这语气来自时间深处那个曾与他最亲密的何壮。邹天明禁不住回头看了一眼。那可真是含着千言万语的一眼啊——有左右为难、有不得不相认、有人生际遇天上地下，还有哀其不幸怒其不争吧！

小石河冰凉的河水又被人群的嘀咕声翻起水浪，哗哗作响。邹天明的脚步踯躅在原地，不往前迈，也不往后退。

“邹天明！想啥呢？还等他再骂出啥来？”他的领导在严厉责问他。

“看我不掰折你的腿！”喇叭更大声了，突然便无遮无拦直接袭击着每一个人。就在邹天明最为踯躅彷徨的时刻，却看见一个人，正在地上艰难地爬着。不是别人，正是我父亲韩兴旺！他用两只胳膊肘支地，用嘴拱着喇叭，下巴全是土，全身都在地上拖着。他拖得那么沉重，好像拖着的不是一副干枯的身子，而是那苦不堪言的命。

邹天明的后背在哆嗦。面对这样一副咒骂他的身子，他的第一反应一定是跑上去，把我父亲抱起来，哪怕被牙咬，被唾沫啐，他都要把这个干枯的小老头抱回小炕上去。湿凉的土地会吞掉这干瘦的身子，他看上去多像只有眼珠还在动的蝉蜕啊！可就在稍一愣神儿的间隙，另一个人已经越过邹天明，冲到了我父亲跟前。

是三民哥。他刚从自家地里赶过来。一没拉架，二没往下抢我的棍子，脸上的表情充满了对小伍子的愤怒。没承想我父亲突然来了这样一出，三民哥二话不说，冲上去就把纸扎人一样的我父亲抱进了地窨子。

我扔了棍子，踢开喇叭，一头冲进地窨子。喇叭不偏不倚骨碌到何壮脚下，他弯腰捡了起来，吹口气试试，听不到回音。喇叭坏了。

战势瞬间发生了变化。外边的人都静了下来，站在原地。三民哥安顿下我父亲，赶紧就出去了。地窨子里的声音在一片寂静中清晰地回荡——

“你这叫恩将仇报，你知不知道？”我对父亲大声吼着，这是我有生以来的第一次。

父亲没动静。

“你到底想咋样？啊？你对得起我邹大爷吗？”

父亲还是没动静。

“我迁就你，迁就你——我迁就了你一辈子——别人不是你生的，别人不欠你！包括房宝海，他也不欠你！”

“你身子底下藏的啥？给我！给我！”父亲极力藏着什么，我越要，他越藏。

我抓住他的被子，一把就撇到了地窨子门口。父亲疙瘩柴一样的两条腿上只套了条齐头裤衩。裤衩中间杵着个大东西，黄绿相间的糙皮，几层带锯齿的叶子。

是果篮中间立着的那个菠萝！我这才发现，炕上的果篮不知什么时候被撕开了，别的都在，菠萝不见了。

我的下巴开始哆嗦，整张脸紧接着也开始哆嗦。一直到哆嗦出满脸眼泪，我捡起被子，走过去给父亲盖上了。伸手要拿菠萝，父亲先是往身子底下藏，藏不下又抱在胸前。

我没再抢，盖上被，伸手摸着父亲的脸。怀里紧抱菠萝的父亲，脸上的表情像知道犯了错的老小孩儿。

“爸。”我一手摸，一手捂住嘴，哭得直噎气。

“我躺这儿跟死了，没啥分别。我不死，不是我韩兴旺怕死。”父亲说话了，苍老的声音平静得像河边的鹅卵石。接下去，我们爷俩有了一番各说各话。

——我妈快不行了那天，就想吃菠萝，老二赶回来，买了一个。

——我一死，你连个壮胆的也没啦。我总寻思，房宝海早晚得回来，不信你看着，早晚能回来。

——我妈心是那个心，嘴都张不开了，到给我妈烧完头七，切开菠萝一看，烂的呀！

——等他回来，你领养个小崽儿，我再死。

——我妈到了那头，也不知能吃到不？

——老三不学好，不要脸，这辈子不带有个正经家的，唉！老二太苦命啦！你看她老的，说六十都有人信。

——等我挣到钱，就好了。

——她俩再不易也没有你难……实在不行，你把炕柜卖了，卖多少都是你的。

——爸，想吃菠萝啊？我给你切去。

——不吃！别动！给老二留着！

刚不再各说各话，父亲又突然吼了一嗓子。

当天晚上的一些事，都是彭有志断断续续讲给我的——

听着我和我父亲的对话，边镇长站在邹天明身边，大口抽烟。

“得好好教育教育小伍子那两口子。”边镇长吞着烟对邹天明说。那些烟从他鼻孔里直直地喷出，成了两道烟柱。

彭有志凑了过去：“边镇长，你说，我给老韩家排贫困户头一号，应该不？还有另外那几户，你说，说我收礼那些孙子，缺德不？”

“你有经验，想想，像小伍子这样的该怎么处理？”边镇长没搭彭有志的话茬，继续对邹天明说。

“边镇长，小伍子这事确实够处理的，怎么办？要不，先找何壮唠唠？”

“那得带上小伍子。这样吧，去我家，两顿饭一起吃，边吃边唠。”彭有志说。

边镇长和邹天明连中午饭都没吃，看看太阳，已经打斜了。现在赶回镇里，这一天白挨饿了，事还没解决。边镇长说：“我给我爱人打个电话，报告一声。”

彭有志家过去曾经是邹天明的家。可他们似乎都不想谈论此事，只在进院子时彭有志客气了一句：“邹助理对我这院儿不陌生吧！”

饭桌早就摆在大炕上了，小鸡炖粉条，四六八碟也都摆好了。边镇长盘着腿，夹一口鸡肉炖粉条放进嘴里，边嚼边说：“老韩家竟然还有那么一出。小邹，你故意的吧？买了个菠萝。”边镇长瞅着邹天明直接问。邹天明连连摇头：“真不是。”

彭有志吧嗒一口小烧酒，说：“小伍子，你说说，老韩家的事，你听着心里啥滋味？”

“彭主任，你说能是啥滋味呀？我在哪儿都是孤零零一个，我爸妈早就没了，跟人家韩江月可比不了，这个屯，恨不得谁见我都踩两脚。”

小伍子和何壮上不了桌，并排坐在一个长凳上。

“那你说说，那天晚上，到底是不是你？”边镇长撂下了筷子。

“咋能是我呢？镇长你说，我身边就睡着自己男人，三更半夜，咋能是我呢？”小伍子语调带着几丝颤抖，几滴眼泪流下来了。

“韩江月所有损失都是你造成的。”邹天明赶紧板着脸说出这话，“这还不算你圈回来那头猪。”

边镇长看向邹天明，眼神里居然带着几分赞许。

“大壮，你得说说呀。”彭有志又开始在那冲淡气氛了。

“我？我活得比猪都窝囊，我有啥可说的。”

“那你也得说说，这事到底是谁的错？”

“边镇长、邹助理、彭主任，到了这个地步，我只能说，今天的事都怨我家那个贱货。”

何壮明显在避重就轻，可他的话还是让邹天明脸上布满男人的沮丧。他不想亲眼见证从前最好的朋友已经怂到这个地步，开门见山就把自己的女人怼成了挡箭牌。

“怨我？都怨我？”都以为小伍子得一下子蹦起来，谁想，这女人动也没动，语气还愈发幽怨上了。

“何壮，今儿守着亲镇长、亲助理、亲村主任，咱把话说清楚。嫁汉嫁汉，穿衣吃饭，我跟着你，吃到啥、穿到啥了？”

才说完，何壮倒是蹦了起来，一把揪住小伍子的衣服，大概捎带了胸部脂肪，小伍子哎哟一声。

“那你就去猪圈惹事？你到底偷没偷人家汉子？”

“我偷汉子？谁看到啦？还有，说咱家圈回的是韩江月的猪，凭啥？猪那是咱俩在后山圈的，圈回来养了个把月，搭进去多少猪食啊？搁啥证明是她的？”

小伍子不冲何壮说这些，冲着边镇长和邹天明。

“小伍子，你别整半仙儿附体那出。这件事坐实了，你就得进去。你那是破坏生产，听明白没有？何壮你再跟着演戏也没用。邹助理，找到房宝海，核实情况，整理一下材料。”边镇长说话了，语气阴沉沉的。

小伍子那张三角形狐狸脸，挂着难分真假的委屈，还想出点动静，让何壮按下了。

“你俩先回去吧。”边镇长手一挥。

何壮捡起红帽子，跟出门口，和小伍子嘀咕了几句，又回来了。

“边镇长，让您生气了，我代家里的给您赔个不是。”到底是个在外面闯荡过的，何壮说完，走到桌前，端起个酒盅，吱溜一口，见了底。

边镇长把那张黑脸板得紧紧的，没有半点松开的迹象。何壮有心想再说点啥，彭有志一个眼色给挡住了：“你先回去吧，好好教育教育你媳妇”。

何壮又走到门口，停了下来，回头对着邹天明：“明子，你真不够意思，门儿都不登。少说二十多年了吧？”这等于在骂邹天明。邹天明只好起身下地，跟了出去。

“大壮，说了你可能不信，这几年清明，我给我妈烧纸，都是单独另画个圈儿，给我何婶烧两沓。”

“信，我信。我妈活着时候，咱同学那么多，她咋就那么惦记你。我跟你说——唉，明子，过日子没摊上个好老娘们，咋扑腾都完蛋。”

他确实扑腾过，扑腾掉两根脚趾。

“你捡了头猪，都能伺候干净的卖上价，大壮，要是也跟韩江月学，好好养上几栏，钱包不也鼓起来了？”

“我个半拉残废，”他指了指脚，“不是不想干，是干不了，真干不了了。”

“那不一定。就看想不想干。”邹天明说。

“不管咋说，明子，咱俩好一场，这回你可一定得帮我。”

邹天明杵在原地，满脸尴尬和为难。

“快进去吧，明子，帮帮哥们啊！”

回到屋里，边镇长和彭有志还在喝。彭有志一看就多了，拉着边镇长的手絮叨：“镇长啊，咋说呢，这基层的工作是真不好做呀！何壮家是这屯里的大家，本家兄弟六七个，让小伍子进去了，何壮就得记恨我老大个疙瘩啦！”

从外面往这屋子里看，肯定是一派祥和景象，气氛热烈。从屋里往外看，却是黑乎乎一片。天彻底黑了，边镇长和彭有志酒意正酣，只有邹天明，脸上写着一大团纠结。正苦闷，手机响了，是我打给他的。

“快接呀！”边镇长眼含笑意催促道。一不做二不休，邹天明干脆打开了免提。

“江月，我们在彭主任家。有事？”

“我爸说，让我把菠萝切了，给你们送去——主要，主要是给你。我一想，天都黑了，这边离不了人——要不，你们过来吃完菠萝再回去？”

邹天明才想说不用，边镇长在旁边点着头。邹天明只好对着电话说：“行。”

路上，边镇长狠狠地吸了口东山坳的空气，手背在身后望了望天，对邹天明说：“小邹，这次来有成绩，回去好好整理一下，弄出个像样的材料往上报。”想着刚才在酒桌上与边镇长的珠联璧合，这一趟韩屯之行竟有了几分意外收获、完美无瑕的意味。邹天明连连点头。

边镇长清清嗓子，月光下，他魁梧的身材在邹天明眼里有了股陌生的风度，跟电视里的人物似的。他的声音也变得空前爽朗：“韩江月这女人，挺不错，有扛劲儿，要强，能吃苦，有味道。”

邹天明的脸一下子热辣起来。

“男人嘛！谁不想当英雄？解救女人的男人，那就是英雄。”

“……”

“不瞒你说，我就把我太太给救了。”

“镇长，不是——”

“当年，她在台上演出，我就恋上她了，那模样，真是俏！可她都不认识我老大贵姓，她恋的是什么剧团团长，结果，结婚没几年，那犊子窜到副县级，就变卦了，妈的，变成拳打脚踢。”

“唉，我不是——”

“把她打抑郁了，割过手腕子，都没人样了。我还不瞒你说，跟我前一个老婆，我就是英雄不起来。可我那年碰到她，我就英雄起来了。”

“镇长，你是爷们，我不是——”

“一辈子就那么几十年，掏个心窝子死不了人。说说，你咋打算的？”

“镇长，边镇长，你看小伍子怎么处理？何壮怎么办？”邹天明赶紧转移话题。

“咋办？小伍子必须教育，该罚就罚。”

邹天明还是满脸纠结。边镇长认为邹天明帮我，是一个男人在解救一个女人，就像他解救现在的“太太”。这真是天大的误会。于是邹天明说：“镇长，咱去何壮家，现在就去，那也是我发小，我认可借钱，给他也担保，帮他贷款，让他也养猪，你看行不？”

边镇长在月光下睥睨地看着邹天明，从他嘴角的方向可以预感到，接下来应该有一阵儿放声大笑。半天，边镇长收敛了笑意：“你小子，两头讨好，能有出息儿。”

邹天明不知道这是表扬还是挖苦，只知道有些错误的念头一旦扎根就很难铲除，可他又偏偏不知道该怎么澄清跟我之间的关系。就在最彷徨的时刻，横在眼前的小石河，突然把对岸的猪圈之光——那几盏十五瓦灯泡的光亮，变成了刺耳的号叫送至耳畔。邹天明、边镇长、彭有志都站住了。

“什么声？”

“坏了！会不会是——野猪真来了？”邹天明说。

“野猪？”边镇长说。

“韩江月是真能自作聪明！让野猪跟家猪干，专要杂种！这下完了，她这些猪——还他妈都是猪崽子啊！”彭有志不再后屁股跟着了，撒腿跑了上来。

跑在彭有志前边的还有两个人，是从小石河那边跑出来的，一男一女。

“听！韩江月在喊人，敲破脸盆子呢！”

“快！”邹天明和边镇长赛着使劲跑。

“母猪也没发骚情，野猪咋会来的？”

“咋会来的？”

“靠！能不能菠萝味儿给引来的？”

“靠！这蠢女人！切那玩意儿干啥？”

“那还不是你给买的！”

“那还不是——对，我买那玩意儿干啥？”

刚跑到桥上，就听见“咋回事？咋回事？”听着像何壮的声。接着又听到“韩江月把野猪招来了！妈呀,野猪来了！”这是小伍子的声。边镇长和彭有志还是岁数不行了，邹天明第一个跑到了山脚下。

猪圈的灯都亮着，当时我正跪在地上，手里杵着圆木棍子，呼呼喘着粗气。我没穿外衣，穿的是不粉不红的一件旧线衣，裹着健壮的身体。线衣被汗湿透了，塌在身上，严丝合缝。我从没意识到这有什么不妥，只是邹天明在看到我的一瞬间，他身上像突然连了电线，呆呆地木在了猪圈门口。

“野猪呢？”边镇长大汗淋漓，毛孔里的烟味儿四下飘散。

“圈里呢。”我跪地上淌着汗，用手背抹了一把。

他们几个人，手里都多了棍子。棍子壮了人胆，大家一起走向猪圈。圈门已经插上了，里面的猪都在嗷嗷叫，不像受到性侵犯，像在七嘴八舌唠家常。

“野猪呢？”边镇长又问。

“不是野猪，就是那只。”我撑着棍子站了起来。

“哪只？”

“那只，杂毛的，最大个那只。自个儿从后山找回来了。”

那天晚上，小石河水也像松了口气，卷着水上的星星，流得格外欢畅。我从地窖子里把菠萝端出来，逐条分给他们几人。

第四十六章　机　遇

那晚那头杂毛猪自己找回猪圈后，圈里的白猪就成了一群窝囊废。吃也抢不上，喝也抢不上，被拱了也叫，被占了地盘还是叫。我只好当机立断，用木障子把猪圈一分为二，杂毛猪和白猪井水河水，泾渭分明。钉障子的时候三民哥就说，杂毛猪太野，未必拦得住。我说，拦不住也得拦，要不咋整？等障子钉好，果然，没用上一天，杂毛猪一个小小的加速度，横着身子使劲一撞，咔吧一声，碎裂的障子便只好用作烧柴了。没法子，我把杂毛猪五花大绑，借车拉到了市里一家名叫新生的肉联厂——真啰唆，其实就是“新生肉联厂”。

这是家私营企业，不过规模可不小，员工足有大几百人。肉联厂给杂毛做了体检，结论是身强力壮、活泼好动、野性未泯、猪龄适中、瘦肉率高、适宜屠宰。结论出来就开始跟我谈价，也是正赶上猪肉行情好的当口，几乎没费口舌，整猪以六千元成交，一手钱，一手猪。我宛如被飞来的横财砸中，很是难以置信。肉联厂的负责同志见状，认定我是个朴实本分的养殖户，于是紧急跟进，很快就掌握了我的许多第一手资料——包括养了多少、地点、水质、饲料配比，还包括以前有没有跟其他地方的肉联厂合作过、成交价都是多少。我照实回答：这是第一回卖猪。负责同志一听，心里乐开花可脸上并没有花骨朵，严肃而诚恳地说，这样吧，我们可以和你签个销售协议，你也不容易，一年出栏多少，我们全兜着。

我就带着养猪以来的第一笔收入——人民币六千和主动送上门的

销路，乐颠颠地坐上新生肉联厂的面包车回了韩屯。那位负责同志也跟来了，到了猪圈又是拍照又是勘察，转了好大一圈儿才回去。隔一天，他又带了一帮人过来，先到的村部，把彭有志捎带来了。

那会儿的韩屯，可说是春光正美。东山泛起嫩绿的青翠，燕雀在青翠中亮开喉咙，巡行在半空中赛歌赛舞。蒲公英刚抖落开黄色的花瓣，好似女人散开发辫飞甩着秀发。紫花地丁把每个石头缝都染上了来自大地深处的纯紫。山蕨菜、山薇菜个个蜷缩成一圈圈紫绿，像山间冒出的无数个问号。野鸭子在小石河里静静地漂浮着，多数时候纹丝不动，谁也不知道它们这叫什么游法。

肉联厂来的几个人像发现了世外桃源，不住口地夸赞东山和小石河。其中两个穿着入时的年轻女子更是兴奋异常，一会儿像踩弹簧一样弹跳到半空，一会儿又斜着身子横卧在草地上，摆出各种扭捏夸张的姿势拍照。屯里人像看大熊猫金丝猴那样看着这帮人，对他们的行为只有四个字：不可思议。尤其对趴在河边手里挥舞丝巾的两个女同志，更是觉得俨如怪物出笼。

“她们那是干啥？”

“照相吧？”

“鸡肠子似的一条小河沟子，趴地上能照出啥？”

“不知道，瞅着像电影里打鬼子，要执行啥任务似的——那姿势，像不？”

来人中有个国字脸、厚嘴唇、悬胆鼻的大个子，挺拔英武中又自带几分儒气，大家叫他栾总。其他人都看风景，照相，就他，领几个男人围着猪场前前后后转了三圈，还往东山上走了很长一段，才回到了猪舍。

“小韩哪，这样，刚才彭主任向我们介绍了你，说你很能干，也很辛苦。今天我们来就是想跟你商量一下合作的事。我们有心思把你这地方扩建成新生肉联厂的养猪基地，你看怎么样？”

实话说，我多少有些预感，这些人不是白来这里的，但还是不明所以，眼睛里满是问号——建养猪基地？怎么个建法？我这个猪舍怎么办？

见我半天没回答，栾总又说道：“哈哈，是突然了点儿，那我细说说。我们是想在这里投资，建个大规模的养猪场，前期扩建费用我们出，产品也完全由我们来销售。你呢，就以你原来的猪场入股进来，具体算多少我们再商量。建成后你就负责养——主要负责养杂毛猪，我们派来管理人员和技术人员协助你。你再从你们村招募一些人来养猪——可不是三五个呀，怎么也得——几十人吧！都归你领导，你看咋样？”

我的第一反应是呆愣住了。卖一头猪能牵扯出这么大一件事？半天缓过神来，脸上还是难以置信——真有这样的好事？那么大个养猪场，可不是闹着玩的！

没等我说话，彭有志早就急了。他可是见过世面，知道这样的机会那是烧香拜佛都求不来呢，不赶紧应承还在那犹豫哪门子啊！彭有志又瞄了我一眼，我还是杵着不动。他吃不住劲儿了，走过来说道：“江月，这是天大的好事，甭担心，啥事都有村里，还有镇政府呢！”说完又转过来语气殷勤地对栾总说：“栾总，您放心，您那养猪场遇到别人能不能成我不敢说，遇到俺村江月那是准能成！江月老能干了，就没有她这么好的人！上次镇长来还撂下话了，支持江月养猪，镇里要大力扶持她养猪！”

彭有志说完，还夹了下眼皮，给我使了个眼色。栾总倒很有些乘胜追击的意思，咧嘴嘿嘿笑了一串，语气不紧不慢地说道：“你们可以打听打听，我们新生肉联厂的口碑、规模，不瞒你们说，小白山那边我前几年就建了新生牧场，当地农民给我养牛，我卖牛奶——也卖牛肉。你们如果同意跟我一块儿干，咱们也可以按那个模式操作，实行股份制。再说具体就是我们用现金投入和技术指导入股，村里用地入股，江月你用现有的猪场和管理入股。大家合作，把养猪基地办起来，怎么样？”

彭有志又激动又着急，手心直冒汗。正恨不得替我使劲点头，听到我用恍然大悟的语气说了句："行，行啊！"

彭有志可算松了口气，心里一定默念了句，这老蛮牛，你是要活活急死谁呀？

"这也是你们镇里的一件大事，彭主任，你看什么时候向镇里汇报一下？这件事还需要镇里支持啊！我们听听意见，之后再商议。"栾总说起话来滴水不漏，从样貌到语气，都给人踏实可信的感觉。

彭有志哪敢怠慢，转过身就掏出电话。巧得很，那会儿邹天明也正在讨论钱的事，是跟几个干部商议乡里脱贫攻坚扶持款使用事宜。氛围就可想而知了——各村都为自己村里的项目争吵不休，争辩得那叫一个比饺子开锅都热闹。接到彭有志的电话，邹天明那在争吵声中僵硬发木的脑袋立马兴奋并迅速运转起来——新生肉联厂，投资几百万，建大型养猪场？今天啥日子？怎么会突然砸下来这么大一件好事？这要是落实了，在全县不拔头筹至少也能排个二三啊！边镇长和他刚上任不到一年就能有这么大的招商项目，岂不是天降大任于韩江月，捎带着给他和边镇长打灯笼都难找到的天大成绩嘛！为了招商引资，他一次次甘当导游和解说，拉着孟柏宏和他生意圈那些朋友满镇转悠。也不能说毫无收获，从孟柏宏一个会唱京剧的朋友嘴里听说，付强回来了，戴着手铐回来的。邹天明嘴里还对彭有志说着"等信儿，你等我信儿"，手已经敲开了隔壁边镇长的门。一秒都没耽搁，一字不落向镇长汇报。边镇长一听，直接就上头了，干脆起身，抄起办公桌上的半包烟卷往兜里一揣，嘴里蹦出仨字儿："走，马上。"

不到半个小时，边镇长和邹天明就坐着那辆八成新的别克赶到了韩屯。

栾总、我和彭有志已经在村部了。进屋后一番寒暄，落座，栾总继续和我唠了起来。

"小韩哪，你的猪场加上你的管理，我给你算百分之十五的股份，怎么样，这手笔不小吧？”话音刚落，还没等别人搭茬，我直截了当地问了句：“那我们村村民呢？他们能给多少股？”

包括邹天明在内，谁都没想到我会问出这么一句。栾总显然也没这份考虑，眉头微微皱了皱，像小石河水流着流着遇到了块凸出水面的石头。顿了会儿，才语气试探地说道：“村民？你是说——来干活儿那些村民也要给股份？”

“也不能光我自己有股份啊。”我说。

“村民们不能有股份，他们来干活儿就给开支。”栾总摆了摆手，摇摇头，没答应。那双手跟别人都不一样，看起来修长绵软又厚实。

“为啥呢？”我满脸的不接受。身旁的彭有志咳嗽了一声，满屋子最紧张的就是他。

栾总没接我的话，转过头，跟身边那个矮个子男人说起了话。“小刘，你估算一下，前期投入得多少钱？”矮个子男人说：“基础太薄，前期投入很大。我大致估算了一下，这里能办一个存栏量五千头的养殖场，前期投入怎么也得五百万。”栾总点点头，还是没回答我刚才那个为啥，却转过身面向边镇长和邹天明。

“需要修路、修桥，还需要动力电，想问二位领导，咱们镇里，能不能给予支持？”

边镇长明明跷着二郎腿，一听这话赶紧收起，大手一抬：“栾总，你放心，镇里肯定全力支持。”

栾总这才又看向有些窘迫的我。“小韩哪，不是我不给村民股份，你们没做过企业有所不知，入股是有责任的，股东盈利了分红，亏损了，可是要担债的啊！”

此时我方才领悟了股份制的根本，可我还是没说行，也没说不行，看看邹天明，又看了看边镇长。

边镇长不含糊，赶紧接过栾总的话，说道：“虽然镇里财力有限，但这个项目，我们肯定会大力支持。”邹天明一听，镇长明确表态了，有些话此时不说何时说？打铁要趁热，就把镇里正在商议的扶贫攻坚专项资金简单介绍了几句。彭有志擅长察言观色，接话说："那个啥——上次镇长来我们屯，亲口承诺江月了，下半年给江月申请扶持资金，专门用于杂毛猪养殖。"

这算不算一唱一和呢？这种一唱一和大概多多益善吧！

都说完，我才又说话了："栾总，我们村穷，家家户户都挺穷的，怎么着干一回猪场，让大家也该得些实惠——我是说，要让他们心里有底，有保障。要不，从我的股份里分出一些给大伙儿——您看行不？"

边镇长和邹天明，几乎是一起转动眼珠转动脖筋，一起看向坐在他们左面的我。不光他俩，栾总也用略带吃惊的眼神盯着我，看了半天。他一定是没想到现如今还有这样对钱谦让的人，而且还是个"穷人"，这倒让他投资办猪场的心思又坚定了几分。他久战生意场，阅人无数，越是淳朴可信，他越有好感。

"呃——小韩哪，不是你说的那回事，"栾总说话也没那会儿那么行云流水了，可是眼睛和脸却愈发洋溢出微笑，"不是你出或我出，而是最合适的办法就是按点给开支。入股可不光是分钱那么简单啊！还要承担赔钱的风险。小韩，你琢磨琢磨，唯有按点开支，才等于旱涝保收，你想想，是不是？"

最不含糊的还是边镇长，果断接过话来。"江月呀，咱们没办过企业，都是外行，栾总说得对。"又对栾总说，"栾总，一会儿咱们到镇里去坐坐，一些细节再敲敲？"

栾总说好哇，环保评估，用地审批，用电增容，道路维修这几项都得咱们镇里支持呢。

临上车，边镇长拍了邹天明一下："小邹，你留下，和江月她们再唠唠，晚上回去咱俩再碰。"

邹天明说了声："好。"

边镇长和栾总他们一行人前脚坐车刚走，彭有志就乐颠了馅儿，兴高采烈地对我说："江月，这下好了，这下你可真成了全村致富带头人啦！"没等我出动静，邹天明打趣彭有志："怎么着，彭主任，你是怕江月把猪场干起来,抢了你村主任的宝座吧？"彭有志这次没叫委屈，虽然还是顺着邹天明的话起了话头，可是说出的却是谁也没想到的一番话。

"邹镇长,你说得对,谁不怕竞争对手啊？谁都怕。可我也怕也不怕。我今年都五十几啦？眼瞅奔着六十就出溜过去了。你们没到我这岁数你们体会不到，好时候就跟那窜天猴似的，嗖一声就没了！"

邹天明没想到彭有志会这样说，就给了他一个赞许的目光。

"我是英雄气短啊！也算为屯里扑腾了几年，可也没把咱屯带起来。咋说呢——所以说我也不怕，不怕江月干起来。咱韩屯能有江月，那是老天开眼，注定咱们穷到头啦！江月起来了就等于韩屯起来了！是，我承认我干不过郝永力，脑子没他灵光，我那一套，就像车轮子上锈了，跟不上时代了。可江月能啊！江月成长起来，我比谁都高兴！咱屯这担子，除了江月，没有谁能扛动啊！"

彭有志的话让人心里一阵一阵百感交集。他说的是心里话，他的怕与不怕也都是真的。

"彭主任，说得好哇！今天这事做得好，再好好扶持扶持江月，咱屯致富的希望系在你俩身上。"

我一直没说话。彭有志走后，看着他远去的身影我喃喃自语："最难那会儿，多亏彭主任满屯给我卖猪肉……"

只剩我和邹天明，我们都不敢看对方了。邹天明应了一声，嗯。我才又说："邹镇长，要不是你，哪有后来，哪有今天……"

似乎预感到我要说感谢他，邹天明脸上写满了紧张和不自在。或许他跟我一样，总感觉那两个字说出来太粗糙也太遥远吧？他在故意打断我。

"江月——那个，猪场要是真办成了，那可真是天大的好事。"

我看着他，点了点头。我明白了他的心意，没把那两个字说出来。邹天明低下了头，不再看我。可我还是感觉到，在邹天明眼里，我的眼睛现在越来越有光彩了，是这光彩让他不敢直视，还让他哪怕只搭个边就面颊发烫。

边镇长可真是个认准了谁就八头牛拉不回的主儿，骨子里相当自负。今天的事又一次验证了他这副脾气——他说过我是好女人，就一定会把他的判断落到实处。

“我这辈子最受不了两件事——老实人挨欺负、好人吃亏。我对我太太好——都这么说——那是你们不知道她好。她这辈子，就两个——原来的那个，再就是我。再没啦！就凭她年轻那样儿，咋风流还不行？偏偏死心眼儿，还割了手腕子。我就想，这么好的女人，咋就不能这么爱我呢？楚霸王走投无路，虞姬舍命陪他，我他妈真有那天，她也能——唉！就是觉得值得，我咋对她，我都觉得值！”

这番话是坐在东山脚下，吃着菠萝说的。那一刻的边镇长在每个人眼里只是个性情的汉子，不是谁的领导。那会儿大伙儿才明白，他手机的来电铃声，其他人的都是嘟嘟嘟，只有他太太，是屠洪刚唱那首《霸王别姬》。

“我心中，你最重，悲欢共，生死同。你用柔情刻骨，换我豪情天纵。”

边镇长不仅懂爱情，他也有爱情。在爱情已经无比矫情无比现实的年代，他的爱情却在他心中万马奔腾。

有镇里的大力支持，新生肉联厂与我的合作进行得非常顺利。立项、用地、增容用电等手续都是镇里出面办理。镇里还申请下来一笔专款用于修路修桥，唯独在卫生防疫方面费了一番周折。为确保养猪场废水不污染小石河，投资方特地在养猪场下方修了很大的一个化粪池，这样就能保证污水不流入松花江。股份的事由边镇长亲自出马，把我的个人持股比例争到了百分之十六，还为韩屯村争来百分之五的股份。猪场从出图纸到落成，总共用时四个月，耗资五百余万。我的猪舍和地窨子原地保留，以此处为中心点，往南北各自延展成两排猪舍，共占地近十万平。这样一来，现代化养猪场所需要的拉起动力线、变压器、饲料加工车间、消毒室、化验室、水厂、化粪池等，一应俱全。建成的新生养猪场，可同时饲养基础母猪一千头，肉猪存栏可以达到六千到八千头。

一个中型现代化养猪场在东山坳建成了！

第四十七章　和　解

东山脚下沿着小石河，又流出一条亮蓝色的小河。那是新生养猪场连绵的屋顶。屋身是清一色的洁白，远看像白云堆积在山脚。猪场雇了五十六个村民，大多数都是主动冲上来的，也有几个是上门游说来的。村里人觉得我上门游说的样子好像在哪儿见过，一时又叫不准。后来终于有人起了个头——当年，邹校长挨家劝说让孩子继续上学，不也这个样儿、这个劲头吗？

这阵子我打扮得利落多了。新生肉联厂有统一的工作服，一身藏蓝色的衣服裤子，脚上还配了双崭新的黑胶皮靴子。这身衣服一穿，我像变了个人。壮实的身板给掩藏了，原本已经发腮的脸也显得秀气了许多。屯里人紧盯着我，不时有人喊上一句："真精神啊，江月！"我不再埋着头，也不再像扎一针不知道疼的木头。我迎着人们的声音笑过去，嘴里还要跟上一声："你来，你也有！"

走到马奶奶寿衣店门前，我犹豫了几秒。马奶奶的生意不好，小超市勉强支撑，寿衣店半死不活。韩屯人没那个财力为丧事大操大办。大儿子没了，剩三个儿媳、两个儿子，都在店里糊着，隔三差五就吵上一回。马奶奶只是辈分大，实际不比我父亲大几岁。上回还跟我父亲说，她不是不想死，是不敢死。她眼睛一闭，这店里还不打出人命来。想想这话，我反倒坚定了，推门走了进去。

屋里四下堆着成摞的烧纸，成袋的金元宝。一些烧纸浸透了潮气，和着满屋灰，散发着湿乎乎的霉味儿。地中间的铁炉子黑黢黢的，炉盖儿上横着早年铁匠铺最常见的炉钩子。地上连砖头也没铺，早已踩实的土面儿一见来人，就借着堆满纸牛纸马的窗户缝隙透过来的光亮，慢腾腾地向上飞舞。马奶奶常年在这小屋里坐着，一身宽大的黑衣黑裤，一张黑黄多皱的脸。不细看，分不清是真人还是纸扎的替身。

我还在原地愣着，只听马奶奶粗哑的声音脱口问了声："咋？你爸——"我吓了一跳，这才看到一列花圈旁边坐着的是个真人。

"啊，马奶奶——"

"哎哟，不怕不怕——你爸他？"马奶奶看出我被她吓到，嘴里安抚着却还是担心老兴旺是不是走了。

"没有，不是——"

"哎哟！江月，你吓得我！"老了老了，也不知道怎么回事，村里那么些好脾气的唠不来，就跟那火冒三丈了一辈子的老兴旺，马奶奶一开口就能掏心窝子。

我说了来意，马奶奶点着烟袋锅，又大又鼓的眼睛缓缓转动了一圈儿，回头看了看通往她家院子的后门，压着嗓子说道："依我看，够呛！除了你大婶儿，剩下那两家，恨不得成天盯着电视剧窝吃窝拉，窝里那被——唉，恨不得长毛了，那也是能躺着就不坐着——江月呀，饿鬼好答对，懒鬼难打发啊！早都成习惯了，让他们去挨累干活儿，唉！那是让他们死那么难受！"

我看着马奶奶，知道她每句话里的无可奈何。可我不能就这样回去。"马奶奶，来都来了，我去试试。"

当天果然是一无所获。可是第二天，我又去了，接下来的第三天、第四天、第五天，我没有一天没去。第六天，韩屯下着冰凉的秋雨，工作服湿漉漉地熥在我身上，头发上的雨水又顺着脖梗把里面的衣服也给湿透了。我一个劲儿想打喷嚏，又怕影响说服效果，喷嚏一涌上来就紧紧地掐住鼻子，掐来掐去，鼻子通红的，像得了酒渣鼻。马二婶和马三婶大概怕了我这个劲儿，怕我一年三百多天能来四百次，不得已用了缓兵之计——让自己男人先去猪场干着，自己继续候在小店，等马奶奶一归西，把店抢到自己手里。

我心想，谁还跟钱有仇？一步一步走着看吧！到时候手里捏了钱，心意自然就变了——马奶奶家算是告一段落，下一个目标，我盯上的不是别人，是何壮家！

猪场开起来后，全韩屯心情最复杂的要数何壮和小伍子。屯里人只要腿脚灵便的，没有一个不爱往猪场凑合的。整个东山坳因为这猪场,有了跟从前完全不一样的气象。巍峨的东山被猪舍勾画出几许活泼，像巨兽粗壮的脚踝多了一截蓝白相间的袜桩。乍一看很有点喜感，看惯了又感觉大概这就叫时尚。来这“时尚”地方凑热闹的人里，唯独没有何壮和小伍子。

三民哥有一天对我说，何壮有个破望远镜，早年小孩儿玩那种。少说有两回了，三民哥路过何壮家，都撞见他举着玩具望远镜往东山这边张望。三民哥问他看啥呢？何壮说看天气、看风向。三民哥问我，江月你说，天气有啥好看的？我听完此话，出神了好一会儿。没回答三民哥，第二天上午我直奔何壮家。

何壮家的院子我太熟悉了。那个单薄的院门，跟邻院中间架的那道更单薄的院障子，都在我的脚力下摇晃破碎过。这么长时间了，被踢残的院门还在旧门框上残破着，院障子还是邻院儿找了些铁丝，勉强给牵连上,对付着障在两院之间。院子里没有一星半点过日子的气息，别说福字、对联和锹铲，连串风干在岁月里的蒜辫子都找不见。大门锁不上，轻轻一推就开了。我知道这跟我有关。脚往里迈着，心里满是不一样的滋味。当初愤恨小伍子的时候，从没想过我那不顾一切的几脚，对这个家，可真是雪上加了霜。

两口子都在。我没打算跟小伍子说话，真没把自己想那么大度。即便不去想小伍子对我养猪的那些破坏，单就小伍子和房宝海的那一幕我便永远忘不了。可只要一想到何壮，我的心里就止不住翻腾。带娣甩了人家，也伤了人家，即便我父亲再怎么拿不是当理说，男女之间的事，该怎么就是怎么。何壮落魄，不光是那两根脚趾，还有没指望没奔头的日子。回想当年，何壮给我写那封信，字字句句现如今都扎我的心。我是存心要拉何壮一把，再不拉他，人生短短几十年，他就这么直接掉进土里又直接成烟成灰了。

一进屋就看到小伍子坐在南炕上，盘腿，闭眼，两只手平放于膝盖，嘴唇在不停地啪嗒啪嗒，念念有词却听不到一丝声响。何壮站起身，才召唤了声“江月来了——”额上已沁出了细汗。原本能说会道的何壮忽然成了件窘迫的摆设。“江月找我有事？咱当院儿去说吧！”这明明是往外推我，可我非但不往外走，反而往里走了两步，板板正正地在屋里站定了。“确实有事。就在这儿说。”盘腿闭眼的小伍子发出个声响，眉毛中间抽出个大大的川字。何壮瞥见，身子不自觉地抖了一下。看小伍子没再发出声音，暗暗松了口气，却也像如临大敌般语气防备地问道：“什么事？”

我这才反应过来，自己贸然登门，这两口子心里不盘算着又是来翻扯旧账才怪。心里虽然想明白了嘴上却还是耿直的本性，张口竟说道：“宝海到现在也没回来，我一个人，又是猪场又是我爸——”一听宝海俩字，炕上的开始用咳嗽声清着嗓子，何壮吓得什么似的，赶忙伸手按住小伍子的肩膀，却被狠狠地耸开了。

“我这过的这个样儿，你也看到了，江月——”何壮头发梢都往外冒着为难，说话支吾着。

“不是那个意思，我不是——”我也急上了，结过梁子到底是不一样，怎么揣着一颗好心也被当成驴肝肺、看作是来挑衅斗仗。小伍子眼睛已经睁得大开，浑身一股摩拳擦掌的气焰，破旧的小房里腾腾冒着没有形状的硝烟。何壮熟悉这股子沾火就着的火药味儿，急忙对我说道：“先回吧江月，有事咱去彭主任那说。”

他这么一说，我的犟劲忽地就上来了。“偏就在这儿说了，又没啥见不得人的。”停了停，我继续说道，“大壮，猪场那边需要人手，饲养员就不缺了，缺管事的！咱村上上下下，就你合适，我今儿是来请你出山的。”

我看出小伍子也是一愣，可我这会儿却已经镇定了，于是继续说道：“大壮，钱你是见过的，你打拼出天地那个时候，我还以为自己这辈子不是被日子压死也得穷死。现在好不容易有这机会，有人投资给咱们事干，你想想，有生之年——咱们有生之年，咱屯还有没有比这更好的机遇？你要说你另有更好的机遇，我就不再劝你，你要说没有，我真要请你去帮帮我！”

何壮像个呆呆的哑巴，嘴里什么也说不出，眼眶却止不住发红。我的这番话，纵是个呆人也听得出是诚心要拉扯他一把，何况他何壮是何等七孔八窍伶俐之人。他清清楚楚知晓一股愧疚是怎么从心底往脑瓜顶蹿了上去，知晓我这么说话，是怎么样顾及了自己早就被小伍子看扁碾碎的脸面。

何壮正努力着要把眼泪忍回肚子里，我赶紧从衣兜里掏出几张钱来。是卷在一起的，弯下腰，放在了炕上。

“这钱，是赔你们家院门和篱障的——”

这下何壮的脸再也挂不住，抓起钱来跟我撕扯。“江月，快别这样骂我，这简直——”

“快收下，一码是一码，我给踹坏的我就该赔。”

“你这不是管我要猪钱吗？”何壮脱口说道。

“院门和篱障是你家的，那头猪可未必是我的——可别多想。”

两个人一番推搡撕扯，小伍子倒没处搁放自己那只玻璃花眼睛了。只好又闭上，只是那嘴唇磕磕绊绊地哆嗦着，开了又合，合了又开。

何壮没撕扯过我，我已返身往门外走去。一些无法说出口的旧事前尘像工地里的搅拌机，不由分说又翻江倒海般搅动何壮的心。只听他站在屋门口，冲着我的身影说道：“江月，宰相肚里能撑船，你是一个！我服你！”

第四十八章　来易来，去难去

季节在北方，是一种隆重的加冕，也是庄严的覆盖。秋季的东山在层峦叠嶂之间，延展着无际的时空，也联结着派生万物的天地。山梁上、河沟里、一道道坡、一道道梁、一声声的呼叫与应和，艰辛与悲怆，都在季节变换中变得莽苍无际，又无限接近着灵魂中最柔软的角落。

我父亲韩兴旺的生命在这个秋天走到了尽头。那么多年贫苦的日子，他一直在叫骂，他的火暴脾气远近闻名。可那个秋天他彻底变得软弱了，眼泪就像涝年的雨，顺着生锈的眼睛汩汩而下。他的大嗓门儿被外面几乎不间断的猪叫声淹没了，失去了大嗓门儿的他变成东山上飘下来的一片干树叶，随时等着第一波北风把他卷走。

我每天操持着猪场，猪场里的猪与我的生活息息相关，也与全韩屯人的生活息息相关。这么想下来，我与全韩屯的关系，就变成了轴承和链条，百分百的息息相关。现在我主要负责“技术”，养猪的技能我是天天学，各种养殖书我是天天看。我发现自己这颗脑袋还真是最合适学东西，看过就不忘，学了就准会。

何壮主要负责管人，管的都是猪场里的韩屯人。这回可真是把他放对了地方，他对人拿捏得丁是丁卯是卯，跟上头——新生肉联厂那边，只要是沟通的事，他也都能唠得上去，协调得明明白白。现在还看不出他和小伍子以后会啥样，只不过何壮经常不回家，经常住在猪场。

前进村的黄金多特意来猪场参观学习。从邹天明嘴里得知，这位前进村的黄金多根本不是什么造害前妻的流氓，而是前进村的致富模范，去镇里参加过表彰大会。他前妻多年前死于难产，他一直没再婚。那个姓宋的寡妇剃头挑子一头热，生怕他看上哪个女的。得知我不是单身，黄金多脸上倒是一副失落的神情。他跟邹天明说，江月是个多好的女人啊。

彭有志有一回私下跟我说，何壮看你那眼神儿里有话呀！我问他，是什么话？彭有志拿出一副意味深长的样儿，还能什么话？想跟你过下半辈子的话！我说，这话可不能乱说。彭有志嘿嘿笑，江月，你啥意思？难不成房宝海一辈子不回来，你就这么等他一辈子？

我无话可说。我什么也不想说。

秋风继续把北方的秋天往深里吹，在猪场每天都笑呵呵的我，心里却不时地泛起酸楚。

最后一个跟自己相依为命的人也要走了。这人生了我，养了我，却也把我的人生路从十几岁就给拧了劲儿。我这半生都在伺候他，也许不是因为他，我也早就离开韩屯了吧？可恰恰因为他，我才有了破釜沉舟这一搏，才有了养猪场，韩屯人才有了自己的致富路。父亲干瘦的身躯隐藏着命运的考验和超度，终其一生他都没有靠近过富贵兴旺，如今日子真的好了，他却要走了。

“爸，再吃一口，就一口，你不是做梦都想吃黄桃罐头吗？你看，这都是。”屋里摆着好几瓶黄桃罐头，都老老实实站着。父亲嘴也不张，喂进去的罐头汤，又从嘴角流了出来。

“爸，你想金珠和带娣了吧？我知道，你不见金珠，是疼死了她。不见带娣——唉，你是觉得丢了脸面。爸，管怎么，那也是你亲闺女，见一眼，她们也还知道有人疼着——”

父亲的嘴巴抖动着，眼泪横流。不晃头，也不说话。我看了门外一眼，召唤道：“进来吧——”

金珠和带娣一前一后进来了。金珠的头顶几乎一片花白，带娣也不是当初离开韩屯的模样了，也许是一直在哭的缘故，眼睛下面黑乎乎的。

金珠坐在了父亲左边，叫了声爸，见没有惹来骂声，又摸上父亲的一只手，紧紧地攥在手里。带娣站了会儿，也走过去，坐在右面，攥住了父亲的另一只手。

干树叶一样的父亲，就在一直避而不见的两个女儿的相握中，眼泪清清楚楚一滴又一滴的，沿着两鬓滚到耳郭里，又依依不舍地把眼睛闭上了。一时间，要说的还多着，却没法再说了。要悔的也多着，也都没法再悔了。再怎么要人命的心酸苦楚，恨怨懊恼，这一闭眼也都云散烟消了。金珠和带娣第一次发现，自己爸在没有牵挂、没有心事、没有暴怒的时候，那如同睡相般的脸竟也是安详静谧的，甚至还能依稀看得出这张脸年轻时英俊的轮廓。

出殡那天，韩屯人惊讶地发现，打灵幡的是个熟悉的身影。很瘦削，脸上刮得很净，眼珠被眼睑盖着，看不到里面放了些什么。这人身穿孝衣，腰上缠着孝布，胳膊上也有一圈儿黑布，迎风走在最前面。骨灰入了土，带娣手里拿着敞着盖儿的酒瓶召唤道："姐夫，洗手，来，你先。"那人抔上最后一锹土，跪地磕了三个头，才站起来洗了手。是房宝海。房宝海头天晚上回来了。他送了我父亲在阳世的最后一程——尽管每个人的最后一程都很短，恩怨全都来不及清算，爱恨只能随有数的步子一笔勾销。他还亲手刨开碎石泥土，挖了个坑，把与他纠缠不清数十年的我父亲归还给山脊，归还给韩屯的山川日月。屯里人实在忍不住内心的感叹，事实上真正的庄稼人本就是这样直来直去的性格，他们起了个话头就收不住，像树上成熟的果子只要一摇晃，就会噼里啪啦掉下来——他们纷纷说着——

"别人的女婿顶半个儿，老韩头这女婿顶三个儿！"

"到底还是得了宝海的继——这老韩头！"

"是儿打不走，是财撒不散哪！这个宝海，还真是，真是！"

房宝海回来就没敢正眼看我，我也没看他。埋葬了父亲，我和房宝海从山上下来，一前一后，不约而同走到了猪场。地窨子还在那儿，以沉默的姿态等待该到来的人到来。房宝海看了看门口，烟袋锅还在那里挂着，像知道季节的人想跟老庄稼把式慢条斯理地拉一拉家常话。他的脸掠过一丝怯意，挂在那儿的是他的老伙计，他好像听到老伙计在骂他浑蛋，十足的浑蛋，居然伤了那么好的女人。他把下巴低到胸口，手在胯骨上来回搓着，不敢走到老伙计身边去。

一只不晓得人生、不晓得死生契阔、悲欢离合的瓢虫落在了门口立着的圆木棍子上，它展开鞘翅，舞弄了几步，又停下了。它是误打误撞落在棍子上的，不知看到棍子的人心里是什么样儿的翻江倒海。我走过去，拎起了那根圆圆的棍子。瓢虫抖擞着身体飞走了。我把棍子拎到猪圈门口，拿出一把斧头，嗙嗙嗙地劈了起来。棍子开始溅起了碎木头。小猪们听到声响，一脸好奇地扑过来看，我冲它们摆着手，去、去！

房宝海慢腾腾地走过来，拍了拍我的肩膀，用眼睛对我说了句，真不要了？我没把斧头交给他，也用眼睛说了句，我来吧。

光滑的圆木棍很快就变成了碎木柴，添到了熬猪食的火焰里。火焰越发起劲儿地熊熊燃烧着，直到把身边这对男女的脸膛染得通红，烤得滚烫。

尾声

我答应过要告诉母亲我是怎样过上好日子的。

我是在那个春天向母亲做出的保证。眼下这个深秋，我穿过小石河，穿过东山的锈石和落叶，向母亲走去。

我身边是两个妹妹。我们很久没这样走在一起了。时间把我们分开，又让我们团聚，时间总是摊开手掌，把我们拢进它的身躯。

“金珠和带娣，终于有家可回了，有了猪场，也就不用在外面漂着了。”

“砖头木料都买回来了，等来年开春，咱家新房子就能打地基啦。”

“妈，韩屯人只要在猪场干活儿的，都有固定收入了，呵呵，你大姑娘可是没有食言啊。”

“爸，你平时跟我妈闲唠嗑，多挑点好的说。什么养猪累不累的，你学着跳过去，不用说啦。”

我的父母谈不上有过多么深刻的爱情，可他们却实现了“生同衾，死同穴”。我没法跟他们中的哪一个说悄悄话，就连东山的风吹过，他们的心也会朝着一个方向晃动。我说的每句话都是说给他们俩的。

他们成了最安静的倾听者。他们听我诉说的样子，像东山一样包容、敦厚，也像东山一样，随时敞开怀抱接纳世间寒暑。他们像山脊一样肩扛着日月，也和山土一起，吞咽每一场大雨和暴雪。

我搬来一块石头，像从前坐在家中小火炕上那样，坐在了父母身边。我给他们讲了一件关于房宝海的事。

“风霜压我数十年，心中早已无怨言。总有人间一两风，填我十万八千梦。岁月磨我少年志，时光凉我善良心。人间总有一丝情，抵我心中意难平。”

这几行不是诗的诗，歪歪扭扭地写在半张白纸上，团成一个球，瑟缩在房宝海穿回的衣服兜里。我把它们展开，一股积压在时光里的沉甸甸的酸楚，一下子攫住了我的心。

“爸，妈，这些字，每个字都是一把小刀子，扎在我心上。这么多年了，最剜我心的人，还是宝海啊。你们多念着他的好吧！”

一只蓝喜鹊不知从哪儿飞了出来。黄榆树干枯的叶子在蓝喜鹊的脚下抖动，像跟着节拍跳舞。扑棱棱，嘎嘎嘎，更多蓝喜鹊随着节拍跳出了东山，欢唱着落满四下的枝头。

我抬头看着它们，没对母亲说起那个只有我和她知道的话头——命运的轮回和改写。有些话连喜鹊都能听懂，这山前山后还有什么事，是我历尽人世沧桑的母亲不能看透呢。

下山的时候，遇到了三个好似从天而降的人。他们往山上走，我和两个妹妹往山下走。东山只有那一条明晃晃的山路，我们注定要在这条路上遇见。

是邹天明、胡莉莉和他们的女儿邹菲儿。他们衣着朴素，神态祥和，跟韩屯的人没什么两样。远远看去，邹天明的微笑跟邹校长越来越像了，都是同样慈祥，同样在岁月留下的细纹间散发光芒，同样让人联想到幸福。上山的脚步永远是缓慢的，正是缓慢给了我从远处感激这微笑的机会。它属于这世上最懂得爱的人。他们爱的是不完美的世界、不尽意的人生、没有血缘的他人。他们让微笑不再是一种表情，那里面流淌着永恒的仁慈，不疾不徐，一直流向生命的圆满。

一脸娇俏的邹菲儿手举一片被虫子嗑出窟窿眼的榛子叶，发现了我们。

她用眼神问她父亲：“她们是谁？”

她的父亲直接扬起了手，召唤我：“江月！”

“真巧啊！”

“真巧！”

“邹镇长，你们三口这是？”

“孩子要来认认山里的物儿——莉莉，认识认识，这是咱们镇的致富模范——”

邹天明根本没想到，还没等他介绍，我和胡莉莉的手已经紧紧地扯在了一起,热乎乎地摇着。邹天明满脸疑惑。我和胡莉莉却相视一笑。

道别后，他们继续往山上走，我们继续下山。身后传来邹天明困惑的声音：

“是怎么认识的，你和她？”

“我爸手术那个钱，你知道谁借给我的？”

“难不成——是她呀？她那会儿不正一身饥荒？”

“谁晓得！反正是拿着沉甸甸的两万块，左打听右打听，给我送过去啦。”

快到东山脚下，我停下了脚步。儿时我经常爬到山顶，对于上下一趟东山，从没觉得是多大的事。如今我每天在山脚下忙碌猪场，守着东山，却很少再上到山顶了。每次离开庞大的山体，我都感觉离开的是自己的过去。四十多年的每一秒，都安稳地栖落在阒寂无言的大山中。

山下传来若隐若现的猪叫声。那是猪场里的猪，被韩屯人们养的浑身是劲儿，傻胆包天。它们饿了叽里呱啦叫，饱了哼哼唧唧叫，遇见爱情了它们叫，生下了猪崽儿就两辈儿一起叫。它们在清早的山雾里叫，也在傍晚的炊烟里叫。叫声能被小石河阻隔在韩屯外，却没法不吵醒东山的树、东山的鸟、东山里飘荡着的我的过去。

它们是在用叫声提醒过去的我和现在的我——时时相忘，时时牢记。

此刻，那动听的、天真的叫声就来自我的猪场——韩屯人的猪场。它就在我眼前，就在距我一步之遥的东山脚下。

（完）

2023 年 成稿于吉林